KB268620

魔王出師
마왕
출사
청산 新무협 판타지 소설

마왕출사 4

청산 新무협 판타지 소설

초판 1쇄 찍은 날 § 2007년 2월 21일
초판 1쇄 펴낸 날 § 2007년 2월 28일

지은이 § 청산
펴낸이 § 서경석

편집장 § 문혜영
편집 § 서지현 · 심재영

펴낸곳 § 도서출판 청어람
등록번호 § 제1081-1-89호
등록일자 § 1999. 5. 31
어람번호 § 제2-1136호

주소 § 경기도 부천시 원미구 심곡1동 350-1 남성B/D 3F (우) 420-011
전화 § 032-656-4452 팩스 § 032-656-4453
http://www.chungeoram.com
E-mail § eoram99@chollian.net

ⓒ 청산, 2006

ISBN 978-89-251-0560-4 04810
ISBN 89-251-0403-2 (세트)

魔王班師

청산 新무협 판타지 소설

Fantastic Oriental Heroes

마왕 출사

피할 수 없는 운명

도서출판 청어람

魔王
神師
목차

제 31 장

그가 분노한 이유

1

황산 반사곡 입구.

당대 최고의 신의 반사귀선이 거주하는 계곡 입구의 정경은 예전 그대로다. 수백 명의 병자들과 그 가족들의 고통과 탄식이 끊이지 않는다.

그들이 막연한 기대 속에 반사곡 입구를 떠나지 못하는 이유는 간혹 계곡을 나선 반사귀선이 건네는 영단과 처방전 때문이다. 몇몇 병자만이 드물게 그런 행운을 받게 되며, 그 행운의 병자들은 오랜 불치병을 씻고 완쾌된다. 행운만 따르면 회생할 수 있으니 수개월의 기다림을 어찌 마다하겠는가.

"젠장. 지옥이 따로 없다니까."

반사곡 입구에 이르자 불평부터 늘어놓는 청년은 다름 아닌 백무향이었다.

"거 대충 명줄대로 살지 얼마나 오래 살겠다고 움막까지 짓고 버티는 거야?"

그는 약 냄새와 피고름 냄새가 뒤섞인 고약한 악취에 코를 감싸며 병자들 사이를 지나쳤다. 뒤로는 머리카락을 길게 늘어뜨려 얼굴 한쪽을 가린 서문취가 따랐다. 그녀는 등에 커다란 술 단지를 지고 있었다.

백무향은 지난번 소엽과 한 번 방문한 적이 있었지만 생의 막바지에 이른 수백 명 병자들을 헤치고 지나가기가 여전히 꺼림칙했다. 몇몇 병자들이 그에게 다가서며 애원했다.

"아이고, 공자께서는 지난번 반사곡으로 들어가 귀선님을 만난 분이 아니시오? 제발 약을 구해주십시오."

"공자님, 저는 그저 처방전이 있으면 충분하외다."

"저도 데리고 가주십시오, 공자."

백무향은 행여 그들의 손이 몸에 닿을까 우려되어 연신 소매를 휘둘렀다.

"저리 비키기 못해? 내 몸에 손끝만 대봐, 죽을 줄 알아! 그 더러운 병을 누구한테 옮기려는 거냐?"

한데 질색을 하는 그와 달리 서문취는 병자들의 손을 쥐어주며 따뜻하게 위로해 주었다.

"힘들 내세요. 제가 능력은 없지만 귀선님을 뵙게 되면 바깔 사정을 말씀드리겠어요. 함께 모시고 갈 수가 없어 정말 죄송해요."

백무향이 그런 그녀를 돌아보며 차갑게 꾸짖었다.

"책임지지도 못할 말은 하지 마. 네가 무슨 수로 귀선을 끌어내? 저들한테 공연히 헛바람 넣지 말라고."

"이렇게라도 위로해 주고 싶어요. 우리 사해문에도 병자들이 많았어요. 이들을 보니 남 같지가 않습니다."

"흥, 선녀 나셨군."

백무향은 냉소를 치며 일축하고는 진세 앞에 이르렀다. 반회몽환진이 펼쳐져 있는 계곡 입구는 뽀얀 운무에 덮여 있어 방향을 구분할 수 없었다.

백무향은 한동안 벽라마원에 갇혀 있는 동안 기환진에 대해서는 조금 터득했지만 일반 진세에 대해서는 아직 자신이 없었다. 그는 힐끗 서문취를 보고는 계곡을 향해 큰 소리로 외쳤다.

"노형, 백무향이오! 소엽을 데리러 왔소!"

한데 곡 내에선 아무런 대꾸도 들려오지 않았다.

백무향은 평소답지 않게 인내심을 갖고 기다렸지만 일각도 못 돼 과격한 본성을 드러냈다.

"뭐야, 설마 소엽을 탐내 날 거부하는 것은 아니겠지? 당장 때려 부수기 전에 어서 진세를 열지 못하겠소?"

그가 손을 쳐들자 장심에서 이글거리는 불꽃이 피어올랐

다. 그의 양대절학 중 하나인 폭염마공이었다. 벽라마원에서 충분히 수련한 덕분에 이제는 어렵지 않게 폭염열화주를 발출할 수 있는 경지에 이르렀다.

그러자 계곡 안에서 한숨 섞인 늙수레한 음성이 들려왔다.

"당장 폭염열화주를 거두게나, 노제. 어째 잠시를 못 참는가."

자욱한 운무 속에 머리가 한쪽으로 심하게 기울어져 있는 쭈글쭈글한 노인이 모습을 드러냈다. 세수 백 세에 이르는 당대 최고의 신의 반사귀선이었다.

백무향은 아주 반가운 기색을 지었다.

"하하, 잘 지내셨소, 노형?"

"들어오게나."

반사귀선이 커다란 머리통을 한 손으로 받치며 뒤뚱뒤뚱 걸음을 옮기자 백무향이 얼른 뒤를 따랐다.

"취도 내 뒤에 바싹 붙어. 자칫 진세에 빠지면 마냥 헤매게 되니까."

"예, 공자님."

서문취는 백무향이 밟은 흔적을 따라 걸음을 옮겼다.

백무향이 이미 사해문 태상문주 직을 버렸기에 그녀도 더 이상 태상호법이 아니었다. 상전을 모시는 시비가 되었기에 호칭도 공자로 바뀌었다.

바깥 날씨와 관계없이 반사곡 내는 언제나 온화한 봄날이다.

활짝 핀 다양환 꽃들과 자유롭게 뛰어다니는 토끼와 다람쥐, 고라니 등은 이곳이 별세상처럼 보이게 해주었다. 보기만 해도 시름을 씻어주는 평화로운 정경에 서문취는 감탄하고 말았다.

"아, 정말 아름다운 곳입니다. 이런 곳에서 살 수 있다면 무슨 걱정이 있겠어요?"

백무향이 공연히 한마디 던졌다.

"그럼 넌 여기서 반사귀선 모시고 살던가."

서문취가 멋쩍은 미소를 지었다.

"제가 감히 그럴 자격이라도 있겠어요? 공연히 정갈한 반사곡을 더럽힐까 두렵습니다."

반사귀선은 예전과 다름없이 병들고 다친 짐승들을 치료해 주고 있었다. 덫에 걸려 살과 근육이 짓이겨진 사슴 한 마리가 반사귀선의 치료를 받고는 절뚝절뚝 걸음을 옮겼다.

그의 신기한 의술에 탄복한 서문취가 술 단지를 내려놓고는 정중히 절을 올렸다.

"명성으로만 들었던 귀선님을 직접 뵙게 되어 영광입니다. 미천한 계집은 공자님을 모시는 시비 서문취라 하옵니다."

반사귀선은 그녀에게 눈길 한 번 주지 않았지만 술 향기에 코를 벌름거리며 흐뭇한 표정이 되었다.

"서문취라 했더냐? 술이나 한 사발 다오."

"예, 귀선님."

서문취는 엄청난 광영이라도 입은 듯 감동의 표정이 되어 공손하게 술을 한 사발 떠서 바쳤다.

백무향은 연신 주변을 두리번거렸지만 소엽의 모습은 전혀 눈에 띄지 않았다. 그가 찾아온 것을 알면 맨발로라도 뛰쳐나올 그녀이기에 조금은 의아했다.

"소엽은 어디 있소? 혹시 약재라도 캐러 보낸 거요?"

일순 반사귀선의 표정이 숙연해졌다.

백무향은 상황을 전혀 감지하지 못한 채 계속 주절거렸다.

"거, 적당히 부려먹으시오. 애가 마굴에만 갇혀 살아왔기에 아주 연약하오. 사나운 짐승이라도 만나면 어쩌려고 내보낸 것이오?"

술을 한 사발 들이컨 반사귀선이 무겁게 입을 열었다.

"소엽은… 거의 죽은 목숨일세."

백무향은 얘기를 잘못 듣고 반사귀선을 향해 조의를 표했다.

"이런, 마침내 귀선 노형도 수명이 다 되었나 보구려. 너무 가슴 아프게 생각지 마시오. 그래도 백 년이나 살아오지 않았소? 물론 이백 살이 된 내가 버젓이 살아 있는데 앞서 죽는 게 조금은 억울하겠지만 말이오."

"노제, 내가 아니라 소엽이 가사 상태에 빠져 있다는 얘기일세. 내가 만류를 했지만……."

순간 백무향은 냅다 손을 뻗어 반사귀선의 멱살을 쥐었다.

“지금 뭐라고 했소? 소엽이 죽게 되었다고? 그렇다면 나도 죽는 거잖아? 그 몹쓸 놈의 버러지 때문에 나와 소엽이 한 목숨으로 묶여 있다는 것을 모른단 말이오?”

“노, 노제, 진정하게나.”

“내가 지금 진정하게 됐소? 내가 죽음을 두려워하는 졸장부라서 이러는 게 아니오! 명색이 뇌천검제인 내가 한갓 버러지 때문에 죽어야 한다니 정말 분통 터질 일이 아니오!”

백무향이 멱살을 풀어주자 반사귀선이 고개를 절레절레 저었다.

“내가 세상에서 가장 두려워하는 상대가 자네일세. 자네 성격은 당최 종잡을 수 없어. 자네가 과연 이백 년 전에도 이러했는지 정말 궁금하군.”

“소엽은 어찌 되었소? 노형은 죽은 사람도 살린다는 신의 인데 설마 소엽이 죽은 것은 아니겠지?”

“따라오게.”

반사귀선이 앞서 걸음을 옮기자 백무향이 잔뜩 굳어진 표정으로 뒤를 따랐다.

만일 소엽이 죽게 되면 자신 역시 사령독고가 심장으로 파고드는 엄청난 고통을 받으며 죽게 된다. 아마 고통을 견디지 못하고 스스로 목숨을 끊게 될지도 모른다. 그러나 그전에 그는 반사귀선을 죽여 함께 저승으로 데려가리라 마음먹었다.

‘늙은 귀신, 절대 살려두지 않겠다!’

서문취가 뒤를 따르며 조용히 위로했다.

"아무 문제 없을 것입니다, 공자님. 제가 듣기로 반사곡 내에서는 사람이든 짐승이든 절대 죽지 않는다고 하였습니다."

"그러기를 너도 간절히 기원해. 만일 소엽이 죽으면 모두가 따라 죽게 될 것이다. 이곳을 반사곡이 아니라 필사곡(必死谷)으로 만들 거라고!"

생사불명(生死不明).

소엽이 바로 그런 상태였다. 초옥 나무 침상 위에 누워 있는 소엽은 거의 숨도 쉬지 않았다. 본래 흰 낯빛이 더욱 핏기가 없어 시체처럼 창백해 보였다.

"소엽……?"

백무향은 가슴이 덜컥 내려앉아 소엽의 손을 쥐었다.

차가웠다. 얼음장처럼 차가운 싸늘한 냉기에 백무향은 눈앞이 캄캄해졌다. 소엽의 죽음은 곧 자신에게도 해당되기에 심정이 참담했다.

죽음은 살아 있는 모든 사람들이 느끼는 본능적인 공포다. 그가 아무리 죽음에 대한 두려움을 애써 무시하려 해도 본능마저 억누를 수는 없었다.

백무향은 험악한 눈빛으로 반사귀선을 쏘아보았다.

"대체 어찌 된 일이오? 사령독고라는 독벌레 때문이오?"

반사귀선은 소엽을 진맥하고는 침중한 어조로 대답했다.

"사령독고가 무서운 버러지이기는 해도 숙주를 감염시키지는 않네. 숙주가 건강하게 살도록 웬만한 독을 해독시켜 주고 질병을 막아주기도 하지. 소엽이 이렇게 된 연유는 짐독(鴆毒)을 마셔 사령독고를 몸속에서 꺼내기 위함이었네."

"짐독이 뭐요?"

"짐독은 짐새의 깃털을 물에 적셔 만든 맹독일세. 짐새는 올빼미와 비슷한 새인데 모든 깃털에서 무서운 독을 발산하지. 빗물이 떨어지면 강력한 독기에 빗물이 끓어버리고 새똥을 싸면 바위도 녹아버리네. 그런 짐새의 깃털로 제조된 맹독이니 얼마나 독하겠는가. 내가 발견해 해독약을 처방했지만 완전히 해독할 수가 없어 가사 상태로 유지할 수밖에 없었네."

백무향은 사정없이 반사귀선을 닦달했다.

"아니, 짐독 따위 하나 해독 못하면서 당신이 무슨 천하제일의 신의요? 내가 보기에 노형은 사기꾼이오!"

반사귀선의 주름진 얼굴이 침중하게 변했다.

"짐독은 천하삼대극독 중 하나로 성약을 통해서만 해독될 수 있네. 약재가 없으면 나로서도 방법이 없네."

"약재가 뭐요? 내가 당장 구해오겠소!"

"소엽을 보았으니 이제 나가세."

반사귀선이 움막을 나가자 백무향은 소엽이 볼을 어루만지며 나직이 질책했다.

“바보 같은 계집, 만일 죽었으면 어쩌려고 그런 모험을 한 거냐? 혈췌만 만나지 않으면 사령독고가 발작할 일도 없으니 그냥 한평생 살 수 있었어. 이번에는 내가 구해주겠지만 다시는 그따위 짓 하지 마. 알겠냐?”

묵묵히 지켜보던 서문취가 조용히 입을 열었다.

“소엽은 정말 공자님을 사랑한 것 같습니다.”

“그게 무슨 소리야?”

“자신 때문에 공자님께 누가 되기를 원치 않은 것이죠. 공자님을 모시게 된 것은 영광이지만 사령독고 때문에 자신이 보호받는 것이 싫었을 겁니다.”

“만일 너였으면 어떻게 했겠냐?”

서문취가 주저없이 대답했다.

“저 역시 짐독을 마셨을 겁니다.”

본래 반사귀선을 위해 가져온 술이건만 백무향이 거의 비웠다. 백무향은 절반은 홧김에 절반은 술에 취해 두서없이 주절거렸다.

“노형, 계집들은 왜 이렇게 단순한 거요? 내가 뭐기에 목숨을 바쳐 연모를 하는 거요? 끄윽, 솔직히 난 사랑 타령은 이해가 되지 않아. 깨어나서 가장 먼저 알게 된 소견을 좋아하지만 애틋한 정 때문이 아니오. 조금은 의무감 때문이지. 젠장.”

반사귀선이 말린 대추를 우물거리며 말을 받았다.

"계집에 대해서는 나도 잘 모르네. 세상에서 가장 단순하면서도 교활한 존재가 계집이지. 그래서 내가 계집을 멀리 하는 것일세."

"혹시… 아직 총각이오? 설마 백 세가 넘었는데도 아직 동정을 지녔단 말이오?"

백무향이 민감한 부분을 물어오자 반사귀선은 힐끗 서문취의 눈치를 살피고는 헛기침을 했다.

"허엄, 노제가 소엽을 구할 약재를 구해온다고 하였지?"

"맞아. 그 약재가 대체 뭐요?"

"짐새가 전설적인 영물이기에 그 독을 해독할 약재 역시 신비로운 영물이어야 하네. 잠룡(潛龍)의 쓸개만이 짐독을 해독할 수 있네."

백무향이 미간을 찡그렸다.

"잠룡이라고? 세상에 용이 어디에 있겠소? 그저 지어낸 얘기일 뿐인데."

"자네 말대로 진짜 용은 없네. 잠룡은 용이 되다 만 이무기를 말하는 것일세. 비록 용이 되어 승천하지는 못했지만 오랜 세월 수행을 거친 영물이니 용이라 불리기에 손색이 없다고 할 수 있지."

"쳇, 이무기가 잠룡이면 토룡(土龍:지렁이)도 용이겠군."

"이무기도 세상에 드문 영물이라 찾아내기가 쉽지 않을 것일세. 다행히 노부의 옛 친구가 십수 년 전 이무기를 발견한 후 그것을 낚기 위해 기다리고 있다고 들었네. 만일 행운이 따른다면 용담을 구할 수 있을 것이네."

"거기가 어디요?"

"천목산(天目山)일세."

"천목산? 하늘의 눈이 달린 산이라 뜻인가?"

백무향이 서문취에게 시선을 돌리자 그녀가 밝은 표정으로 말해주었다.

"제가 알고 있습니다. 항주 근경에 위치한 산이죠. 이곳 황산과는 천수백여 리 정도 떨어진 곳이니 아주 먼 곳은 아닙니다."

백무향은 사발에 반쯤 남은 술을 입에 털어놓고는 짙은 검미를 치켜세웠다.

"거 일이 요상하게 꼬이는군. 소엽을 데리고 혈훼가 쫓아오지 못할 먼 남방으로 떠나려 했는데 어긋나고 말았어. 하여간 내가 생각해서 되는 일이 없다니까."

반사귀선이 자리를 털고 일어섰다.

"물고기가 물을 떠나 살 수 없듯이 무림인이 무림을 떠나 살 수는 없네. 더군다나 노제는 이백 년 만에 깨어나 다시 중원으로 들어서지 않았는가. 자네의 회생은 하늘의 뜻이니 자네가 소임을 다하기 전에는 절대 떠나지 못할 것일세."

그는 상처 입은 짐승들이 웅크리고 있는 쪽으로 걸음을 옮

졌다. 사람을 극도로 경계하는 야생 짐승들이었지만 반사귀
선이 다가가자 모두들 어미를 만난 것처럼 꼬리를 흔들며 반
색을 지었다.

백무향은 물끄러미 반사귀선을 바라보다가 나직이 중얼거
렸다.

"내가 다시 깨어난 게 하늘의 뜻이라고……?"

그는 서문취에게 눈길을 던졌다.

"너도 그렇게 생각해?"

"그렇습니다. 만일 공자님이 아니었다면 우리 사해문은 혈
사성에 의해 궤멸되었을 것입니다. 십 년 동안 강북 무림의
패자로 군림해 온 혈사성이 하루아침에 붕괴된 것도 공자님
이 혈사성주를 격파했기 때문입니다. 누구도 해내지 못한 위
업이었죠. 천하인들은 공자님을 광명신검 이후 최고의 영웅
으로 추앙하지만 공자님은 그런 명예조차 무시합니다. 공자
님은 분명 하늘이 내리신 분이십니다."

백무향은 떨떠름한 표정으로 고개를 저었다.

"재미없군. 과거에도 정파맹주인 뇌천검제로 살면서 천하
를 이끌었는데 다시 살아난 지금도 똑같이 살아야 한단 말이
잖아?"

"공자님은 뇌천검제의 현신이 아니십니다."

"뭐야?"

"공자님은 풍운성제의 현신이십니다. 당시 풍운성제를 질

시한 백도인들이 성제를 마왕으로 몰아 그 위업과 영광을 빼
앗아갔지요. 공자님은 그 잘못된 과거를 바로잡고 진실을 밝
히기 위해 다시 살아나신 겁니다.”

서문취의 결연한 모습에 백무향은 피식 실소를 지었다.

“취, 사해문을 떠나왔지만 넌 여전히 사해문의 제자로구
나. 지금 네 말은 사해문의 바람이지 진실이 아니다. 넌 내가
풍운마제의 현신이기를 원하겠지만 유감스럽게도 난 뇌천검
제의 현신이야.”

그는 짐승들을 치료해 주고 있는 반사귀선을 가리켰다.

“세상에서 가장 고명한 반사귀선 노형이 설마 잘못 진단했
겠어? 그러니 너도 내가 풍운성제의 현신이라는 막연한 바람
은 지워라.”

“공자님, 저는…….”

“아, 됐다니까. 내가 뇌천검제 현신이라도 사해문을 박대
하지는 않겠다고 했잖아?”

백무향은 서문취의 말을 일축하고 소엽이 누워 있는 움막
으로 향했다.

서문취는 다소 시무룩한 모습으로 고개를 떨구었다.

“아닙니다. 공자님은 분명 풍운성제의 현신이십니다. 헛된
명성을 탐하지 않으며 정마(正魔) 어느 쪽에도 치우치지 않는
자유분방한 성격은 전설과도 같은 성제의 삶과 너무도 일치
합니다.”

낮은 혼잣말이었지만 약간 떨어져 있는 반사귀선의 귀에
는 똑똑히 들려왔다. 고라니의 발목을 붕대로 감싸주던 반사
귀선의 낯빛이 흐리게 변했다.

'아이야, 전설은 그저 전설일 뿐이다.'

2

강남의 봄은 빠르다. 항주의 절경이라는 서호(西湖) 주변을
에워싼 능수버들이 봄바람에 춤을 추고 붉고 푸른 꽃들이 저
마다의 자태를 자랑한다.

아직 해가 저물기도 전이건만 벌써부터 호면을 가르는 놀
잇배들이 저마다 풍악을 울리고 있었다.

서호 변에 위치한 서호반점은 훌륭한 경관을 지녀 하루 종
일 붐빈다. 그래도 지금은 저녁 식사 전이라 그런지 조금은
한가한 편이었다.

전망 좋은 창가에 마주 앉아 식사를 하는 두 남녀는 백무향
과 서문취였다.

둘은 반사곡을 떠나 닷새 만에 항주에 이르렀다. 천목산이
위치한 임안까지는 수십 리를 더 가야 하기에 이른 저녁을 먹
고 다시 길을 떠날 예정이었다.

백무향은 유명한 소흥주를 곁들여 식사를 하면서 낙조에
물든 서호를 감상하였다.

“좋군. 경치가 제법 괜찮아.”

“정말 그렇습니다, 공자님. 고대의 절세미녀 서시의 이름을 따서 서호로 명명했다 들었는데 역시 명불허전이군요.”

“와본 적 있어?”

“저도 처음입니다. 대부분 사천 지부에 배속돼 있었기에 강남에는 와본 적이 없습니다.”

“참, 소주가 이곳 항주와 가깝다고 하던데?”

“예, 그리 먼 곳은 아닙니다. 한데 소주는 왜……?”

백무향은 소홍주를 한 모금 마셨다.

“소주라는 명칭을 들으니 갑자기 소견이 생각나서 말이야. 소견은 본명이 아니거든. 워낙 소주산 비단을 즐겨 입기에 스스로 소견이라 이름지었다고 들었다. 생각해 보니 구만산 산채에서 잠시 지냈던 시절이 좋았던 것 같아. 몽산파의 두꺼비 괴물이 쳐들어오지만 않았어도 아직 소견과 함께 구만산에서 산적질이나 하며 지내고 있었을 텐데.”

“……”

“소견은 부모가 수적들한테 살해되는 아픈 과거를 지녔지. 그래도 독한 계집은 아니라 생각했는데 환희마궁으로 끌려가더니 제자가 되었다. 소수마후가 그렇게 만든 거지. 머지않아 수련이 끝날 텐데 만나기가 조금은 겁이 난다. 소수마후와 같은 대마녀가 되었을지도 모르니까 말이다.”

무심코 넋두리를 늘어놓던 백무향은 서문취의 설움에 찬

모습을 보고는 눈을 휘둥그레 떴다.

"너, 표정이 왜 그래?"

서문취는 애써 눈물을 감추었다.

"공자님한테 소견은 깊은 인상을 준 존재입니다. 소엽 역시 마굴에서 함께 탈출해 온 소중한 여인이지요. 그들에 비하면 저는 아무것도 아니라는 생각에 갑자기 서글퍼지는군요. 공자님 옆에 있을 자격도 없는 제가 공연히 매달려 부담만 드리는 것 같습니다."

"이봐, 서문취. 너 내 성격 몰라서 그런 말 하는 거냐? 내 여인은 내가 책임진다고 했지? 너 역시 소견과 소엽과 마찬가지로 내게 소중한 존재다. 다시는 그런 소리 하지 마, 알았어?"

"예, 공자님."

서문취가 소매로 눈가를 닦았다.

백무향은 그녀의 빈 잔에 술을 따라주며 넌지시 꾸짖었다.

"난 말이야, 계집의 웃음이 좋아서 함께 있는 거다. 대신 눈물은 아주 싫어해. 좋아도 울지 말고 감격스러워도 울지 마. 반드시 명심하라고."

"알겠습니다. 가슴에 깊이 새기겠습니다."

겨우 서문취를 달랜 백무향이 그녀와 술잔을 마주쳤다.

"자, 마셔. 인생은 짧고 술 마실 세월도 부족한데 울 겨를이 어디 있냐?"

"옳으신 말씀이십니다."

기분이 풀린 서문취가 해맑은 미소를 지으며 단숨을 술잔을 비웠다.

이때 다소 과장된 웃음소리와 함께 이층으로 오르는 계단 쪽이 소란스러워졌다.

"하하핫, 금 단주(團主). 어찌 패망한 혈사성 잔당들 때문에 우려한단 말이오? 우리 절강 지부만 믿으시오."

"여부가 있겠소, 감(甘) 지부장. 우리 소항상단(蘇杭商團)은 그저 사해문의 위엄만 믿겠소. 자, 오르시지요."

객잔 이층으로 올라선 사람들은 모두 다섯 명이었다. 세 명은 한눈에도 비싸 보이는 비단 화복 차림의 상인이었고 두 명은 허름한 옷차림의 무림인이었다.

상인들은 두 무림인을 한껏 우대하며 가장 전망이 좋은 원탁으로 안내했다. 앞서 예약을 해두었는지 주인이 직접 올라와 이들을 환대했다.

"금 단주, 술과 요리를 내올까요?"

"그러게나. 귀한 손님이니 성심을 다하게나."

"여부가 있겠습니까? 사악한 혈사성을 괴멸시킨 사해문의 명성이 하늘을 찌르고 있소이다. 이제 항주의 안녕은 사해문 절강 지부에서 지켜주셔야 마땅합지요."

"허헛, 마땅히 그래야지."

금 대인은 두 무림인에게 차를 따라주었다.

"감 지부장, 이렇듯 항주의 양민들도 사해문을 추앙하고 있소이다. 총단 외에 지부 하나 없는 태백궁은 사실 우리 같은 상인들이 부탁을 하기에 너무 높은 문파외다."

그는 항주에서 제법 큰 규모의 상인연합체인 소항상단의 주인이었다.

상거래를 통해 이문을 챙기는 상인들에게 있어 도적들의 행패는 아주 성가신 일이다. 때로는 용병들을 고용하고 표국을 통해 물자를 보내기도 하지만 빈번하게 사고가 발생한다. 특히 사파의 맹주 격인 혈사성이 괴멸되면서 녹림도적들이 통제를 벗어나 더욱 극성을 떨쳤다.

험준한 지세에 산채를 두고 있기에 관군들도 토벌이 어려운 게 녹림도적들이다. 이들의 노략질을 막기 위해서는 역시 무림인들의 힘을 빌릴 수밖에 없다.

물론 사해문 지부는 오랜 세월 항주에 뿌리를 내리고 있었지만 그동안 개방의 절강 지부에 눌려 문파 취급도 받지 못했다. 그러던 중 사해문이 혈사성 괴멸에 혁혁한 공적을 세운 것으로 공포되면서 일약 명문 거파로 도약하게 되었다. 이로 인해 각 성에 세워진 사해문 지부와 분타까지 우대를 받게 된 것은 당연한 결과였다.

절강 지부장 감주괴(甘周傀)는 그동안의 박대를 의식해서인지 한껏 거드름을 피웠다.

"태백궁이 무림의 태양이라면 우리 사해문은 무림의 별이오. 사해문의 지부와 분타는 세상 구석구석까지 퍼져 있기에 그 빛이 깃들지 않는 곳이 없소."

감주괴를 수행해 온 소수 분타의 향주가 말을 받았다.

"옳으신 말씀이외다, 지부장. 지난 십 년 동안 횡포를 부려 온 혈사성을 괴멸시킨 사해문이 아니오니까? 우리 사해문의 깃발을 내건다면 녹림의 도적들도 감히 노략질을 하지 못할 것이외다."

때마침 풍성한 요리와 술이 탁자에 올려졌다. 금 대인을 수행해 온 두 상인이 감주괴와 향주에게 술을 따라주었다.

"하하, 그동안의 섭섭함은 잊어주십시오."

"자, 어서 드시지요. 향후 절강 지부에서 필요로 하는 모든 물자는 저희 소항상단에서 책임지겠소."

주고받는 사람들의 뜻이 맞기에 분위기가 화기애애했다. 다섯 사람은 연신 술잔을 부딪치며 웃음을 교환했다.

백무향의 안색이 점차 굳어졌다.

처음에는 갑작스럽게 달라진 사해문 제자들의 위상에 그도 아주 기꺼운 모습이었다. 비록 지금은 태상문주 직을 내던졌지만 한때 몸담은 문파였기에 사해문 제자들이 남처럼 생각되지 않은 것이다. 한데 감주괴와 향주의 방자한 태도가 몹시 괘씸하게 생각되었다.

그는 사해문 제자들의 청빈함과 고난을 참고 견디는 인내심을 높이 평가해 왔었다. 사천성 지부는 물론이고 총단 제자들 누구도 사치와 향락을 일삼지 않았기에 그가 선뜻 태상문 주에 올랐는지도 모른다.

그러나 지금 눈앞에서 상인들과 수작을 부리는 지부장과 향주는 그가 생각하고 있는 사해문 제자의 모습이 아니었다. 약간의 완력을 내세우며 거들먹거리는 시정잡배와 다를 바 없었던 것이다.

분위기가 한껏 무르익자 금 대인이 넌지시 말을 꺼냈다.

"감 지부장, 서항루(西杭樓)에 최고 기녀들을 대령시켜 놓았소. 오늘 제대로 한번 마셔봅시다."

서항루는 색향이라는 항주에서도 아주 비싼 기루다. 화대가 비싼 만큼 다양한 재주를 지닌 절색의 기녀들이 손님을 맞이하기에, 풍류객들은 서항루에서 하룻밤을 보내는 것을 큰 영광으로 생각하였다. 감주괴와 향주로서도 서항루의 명성을 귀가 따갑도록 들었기에 회가 동하지 않을 수 없었다.

그래도 체면치레를 하느라 한 번 정도 사양을 했다.

"금 대인, 오늘 너무 과용하시는 것 아니오? 지금의 대접만으로도 사실 과분하오."

"무슨 말씀이오, 감 지부장. 향후 소항상단을 지켜줄 분들인데 그까짓 은자 몇 푼을 아끼겠소? 자, 가십시다."

상단의 두 상인이 감주괴와 향주를 이끌었다.

"하하, 어서 일어나시지요, 지부장."

"지부장 덕분에 우리도 모처럼 서항루 기녀들의 춤과 노래를 감상하게 되었소이다그려.”

감주괴와 향주는 마지못한 듯 일어서면서도 입이 귀밑까지 찢어졌다.

백무향은 이들의 수작을 애써 무시하려 했지만 치밀어 오르는 분통을 참을 수 없었다. 그가 사해문 제자들에게 내렸던 금기 사항이 짓밟혔기 때문이다.

“취, 당장 저놈들을 끌고 와!”

“예, 공자님.”

서문취 역시 감주괴의 오만함과 향응을 마다않는 처신에 몹시 화가 나 있던 상황이었다. 그녀는 상인들과 함께 계단으로 향하는 감주괴와 향주를 막아섰다.

“너희들, 당장 공자님 앞에 꿇어라. 용서를 받지 못하면 네 놈들 목숨도 없을 것이다!”

서문취는 훼손된 얼굴 한쪽을 긴 머리카락으로 가린 상태라 다소 섬뜩한 인상이었다. 상인들이 놀라 뒤로 물러서자 감주괴가 뒷짐을 지며 한 걸음 나섰다.

“웬 계집이냐? 내가 왜 네 상전한테 무릎을 꿇어야 한단 말이냐?”

“못난 놈! 눈이 있어도 보지 못한단 말이냐?”

“흥, 네년이 누구이고 네 상전이 어떤 신분인지 몰라도 사람 잘못 보았다. 난 사해문 절강성 지부장인 감주괴다. 누가 감히 내게 지시를 내릴 수 있단 말이냐?”

감주괴가 상인들을 의식해 한껏 위세를 부렸지만 그것은 명백한 오판이었다.

짝, 짝!

연속적으로 뺨을 얻어맞은 감주괴는 정신을 채 차리기도 전에 뒷덜미를 잡혀 백무향 앞으로 끌려갔다.

"네 이년!"

향주가 칼을 뽑아 들고 달려들자 백무향이 젓가락을 튕겼다.

"악!"

손등이 꿰뚫린 향주가 비명을 발하며 칼을 떨구었다.

백무향 앞에 감주괴를 꿇어앉힌 서문취가 서슬 퍼렇게 질책했다.

"절강 지부장 감주괴는 당장 전 태상문주님께 사죄를 올려라!"

비로소 사태의 엄중함을 깨달은 감주괴가 눈을 번쩍 떴다. 백무향과 서문취를 번갈아 보던 그는 믿을 수 없는 눈빛을 발하며 전신을 부르르 떨었다.

"저… 정말 태상문주님이십니까?"

백무향이 눈을 부라리며 호통을 쳤다.

"네 이놈, 네가 나를 몰라볼 순 있다지만 오랜 세월 사해문에 몸담고 있었던 태상호법 서문취도 모른단 말이냐?"

감주괴는 연신 고개를 조아리며 용서를 빌었다.

“주, 죽을죄를 지었습니다, 태상문주님. 제자 감주괴가 감히 하늘과 같은 태상문주님을 뵈옵니다.”

향주도 급히 옆에서 부복하며 바닥에 고개를 박았다.

“소주 분타의 향주 원사복(元四福)이 태상문주님과 태상호법님을 뵈옵니다.”

백무향은 준엄한 표정으로 꾸짖었다.

“내 이미 사해문을 떠난 몸이기에 관여하지 않으려 했지만 네놈들의 수작을 차마 두고 볼 수가 없구나. 혈사성이 괴멸되는 데 사해문이 일조했다는 풍문은 사실이 아니다. 또한 내가 혈사성주를 격파했다는 소문 역시 거짓이다. 이는 태백궁의 태옥교가 어떤 의도로 사해문을 비호하기 위해 지어낸 이야기일 뿐이다. 이것이 진실이거늘 너희들은 눈곱만치의 공을 세운 적이 없으면서 감히 헛된 이름을 앞세워 제 뱃속이나 채우려 한단 말이냐? 이것이 정녕 사해문 제자들의 모습이란 말이냐?”

감주괴와 원사복은 땀을 비 오듯 쏟으며 연신 고개를 조아렸다.

“죽여주십시오, 태상문주님. 세상 사람들 모두가 우리 사해문을 인정하기에 그만 우쭐하고 말았습니다.”

“사해문의 명예를 더럽힌 저희에게 엄벌을 내려주십시오.”

백무향은 잠시 그들을 쏘아보다가 서문취에게 의견을 물

었다.

"이들을 어찌했으면 좋겠느냐?"

"저와 공자님은 사해문을 떠난 몸이기에 이들을 직접 처벌하면 절차상 문제가 있습니다. 제가 문주께 전서통문을 보내 감찰사령들을 파견하도록 조치하겠습니다."

"흐음, 그게 좋겠다."

백무향은 감주괴와 원사복을 내려다보았다.

"내가 아직 태상문주로 있었다면 너희들을 내 손으로 때려죽였을 것이다. 당장 돌아가 총단의 처분을 기다려라."

"예, 태상문주님."

감주괴와 원사복은 눈물을 철철 쏟고는 객잔을 나갔다.

금 대인을 비롯한 상인들은 잔뜩 두려운 표정을 지으며 서로를 바라보았다. 젊디젊은 청년이 얼마 전까지 사해문 태상문주의 신분이었다는 사실에 경악하였고, 제자들의 사소한 비리를 문책하는 모습에 그들마저 오금이 저렸다.

다행히 백무향은 서문취를 대동해 계단을 내려가면서도 상인들에게는 전혀 눈길을 주지 않았다. 자신들의 이득을 위해 교섭을 펼친 상인들을 탓할 수 없기 때문이다.

비로소 긴장이 풀린 금 대인은 의자에 털썩 주저앉았다.

"후우, 심장이 떨어지는 줄 알았다. 젊은 공자가… 당금 천하에서 가장 유명한 뇌천공자 백무향이었을 줄이야……."

  객잔을 나선 백무향은 순간적인 감정 때문에 공연히 신분
을 드러낸 것이 후회되었다.

  "젠장, 그냥 내버려 둘 것을 그랬어. 사해문 제자가 언제
기루에서 질펀하게 놀아보겠냐? 더군다나 감주괴가 강요한
것도 아닌데 말이다."

  서문취가 단호한 표정으로 말을 받았다.

  "아닙니다, 공자님. 사해문의 위상이 높아지면서 제자들의
태도가 많이 바뀌었습니다. 이번 기회에 엄하게 다스려 제자
들의 해이해진 의식을 바로잡을 필요가 있습니다. 아주 잘하
셨습니다."

  "아니야, 별로 잘한 것 같지가 않아."

  "공자님이 비록 태상문주 직에서 물러나셨지만 여전히 사
해문의 태양이십니다. 이백 년 전 사해문을 창건하신 분이시
니 몸은 떠나 있어도 마음은 절대 떠날 수 없으신 겁니다."

  백무향은 헛웃음을 지었다.

  "취, 넌 아직도 내가 풍운마제의 현신이라고 생각하는구
나?"

  "그렇습니다. 공자님이 과거에 뇌천검제였다고는 전혀 생
각되지 않습니다. 제가 보기에 반사귀선님이 일부러 공자님
의 과거 신분을 숨긴 것이 틀림없습니다."

  "무슨 이유로?"

  "만일 공자님이 풍운마제의 현신이라면 또 한 번 백도무림

계와 충돌할 수밖에 없습니다. 태백궁을 비롯한 정파는 오행천의 잔당들뿐만 아니라 사해문까지 적으로 두어야 하는 어려움에 처하게 되지요. 반사귀선님은 이를 우려했을 겁니다."

백무향은 잠시 생각을 굴리다가 건성으로 고개를 끄덕였다.

"뭐, 아주 틀린 얘기는 아니다. 반사귀선은 정사 어디에도 치우치지 않는 무색임을 내세웠지만 천하의 분란을 원치 않으니 충분히 그럴 가능성이 있어. 하지만 내가 풍운마제의 현신이라는 너의 확신은 근거가 너무 희박해. 반사귀선의 말대로 내가 뇌천진기를 지닐 수 있는 이유는 뇌천검제의 현신이기 때문이지. 그 명백한 증거를 반박할 수 있겠냐?"

서문취의 얼굴이 그늘이 드리워졌다.

"저도 그 점을 해명할 수 없어 답답하기만 합니다. 그러나 그것은 제가 아둔해서이지 결코 진실이기 때문은 아닙니다."

"됐다. 너의 고집스러움에 두 손 들었어. 요즘 또다시 두통이 심해지면서 예전 기억이 오락가락하니 조만간 정확한 기억을 떠올릴 수 있을 거다. 정 답답하면 십만대산을 한번 뒤져서 흔적을 찾아보면 돼."

"맞습니다. 제가 십만대산을 샅샅이 뒤져서라도 반드시 흔적을 찾아내겠어요."

백무향은 어둑어둑해진 하늘을 올려다보았다.

"그전에 천목산부터 뒤져야 돼. 잠룡인지 토룡인지 하는 놈의 쓸개부터 구해야 하니까."

제 32 장

서천목산의 무광(武狂)

1

황금성 총단.

황금빛 전각은 달빛 속에서도 그 화려함을 잃지 않는다. 황금성은 보유한 황금의 가치 한 가지만으로도 가히 오행제일로 불릴 자격이 충분했다.

바닥으로 태극과 팔괘가 새겨져 있었다.

음양이 교차하는 태극 문양을 깔고 앉아 있는 사람은 묘한 매력을 풍기는 청년이었다. 청년은 절세미녀를 방불케 하는 아름다움을 지녔으면서도 결코 유약해 보이지 않았다. 눈빛이 유난히 차고 매서웠으며 간간이 붉은 기운을 뿜어냈다.

악령으로 부활힌 헌사군.

그는 마치 하늘을 떠받칠 듯 두 손을 쳐들고 있었다. 다소 긴장된 모습이지만 흔들림은 없어 보였다.

주변 여덟 방위에 팔괘가 새겨져 있는데 노인들이 단정히 가부좌를 틀고 앉아 있었다. 노인들은 얼굴이며 피부가 모두 금빛이었다. 그들은 쌍장을 앞으로 내밀고 있었는데 장심을 통해 선명한 금색 기운이 뿜어졌다.

황금성주 율지환이 짤막하게 외쳤다.

"대법을 펼쳐라!"

그의 영이 떨어지자 팔방에 앉아 있던 노인들이 장심을 통해 진기를 쏟아냈다. 금빛 기류가 교차하며 현사군의 대혈을 통해 스며들었다.

마도의 대법 중 하나인 격체혈령대법이었다.

일반적인 진기 주입은 일 대 일 방식이지만 격체혈령대법은 최대 여덟 명이 동시에 한 사람에게 자신의 공력을 전할 수 있다. 한 사람이 반 갑자의 공력을 주입시켜 주면 산술적으로 사 갑자라는 가공할 내공을 지니게 된다.

그러나 여러 사람의 공력이 뒤섞이면서 절반은 소실되기에 현실적으로 이 갑자 이상의 내공으로 변화되기는 어렵다. 그것도 공력을 주입받는 자의 체질이 아주 특별해야만 가능하기에 격체혈령대법이 펼쳐지는 경우는 극히 드문 것이다.

슈우우우……!

여덟 줄기의 금빛 기운에 휩싸인 현사군은 마도 최강의 심법을 운기했다.

역천혈류마겁공(逆天血流魔劫功).

이것은 전신의 피를 거꾸로 돌려 인간의 잠재력을 극한까지 끌어올리는 절대마공이다. 과거 오행천의 천주인 파천마황이 창안해 당당히 무적의 경지에 오를 수 있었다.

역천혈류마겁공은 파천마황을 상징하는 마공이지만 특별한 체질이 아니면 수련할 수 없다. 만일 율지환이 역천혈류마겁공을 터득했다면 진작에 오행마단을 통합했을 것이다.

현사군이 역천혈류마겁공을 운기하자 금색 기류가 그의 모공을 통해 빠른 속도로 흡수되었다. 금색 기류가 흡입되면서 그의 얼굴과 피부가 금빛으로 변화되었다.

다소 긴장한 모습으로 대법을 지켜보던 율지환이 흡족한 미소를 머금었다.

'과연 천랑성의 정기를 받은 기재로다. 내가 평생토록 터득하지 못한 역천혈류마겁공을 이렇듯 빠르게 성취하다니.'

그는 호신강기를 펼쳐 몸을 보호하면서 뒤로 미끄러졌다.

"사군, 모조리 흡수해라!"

순간 현사군의 두 눈이 핏빛으로 이글거렸다. 그것은 인간의 눈빛이 아니라 온갖 사악함으로 물든 악마의 눈빛이었다.

"카하핫!"

일진 광소를 터뜨린 현사군은 앉은 자세로 둥실 떠오르며 빠르게 회전했다.

콰류류류!

맹렬한 소용돌이가 형성되면서 팔로(八老)의 금빛 기류가 엄청난 속도로 빨려 들어갔다. 팔로는 자신들의 모든 진기가 소진될 것 같아 대법을 멈추려 했지만 이미 그들의 한계를 벗어났다. 그들은 자신의 의지와 관계없이 진기를 쏟아낼 수밖에 없었다.

"크으윽!"

"이… 이럴 수가?"

"성주께서… 우리를 속이다니."

팔로는 몸부림을 치며 벗어나려 했지만 진기와 정혈이 빠져나가면서 그들의 몸이 우득우득 오그라들었다. 이윽고 팔로는 피골이 상접한 참혹한 모습으로 모두 절명했다. 황금성주의 후계자를 위해 대법에 나섰다가 희생물이 된 것이다.

팔로의 진기를 모두 흡수한 현사군은 혈관을 타고 도는 엄청난 진기에 온몸이 터질 것만 같았다. 몸이 불덩이 속에 들어앉은 듯 뜨거워졌다.

"호으윽!"

현사군의 입에서 고통스런 신음성이 흘러나왔다. 핏빛으로 물든 두 눈에서 강렬한 광선이 폭사되었다. 갑작스럽게 주입된 인간 한계에 이른 공력으로 인해 주화입마에 이른 것이다.

이때 그의 귀를 통해 율지환의 전음이 들려왔다.

“사군, 당황하지 마라. 역천혈류마겁공으로 진기를 쏟아내면 안정을 찾을 수 있다.”

현사군은 괴성과 함께 양손을 힘껏 뻗어냈다.

“크아앗!”

콰르르릉!

핏빛 폭풍이었다. 아찔한 섬광과 함께 핏빛 기류가 파문처럼 확산되었다. 핏빛 기류에 휩싸인 팔로의 메마른 주검이 산산이 부서졌다. 절대마공의 소유자인 율지환마저 호신강기가 강타당하는 충격에 뒤로 밀려나야 했다.

콰— 콰쾅—!

어마어마한 폭음과 함께 황금빛 전각 한 채가 통째로 폭발했다. 아름드리 기둥이 허리를 꺾었고 황금기와가 낙엽처럼 비산하였다.

“헉헉……!”

현사군이 거친 숨을 몰아쉬며 바닥으로 내려섰다.

한바탕 공력을 쏟아내서인지 전신에 서린 핏빛 기운이 소멸되고 은은한 금빛을 뿜어냈다. 눈동자마저 금빛을 발했다.

율지환이 호신강기를 해소하고 그 앞으로 다가섰다.

“훌륭하구나, 사군. 너의 공력은 이제 인간 한계에 이르렀다.”

현사군은 초토화된 주변을 둘러보며 스스로도 믿기지 않는 듯 금빛으로 물든 두 손을 바라보았다.

“제가… 이렇게 변한 것입니까?”

“오냐, 넌 마황진경 중 최고의 마공인 역천혈류마겁공을 터득하면서 자연스럽게 황금마공까지 얻게 되었다. 이제 몇 가지 절기만 더 터득하면 넌 무적의 고수가 될 수 있다.”

“저를 위해 팔대마군을 희생시킨 겁니까?”

“그렇다. 팔대마군은 최후까지 충성을 바쳤다. 넌 그들의 희생을 헛되지 않게 해야 한다.”

“물론입니다.”

현사군은 주먹을 불끈 쥐었다.

“엄청난 힘이 느껴집니다. 이 힘을 쏟아내면 그 어떤 것도 파괴할 자신이 있습니다. 이제 백무향과 태옥교, 그 원수 연놈들을 죽일 수 있게 되었습니다.”

“백무향은 전설적인 뇌천검법과 폭염마공을 한 몸에 지녔다. 놈을 격파하려면 너도 절기를 수련해야 한다.”

율지환이 앞서 걸음을 옮겼다.

“따라오너라.”

그가 걸음을 내디디자 너저분하게 깔린 전각의 잔해물이 좌우로 밀려났다.

두 사람이 이른 곳은 깎아지른 벼랑 아래였다. 벼랑 벽에는 황금빛 철문이 부착돼 있었는데, 높이가 이 장에 달했다.

율지환이 감회 어린 눈빛으로 황금빛 철문을 바라보았다.

"오래전의 일이다. 한 명의 절세도객이 천하를 종횡하며 당시 최고의 사마들을 제압해 이곳에 가두었다. 그래서 이곳을 금마동(禁魔洞)이라 하지. 금마동은 바깥에서만 열 수 있게 제작되었기에 누군가 열어주기 전에는 절대 탈출할 수 없다. 또한 금마동 입구를 막아놓은 만년금철은 어떤 병기나 내가공력에도 깨지지 않는다. 오직 절대공력으로 밀어서만 열 수 있지."

"사마들을 가둔 도객이 누구입니까?"

"바로 도황(刀皇)이다."

"도황……!"

현사군은 한때 도황의 패왕도법을 수련한 적이 있기에 묘한 인연이 느껴졌다.

"금마동에 갇힌 사마들은 모두 죽었겠군요?"

"그렇지 않다. 도황이 죽고 얼마 되지 않아 절대적인 괴력을 지닌 한 절세기재가 금마동을 열었다. 그는 금마동에서 여전히 살아남은 다섯 명의 마신을 거둬들여 수하로 삼았지."

"하면 그 절세기재가 바로 파천마황?"

"그렇다. 바로 오행천의 창시자이자 고금제일마로 불린 파천마황이시다. 당시 금마동에서 거둬들인 다섯 마신이 오행마신이지."

현사군은 황금철문 앞으로 다가섰다.

“그렇다면 이 금마동에서 오행천이 태어났다고 해도 과언이 아니군요.”

“그렇다. 금마동에는 당시 도황에 의해 갇힌 사마들의 원혼과 마력이 배어 있었다. 세상에서 마기(魔氣)가 가장 충만한 곳이라 할 수 있지. 마황진경의 절기는 금마동 내에서 수련해야 최고의 경지에 이를 수 있다.”

“아주 마음에 듭니다. 제가 강해질 수 있다면 지옥이라도 두렵지 않습니다.”

현사군은 진기를 운기해 두 손을 황금철문에 붙였다.

율지환이 신중한 모습으로 경고했다.

“사군, 금마동의 마력은 가공하다. 자칫 마성에 젖어 네 신지를 잃을 수도 있다.”

“어떠한 마력도 제 가슴속의 원한보다 강할 수 없습니다. 제가 복수를 이루지 못하면 죽어서도 눈을 감지 못할 것입니다.”

현사군은 율지환을 돌아보며 당당한 미소를 지었다.

“마황진경을 대성하면 제 스스로 문을 깨뜨리고 나오겠습니다. 지켜봐 주십시오, 사부님.”

율지환은 대견스런 눈빛으로 제자를 바라보았다.

“오냐, 너의 의지라면 능히 오행천을 재건할 수 있다. 오행마단은 본 성을 중심으로 통합될 것이다.”

“이만 수련에 들어가겠습니다.”

현사군은 역천혈류마겁공을 운기해 힘껏 황금철문을 밀었
다.

쿠구구궁……!

수만 근 무게의 황금철문이 세차게 요동쳤다. 벼랑 전체가
흔들리면서 황금철문이 조금씩 열리기 시작했다. 가히 인간
한계를 초월한 공력이 아닐 수 없었다.

이를 지켜보는 율지환은 내심 두려움을 금치 못했다.

'믿을 수 없는 성취다. 사군은 파천마황 사존을 능가할 공
전절후할 대마황이 될지도 모른다.'

황금철문이 열리자 안에서 시커먼 기류가 흘러나왔다. 그
것은 오랜 세월 마도인들의 원한과 분노에 의해 생성된 금마
동 특유의 마기였다.

"카하핫!"

현사군은 섬뜩한 광소를 터뜨리며 금마동 안으로 스며들
었다.

쿠우우웅!

묵직한 굉음과 함께 황금철문이 닫혔다.

율지환은 황금철문을 직시하며 지그시 이를 물었다.

"사군, 너의 위대한 출관을 기다리겠다."

2

산정의 호수가 하늘[天]의 눈[目]처럼 생겼기에 붙여진 이름 천목산(天目山).

천목산은 두 곳으로 정상이 나뉘어져 있기에 동천목산과 서천목산으로 불린다. 아주 높은 산은 아니지만 드넓은 화남 평원에서 우뚝 솟아 있기에 장엄함이 한결 더해 영산으로 불리기도 한다.

여명 무렵이라 희뿌연 연무에 싸인 산세가 묘한 신비감을 불러일으킨다.

"여기가 천목산 맞아?"

산기슭으로 내려선 백무향이 운무 속을 두리번거리며 물었다.

서문취는 붉어지는 동녘을 통해 방향을 가늠했다.

"맞을 겁니다. 임안 일대에 천목산만큼 큰 산은 달리 없으니까요."

"젠장, 왜 이렇게 안개가 짙어? 이래서야 어디 잠룡이 숨어 있다는 용정담(龍井潭)을 찾을 수 있겠냐?"

"용정담은 서천목산에 위치한다고 들었습니다. 그리로 가시지요."

서문취가 앞서 몸을 날리자 백무향이 뒤를 따랐다. 백무향은 다소 미안한 마음에 넌지시 물었다.

"취, 내가 소엽을 구할 약을 찾기 위해 이렇듯 나서는 게 즐겁지는 않지?"

“아닙니다. 저는 공자님과 함께 지낼 수 있다는 것만으로
도 행복합니다.”

“과연 그럴까? 내가 지금도 사해문 제자들의 행동에 신경
이 쓰일 정도니 너는 더할 거다. 오행마단에 의해 사해문이
피해를 입게 된다면 넌 가만있지 못할 거다.”

“저뿐만 아니라 공자님도 수수방관하지는 않으실 겁니
다.”

백무향은 모호한 미소를 지었다.

“글쎄, 내 눈앞에서 참상이 벌어진다면야 당연히 개입하겠
지만 멀리까지 찾아가는 일은 없을 거다. 내가 그런 수고를
할 이유가 없잖아?”

“아닙니다. 사해문은 공자님의 분신입니다. 스스로 창건하
신 사해문이 멸문되는 것을 어찌 좌시할 수 있겠어요?”

“그만 해, 취. 네가 아무리 원해도 내 신분이 바뀔 수는 없
으니까. 설사 내가 풍운마제의 현신이라 해도 과거처럼 살지
않을 수 있다.”

한데 이때였다. 운무 저편에서 은은한 괴성이 들려왔다.

크허헝!

달리던 신법을 멈춰 세운 백무향이 귀를 기울였다.

“이게 뭔 소리야? 호랑이나 곰 울음소리치고는 너무 엄청
나군.”

서문취가 눈을 동그랗게 떴다.

“혹시 잠룡의 울음소리가 아닐까요?”

“잠룡?”

“예. 귀선님의 친구 분이 잠룡을 낚기 위해 십수 년 전부터 기다리고 있었다면 가능한 일입니다.”

“젠장, 그렇다면 남한테 빼앗기게 되는 거잖아? 어서 가자.”

백무향이 바닥을 박차며 치솟아올랐다. 도운담공비를 펼치자 그의 신형이 순식간에 운무 속으로 사라졌다.

서문취는 조금 서운함에 젖었다.

‘날 위한 일이라도 이렇듯 가슴을 졸이셨을까?’

크허허헝!

어마어마한 울음소리에 호수를 둘러싼 언덕 전체가 요동쳤다.

짙푸른 호수가 들끓고 있었다. 수면 위로 절반쯤 치솟아 있는 거대한 형상은 놀랍게도 상상 속의 영물인 용이었다. 전체적으로 뱀의 모습인데 머리 위로 사슴 뿔이 돋아 있고 메기 수염을 지니고 있었다.

바로 승천하지 못하고 이무기에 그친 잠룡이었다.

한데 놀라운 것은 거대한 잠룡을 한 노인이 마치 물고기처럼 낚아 올렸다는 데 있었다. 엄청난 크기의 잠룡에 비해 노인의 체구는 불과 오 척에도 미치지 못할 만큼 왜소했다. 그

러나 그 작은 체구 속에 얼마나 가공할 힘이 담겨 있는지 낚
싯대를 힘껏 당겨 잠룡을 호수 속에서 끌어내고 있었다.

"이놈아, 노부가 신세를 갚아야 하니 네 쓸개를 취해야겠
다!"

낚싯줄은 천잠사를 꼬아 만들었는지 잠룡의 몸부림에도
끊어지지 않았다.

크허허헝!

호수 밖으로 끄집어 올려진 잠룡은 성난 눈빛을 발하며 꼬
리를 휘둘렀다. 예리한 지느러미가 달린 꼬리는 마치 망나니
가 휘두르는 칼날처럼 왜소한 노인을 향해 날아들었다.

순간 하늘과 땅을 가르는 시퍼런 섬전이 내리꽂혔다.

번― 쩍―!

뇌천검에서 뿜어진 검기였다. 대번에 꼬리가 동강 난 잠룡
이 처절한 비명을 토하며 심하게 몸부림을 쳤다. 그 바람에
낚싯대가 뚝 분질러졌다.

겨우 자유로워진 잠룡은 호수 속으로 대가리를 처박았다.

"안 돼!"

수면 위로 몸을 날린 왜소한 노인이 등에 멘 동발(銅鈸)을
꺼내 쥐었다.

동발은 커다란 접시처럼 생긴 병기다. 손잡이에 끼고 휘두
르면 근접전에 유리하며 철륜처럼 날리면 수십 장 밖의 적도
쓰러뜨릴 수 있다. 달리 비발로 불리기도 하는데 이는 동발을

날려 사용하기에 생긴 이름이다.

왜소한 노인은 하얀 포말을 일으키며 이무기가 스며든 수면을 향해 동발을 내던졌다.

“파뢰벽!”

휘리리링—!

두 개의 동발은 맹렬하게 회전하며 수면으로 파고들었다. 그 위력이 얼마나 강력한지 높은 물기둥이 치솟아올랐다.

왜소한 노인은 허공을 딛고 선 채 심각한 표정으로 동발을 조종했다. 그러나 이미 물속으로 모습을 감춘 잠룡은 어느새 사라져 버렸는지 물속 십 장 깊이까지 파고든 동발에도 걸리지 않았다.

“허어, 십오 년 세월이 수포로 돌아갔구나!”

왜소한 노인은 길게 탄식을 지으며 동발을 거둬들였다. 두 자루 동발이 수면 위로 치솟아오르자 높은 물기둥이 내려앉았다.

언덕 위로 내려선 왜소한 노인의 표정이 험악하게 일그러졌다. 그는 백무향을 직시하며 호통을 쳤다.

“네놈이 감히 노부의 오랜 노고를 무산시켰다! 절대 용서하지 않겠다!”

백무향은 왜소한 노인의 전신에 서린 신위에 내심 놀라움을 금치 못했다.

노인의 체구는 그의 가슴께도 미치지 못할 정도였지만 압도적인 신위는 산악처럼 거대해 보였다. 왜소한 체구만을 보고 우습게 여길 대상이 아니었던 것이다. 그러나 어떤 상대 앞에서도 주눅이 들 백무향이 아니었다.

"노인장, 죽게 될 목숨을 기껏 살려줬는데 날 용서치 않겠다고? 아무리 망령이 들었어도 은인과 원수도 구분하지 못한단 말이오?"

"뭐, 뭐야, 망령?"

"저기를 보시오. 만일 저 꼬리지느러미에 베어졌다면 노인장의 몸은 이미 동강 났을 것이오."

백무향의 주장은 결코 허언이 아니었다. 베어진 잠룡의 꼬리지느러미는 단단한 바윗덩이 옆에 떨어져 있었는데 바위 일부가 한 자 깊이로 패인 상태였다. 웬만한 병기로도 바위 표면에 한 치 깊이의 흔적을 새기기 힘든 것을 감안한다면 꼬리지느러미의 예리함은 상상을 초월할 정도인 것이다.

한데 왜소한 노인의 사나운 인상은 더욱 뒤틀렸다.

"이 멍청한 놈아, 노부가 누구인데 잠룡의 지느러미 따위에 몸이 베어지겠느냐?"

그는 신경질적으로 동발 하나를 내던졌다. 맹렬히 회전하며 뻗어나간 동발은 대번에 바윗덩이를 갈라 버렸다.

콰아앙!

집채만 한 바윗덩이는 두 쪽으로 갈라져 허연 속살을 드러냈다.

되돌아온 동발을 받아 든 노인이 백무향을 직시했다.

"당장 용서를 빌지 않으면 네놈을 저 바윗덩이처럼 쪼개 버리겠다!"

백무향은 상대의 공언이 가소롭게만 생각되었다.

"당신 취미가 살인이오? 보기보다 악독한 마두로군?"

"닥쳐라! 노부는 정마(正魔) 어디에도 속하지 않는다. 하지만 노부를 거스르는 놈은 정마에 관계없이 모두 벌을 받아야 한다."

"후훗, 대단한 자부심이로군. 당신이 무림의 제왕이라도 된단 말이오?"

왜소한 노인은 두 자루 동발을 등에 멨다.

"허어, 정말 버르장머리가 없는 놈이로군. 하지만 아직 어린 나이를 감안해 병기는 사용치 않겠다. 네가 노부의 일장을 받는다면 용서해 주겠다."

백무향은 왜소한 노인이 나이를 거론하자 공연히 부아가 치밀었다.

"이봐, 어린 친구. 내 앞에서 감히 늙은이 노릇을 하는 거냐? 내가 너보다 백수십 년은 더 살았으니 나이는 거론하지 마라."

왜소한 노인의 눈에서 불똥이 튀었다.

"크으, 이… 이놈이 진정 단단히 미쳤구나! 내 오랜 세월 살계를 지켜왔는데 네놈만큼은 살려둘 수가 없다!"

그의 전신에서 짙은 자줏빛 기류가 뿜어졌다. 전설적인 자전강기(紫電罡氣)였는데 백무향은 상대의 절학에 대해 전혀 알지 못했다.

"좋아, 오래 살아온 내가 조금 양보하지. 어디 마음껏 일초를 펼쳐 봐라."

왜소한 노인이 둥실 떠올랐다. 극도의 분노로 인해 살기마저 느껴졌다.

"네놈이 죽기를 자초했으니 노부를 원망하지 마라!"

그가 주먹을 불끈 쥐자 묵직한 뇌성과 함께 자줏빛 섬광이 화려하게 번득였다. 자전뇌권(紫電雷拳)으로 불리는 신화적인 절기였다.

백무향은 비로소 상대가 초극에 이른 고수임을 깨닫게 되었다.

'어엇, 이 늙은이가 대체 누구야? 광명신검 태무건과 비해도 손색이 없는 초고수다!'

그는 상대를 경시하던 생각을 싹 지우고 급히 폭염마공을 운기했다.

한데 이때였다. 뒤늦게 당도한 서문취가 두 사람 사이로 뛰어들었다. 그녀는 왜소한 노인에게 배례를 올리며 다급히 외쳤다.

"고정하십시오, 무절(武絶) 노선배님!"

왜소한 노인은 의아한 눈빛으로 서문취를 굽어보았다.

"아이야, 네가 어떻게 노부를 알아본 것이냐?"

"저와 공자님은 반사귀선 노선배님의 지시를 받아 이곳 용정담을 찾아온 것입니다."

"뭐라? 귀선이 보냈다고?"

왜소한 노인은 잔뜩 미간을 찌푸리다가 뇌천강기를 해소했다. 바닥으로 내려선 그가 서문취을 직시하며 물었다.

"정녕 귀선이 보내서 온 거란 말이냐?"

"사실입니다. 저는 사해문의 제자 서문취라 하며 이분은 제 상전 되시는 뇌천공자 백무향 공자이십니다."

서문취는 백무향에게 노인에게 소개했다.

"인사드리세요, 공자님. 우내사절 중 최강의 고수로 추앙되어 온 무절 천패무광 노선배님이십니다."

그러했다. 왜소한 노인은 놀랍게도 전설적 기인으로 모두가 두려워하는 천패무광이었다.

천하삼성 이래 가장 뛰어난 네 명의 기인을 우내사절이라 한다. 우내사절은 도불쌍절인 천문상인과 무무화상, 의절(醫絶) 반사귀선, 그리고 무절 천패무광을 말한다. 이들은 세수 백 세에 이르는 최고의 무림명숙으로 광명신검 태무건이 등장하기 전에는 백 년 내 최고의 고수로 추앙되었다.

무절 천패무광(千敗武狂).

그는 평생토록 무공 수련과 절기를 수집하며 살아온 무인이다. 수십 년 동안 천 번을 싸워 패하면서 그 패배를 거울 삼아 독보적인 경지에 이르렀기에 무광으로 불리게 되었다. 수없이 많은 죽을 고비를 넘기면서 그의 신체는 강철처럼 단단하게 단련되었고 공력은 인간 한계에 이르렀다.

세상에서 그와 겨룰 수 있는 고수는 오직 광명신검뿐이라는 것이 천하인들의 정평이었다.

백무향은 상대의 엄청난 신분에도 불구하고 태도가 전혀 변하지 않았다.

"귀선의 친구라면 내가 백 살 이상은 접어주어야겠군. 귀선을 노형으로 칭하니 당신한테도 무광 노형이라고 부르면 되겠어."

천패무광은 자신의 귀를 의심했다.

"네가 지금 뭐라고 했느냐? 백 살을 접어둬? 그리고 너처럼 어린놈이 감히 귀선과 호형호제하며 지낸단 말이냐?"

서문취가 난처한 표정으로 설명해 주었다.

"노선배님, 공자님은 정마쌍제의 후계자일 수……."

백무향이 정색을 지으며 그녀를 꾸짖었다.

"서문취, 너 지금 무슨 소리를 하는 거냐? 반사귀선도 내가 뇌천검제의 현신임을 인정했는데 네가 감히 그것을 부정하려는 거냐?"

"공자님, 저는 믿지만 과연 세상 사람들이 어떻게 그런 엄청난 일을 납득할 수 있겠습니까?"

"그게 아니라 너 자신도 내가 뇌천검제의 현신임을 믿지 않고 있다. 결국 날 미친놈으로 생각한다는 거잖아?”

서문취가 황급히 자신을 변론했다.

“아, 아닙니다. 저는 공자님께서 전설의 정마쌍제 중 한 분의 현신임을 확신합니다. 믿어주세요.”

황당한 표정으로 듣고 있던 천패무광이 손가락을 까딱하자 서문취는 무형의 잠력에 이끌려 몸을 일으켰다.

“아이야, 네가 사해문 제자 서문취라고 했더냐?”

“그렇습니다.”

“대체 네가 이 녀석과 무슨 헛소리를 주고받은 것이냐? 정마쌍제가 타계한 지 이백 년이 넘었건만 현신이라니?”

백무향이 대신 대답해 주었다.

“죽기는 누가 죽었다는 거요? 그동안 잠들어 있다가 지난해에 깨어났소. 내가 기억이 없어 정확히 누구인진 모르지만 귀선 노형 말로는 뇌천검제의 현신일 가능성이 높다고 하더군.”

천패무광은 바닥까지 늘어진 수염을 움켜쥐며 백무향을 직시했다. 경악에 젖은 그는 말을 제대로 잇지 못했다.

“정말… 귀선이 너를, 아니, 자네를… 아니, 귀하를… 뇌천검제의 현신이라 했단 말이냐, 아니, 말이오?”

“납득하기 어렵지만 그게 현실이오. 내 나이가 이백 살을 훨씬 넘었지만 그동안 살아온 게 아니라 잠들어 왔으니 굳이 나이를 내세우지 않겠소. 편하게 지냅시다, 무광 노형.”

“허어!”

천패무광은 기가 막힌 듯 연신 헛웃음을 치며 고개를 절레절레 흔들었다.

“내 백 년을 살아왔지만 이렇듯 기괴한 일은 처음이로다. 다른 사람의 말이라면 절대 믿을 수 없겠지만 귀선이 인정했다면 믿지 않을 수가 없구나.”

일순 그의 표정이 신중하게 굳어졌다.

“하지만 내가 직접 경험해 보기 전에는 인정할 수 없다!”

그는 등에 멘 동발을 풀어 양손에 쥐었다.

“그대가 정녕 뇌천검제의 현신이라면 기꺼이 전설의 뇌천검법을 견식해 보겠다.”

“꼭 겨루어야겠소?”

“물론이다. 뇌천검법은 전대의 절기 중 내가 꼭 한 번 겨뤄 보고 싶은 최고의 검법이다.”

“좋소. 비무를 청해오는데 마다한다면 예의가 아니지.”

백무향은 천천히 뇌천검을 뽑아 들었다.

번갯불 형태의 검신과 사위로 분출되는 섬광 줄기. 뇌천검 특유의 화려한 현상에 천패무광이 힘있게 고개를 끄덕였다.

“오, 분명 뇌천검이로다! 그대가 뇌천검을 뽑았으니 뇌천검제의 현신이라는 주장이 결코 허언은 아니구나. 뇌천진기는 하늘의 뜻으로만 터득할 수 있는 기운이니까.”

“그렇소. 한데 이 명백한 증거를 보여줘도 모두가 믿지 않으려 하오.”

“솔직히 나도 믿기 어렵다. 그래도 난 무공 절기는 믿는다. 그대가 과거의 뇌천검법을 펼쳐 낸다면 난 진심으로 믿을 것이다.”

“알겠소.”

백무향은 뇌천검을 비스듬히 세워 들며 서문취에게 눈짓을 보냈다.

“물러서 있어.”

“예, 공자님.”

서문취는 두 절세고수의 격돌을 감안해 오십 장 밖까지 멀리 물러섰다.

선연한 아침 햇살에 운무가 스러지며 용정담의 전모가 드러났다. 호수는 옆으로 긴 타원형 형태이고 호심은 아주 깊은 듯 물 빛깔이 다소 검푸르렀다. 하늘에서 내려다보면 깊은 호심이 눈동자처럼 보여 천목산으로 불리게 된 것이다.

천패무광은 번득이는 섬광 속에 휩싸여 있는 백무향을 바라보며 연신 감탄에 젖었다.

“오, 전설의 뇌천진기를 내 손으로 견식할 수 있다니 진정 감동이로다. 내 일 갑자 이래 선제공격을 펼친 적이 없지만 그대와의 대결에서는 내가 먼저 출수를 해야 할 것 같구나.”

“그럴 것 없이 동시에 출수합시다.”

“허허헛, 그렇게라도 내 체면을 생각해 준다면 고맙지.”

천패무광이 둥실 떠오르자 백무향도 허공을 밟고 치솟아 올랐다.

"붕천열지(崩天裂地)!"

천패무광은 두 개의 동발을 마주쳤다.

차아앙!

요란한 쇳소리에 용정담의 수면이 십 장 높이로 치솟아올랐다. 동발에 의한 음공은 지극히 강력한 선제공격이었다.

'윽!'

백무향은 고막을 강타하는 음공에 가벼운 내상을 입고 말았다. 순간적으로 정신이 아득해져 천패무광의 움직임을 세대로 분간할 수가 없었다.

"차앗!"

천패무광은 빙글 회전하며 동발 하나를 내던졌디.

휘리리링―!

동발이 급격한 호선을 그리며 백무향의 측면으로 날아들었다. 워낙 빠른 속도라 백무향은 눈으로 확인하기에 앞서 감각으로 쳐내야 했다. 폭음과 함께 뇌천검에 밀린 동발이 그를 지나쳐 날아갔다.

"마환추(魔幻追)!"

천패무광은 손에 쥔 동발을 교묘하게 휘둘렀다.

음성에 의해 끓어오른 기혈을 겨우 가라앉힌 백무향은 뇌천검법을 전개했다.

“천뢰광류섬!”

우렛소리가 진동하면서 섬광이 폭사되었다. 뇌천검이 허공을 가를 때마다 용정담의 물결이 춤을 추었고 섬광의 비가 쏟아져 내렸다.

천패무광은 동발을 휘둘러 백무향의 뇌천검법과 정면으로 맞섰다.

차차창―!

종이 깨지는 듯한 금속성이 연이어 터져 나왔다.

오십여 장 밖으로 물러서 있던 서문취는 강력한 음공과 강기의 여파에 십 장을 더 물러서야 했다. 그녀의 눈에 비친 두 절세고수의 비무는 인간이 아니라 천신들의 대결이었다.

“야뢰비류섬!”

백무향은 허공을 밟고 미끄러지며 현란한 검화를 뿌려냈다. 그러다 등 뒤로 날아드는 예리한 파공성에 급히 뇌천검을 뒤로 돌렸다.

차앙―!

날아들던 동발이 뇌천검과 충돌하며 허공 높이 솟아올랐다. 앞서 천패무광이 내던졌던 동발이 뒤늦게 가세한 것이다.

천패무광은 튕겨져 오른 동발을 무형진기로 끌어들였다.

“전설의 검법이 어째 예상보다 시시하구나. 그대가 진정 뇌천검제의 현신이란 말이냐?”

신랄한 비난에 백무향은 자존심이 몹시 상했다.

“무광, 날 졸로 보는 거요?”

그는 극한의 뇌천진기를 뇌천검에 주입시켰다. 뇌천검에서 요란한 우렛소리가 울려 퍼지고 푸른 번갯불이 십 장 이내를 휩쓸었다.

“파황벽뢰섬!”

뇌천십이검 중 가장 강력한 위력을 지닌 제십초가 전개되자 앞서 대결과는 비교도 안 될 천지조화가 전개되었다. 지표면이 연이어 폭발해 올랐고 용정담에서도 거대한 물기둥이 치솟아올랐다.

서문취는 오싹한 공포에 젖어 십수 장을 더 물러서야 했다.

그러나 이 엄청난 공세 속에서도 천패무광은 굳건하게 제자리를 지켰다. 그는 양손의 동발을 연속적으로 내지르며 뇌천검과 맞섰다.

콰— 콰콰쾅!

하늘 일각이 내려앉는 폭음이었다. 대지는 고통스럽게 요동치며 한숨을 토했고 용정담은 거대한 폭풍에 휩싸인 듯 사나운 손톱으로 허공을 할퀴었다.

우렛소리가 잦아들고 섬광이 스러지면서 비로소 장내의 전모가 드러냈다.

두 사람 모두 강력한 호신강기를 펼치고 있기에 부상을 당하지 않았지만 주변 일대는 참혹하게 파헤쳐져 있었다. 비위는 으스러졌고 속살을 드러낸 땅거죽이 흉물스럽게만 보였다.

백무향은 자신의 절기를 충분히 과시했다는 생각에 뇌천검을 회수했다.

"무광, 이제 믿을 수 있겠소?"

천패무광은 몇 군데 베어진 자신의 장삼을 살피고는 동발을 등에 멨다.

"유감이군. 그대의 뇌천검법은 완벽하지 않다. 따라서 난 그대가 뇌천검제의 현신임을 인정할 수 없다."

"뭐가 완벽하지 않다는 거요?"

"난 천하 대부분의 무공을 접해보았다. 물론 뇌천검법을 직접 견식한 적이 없기에 무엇이 잘못되었는지 정확히 알지 못한다. 하지만 완벽한 뇌천검법이 아님은 분명하다."

"……."

"그대의 뇌천검법에서는 천세검성의 검법이 느껴진다. 뇌천검제와 천세검성은 역사상 가장 위대한 검객이지만 두 사람은 백 년의 세월 때문에 서로 만난 적이 없다. 한데 선대에 만들어진 뇌천검법에 어째서 후대인 천세검성의 검법 조예가 담길 수 있단 말인가? 이는 절대 있을 수 없는 일이다."

백무향은 문득 그 연유를 깨달았다. 그러면서 천패무광의 예리한 안목에 탄복하지 않을 수 없었다.

"무광 노형, 천하인들이 왜 노형을 무절로 추앙하는지 이제야 이해가 되오. 노형이 지적한 대로 내가 전개한 뇌천검법은 후대에 천세검성이 창안한 것이오."

"그게 무슨 말인가?"

"사실 난 기억이 분명치 않아 뇌천검을 뽑을 수는 있어도 검법 절기를 전혀 구사하지 못했소. 한데 태옥교가 내게 뇌천검보를 건네주었소. 그 뇌천검보는 뇌천검제가 아니라 천세검성이 기록한 것이었소. 천세검성이 절전된 뇌천검법이 너무 안타까워 과거 뇌천검제가 수련했던 천병동부에서 검흔을 보고 재현했다고 들었소."

천패무광은 무공 절기에 관해선 천부적인 재능을 지녔기에 대번에 백무향의 말을 알아들었다.

"카하핫, 알겠다. 그렇다면 충분히 가능한 일이다. 천세검성에 의해 재현된 뇌천검법이니 당연히 완벽하지 않을 수밖에. 어쨌든 그대가 불완전한 뇌천검법을 지녔으니 난 그대를 뇌천검제의 현신으로 인정할 수 없다."

백무향은 쓴 입맛을 다시다가 오른손을 쳐들었다.

"그렇다면 이것은 어떻게 판단하겠소?"

그의 장심을 통해 태양처럼 눈부신 불꽃이 뿜어져 나왔다. 이글거리는 불덩이는 주변을 모든 것을 태워 버릴 듯 강렬했다.

천패무광은 얼굴 근육이 좌우로 씰룩거렸다.

"폭염열화주! 어떻게… 풍운마제의 폭염마공을?"

백무향은 용정담을 향해 폭염열화주를 내던졌다.

콰아앙!

대폭음과 함께 십수 장 높이의 물기둥이 치솟아올랐다. 애꿎게 죽은 수백 마리의 물고기가 수면 위로 허연 배를 드러냈다.

천패무광은 경이에 찬 눈빛으로 백무향을 바라보다가 천천히 걸음을 옮겼다. 백무향 앞으로 다가선 그가 손을 내밀었다.

"자네에게 노제로 칭할 수 있는 영광을 주겠는가?"

백무향은 싱긋 미소를 지으며 그의 손을 쥐었다.

"물론이오, 무광 노형. 우리는 왠지 잘 통할 것 같소."

"카하핫, 당연하지 않은가? 노제는 전대 최강의 무공을 알고 있고, 난 당대 최강의 무공을 알고 있으니 서로의 무공을 증진시키는 데 큰 도움이 될 것이네."

백무향이 괴팍하기로 유명한 천패무광과 돈독한 사이가 되자 서문취는 겨우 안도할 수 있었다.

'아, 다행이야. 만일 두 분이 목숨을 걸고 대결을 벌였다면 양패구상을 면치 못했을 것이다. 무림으로서는 엄청난 손실일 수밖에 없었겠지.'

백무향은 힐끗 서문취를 보다가 넌지시 제안을 했다.

"노형, 취가 시녀를 자처하지만 사실 내 여인이오. 그러니 노형의 절기를 전수해 줄 수 없겠소?"

"내 절기를?"

"그렇소. 알다시피 내가 지닌 절기는 독특한 내공을 기초로 하기에 취에게 전혀 도움이 되지 않소."

천패무광은 서문취를 훑어보고는 시큰둥한 표정을 지었다.

"근골은 괜찮은 아이지만 내가 절기를 전수해 주어야 할 이유가 없지 않은가?"

"그 많은 절기를 무덤까지 가져갈 생각이오? 노형도 후계자를 남겨야 무광의 절기가 빛을 발할 것이 아니오?"

"내 무공은 소싯적에 무수한 패배의 아픔 속에서 창안된 것이네. 내게 절기를 전수받으려면 과거의 나처럼 천 번은 패배를 경험해야 할 것이야."

"노형이야 무공에 대한 집념 때문에 천 번을 패할 수 있겠지만 과연 누가 천 번을 패하면서 무공을 배우려 하겠소? 아마 그전에 골병이 들어 죽게 될 것이오. 노형의 영광을 위해서라도 전수해 주시오."

천패무광은 백무향의 집요한 부탁에도 태도를 바꾸지 않았다.

"천 번이 과하다면 백 번 정도로 줄여주지. 최소한 그 정도의 패배를 경험한 후라면 기꺼이 가르쳐 줄 수 있네."

그는 분질러진 낚싯대를 집어 들고는 입맛을 다셨다.

"허어, 난감하군. 벽옥죽간(碧玉竹竿)이 분질러졌으니 무슨 수로 잠룡을 낚는단 말인가?"

백무향은 자신의 부탁을 냉담하게 거절하는 천패무광의 처사가 몹시 괘씸했다.

'정말 쩨쩨하군. 절기 몇 가지 가르쳐 주는 게 뭐 대단한 일이라고.'

서문취는 자신을 위해 애써주는 백무향의 배려에 감격했다.

"공자님, 그동안 베풀어주신 은총으로 소녀도 이미 일류고수 반열에 올랐습니다. 공연히 소녀 때문에 무절 노선배님과의 우의가 상할까 두렵습니다."

"넌 잠자코 있어. 반드시 천패무광 노형의 절기를 전수받도록 해줄 테니까."

그러다 품속에 지니고 있던 마황진경을 떠올리고는 내심 쾌재를 불렀다. 그는 천패무광의 옆에 서며 지나가듯 물었다.

"노형은 고금의 무공을 모두 섭렵했다 들었는데 오행천의 마공도 수련해 보았소?"

"전부는 아니더라도 오행마단의 마공에 대해서는 알고 있네."

"대체 어떻게 그 많은 절기를 터득할 수 있었던 거요?"

"간단하네. 한 번 겨뤄보면 알 수 있네."

"단지 겨뤄보는 정도로 남의 절기를 배울 수 있단 말이오? 그게 가능하오?"

천패무광은 분질러진 낚싯대를 한쪽으로 내던졌다.

"카하핫, 그게 나만의 독특한 재능일세. 내가 다른 학문은 몰라도 무공에 대해서는 일가견이 있네. 웬만한 절기는 한 번 보기만 해도 흉내 낼 수 있지."

"그렇다면 파천마황의 마공도 배워보았소?"

"아쉽게도 파천마황의 절대마공은 접한 적이 없네. 마황의 절기는 마황진경에 수록돼 있다고 하더군. 오행마단 중 두 곳이 마황진경을 나누어 지니고 있다는 얘기만 들었네."

백무향은 싱긋 미소를 지었다.

"노형, 만일 내가 마황진경을 배울 수 있는 기회를 제공한다면 취에게 절기를 전수해 줄 수 있겠소?"

"……?"

천패무광은 강렬한 눈빛으로 백무향을 직시하였다. 그러다 미간을 찌푸리며 고개를 흔들었다.

"무절은 내가 아니라 노제에게 붙여질 호칭이로군. 전설적인 뇌천검법과 폭염마공을 한 몸에 지닌 것만도 경이적인데 파천마황의 절대마공까지 터득했단 말인가?"

"어쩌겠소, 내 부탁을 들어주겠소?"

"내 어찌 마황진경의 절대마공을 마다하겠는가? 서문취를 기꺼이 제자로 삼겠네."

천패무광이 수락하자 백무향은 즉시 서문취를 불렀다.

"취, 축하한다. 천하 최강의 사부를 두게 되었어."

서문취는 감격에 젖어 정중히 아홉 번 절을 올렸다.

“제자 서문취가 사부님을 뵙습니다.”

천패무광은 바닥까지 끌리는 긴 수염을 내리쓸었다.

“오냐. 취는 향후 열 번의 패배를 경험한 후 절기를 하사받
게 될 것이다.”

백무향은 그의 고집스러움에 질리고 말았다.

‘하여간 고집이 쇠심줄이야.’

어쨌거나 서문취는 무절의 제자에 입문했다는 것만으로도
엄청난 광영일 수 있었다. 무절의 높은 배분을 감안한다면 서
문취는 이제 도불쌍절의 제자인 무을과 동배가 된 셈이다.

백무향은 마황진경을 꺼내 천패무광에게 건넸다.

“절반의 마황진경이오.”

천패무광은 흥분과 의혹이 어우러진 눈빛으로 백무향과
마황진경을 번갈아 보았다.

“이, 이것을 어떻게 자네가?”

“내가 오행마단 놈들과 악연이 좀 깊소. 벽라마원에 강제
로 끌려간 적이 있는데 그곳에서 마황진경을 조금 수련하게
되었소. 하지만 한 가지 보법만 배운 게 전부요. 내가 마녀 따
위의 명령에 복종할 사람은 아니오.”

“벽라마원에서 가져왔다면 분명 마황진경이겠군.”

“물론이오. 노형은 속고만 살았소?”

천패무광은 마황진경을 어루만지며 감회 어린 표정을 지
었다.

“노제, 오늘 자네를 만나 알게 된 일들은 내 평생 최대의 사건일세. 하나하나가 충격적인데 내 어찌 쉽게 납득할 수 있겠는가?”

그는 마황진경을 몇 장 넘기면서 냄새를 맡고 필체를 유심히 살펴보았다. 일순 그의 표정이 딱딱하게 굳어졌다.

“이건 진본이 아닐세.”

“뭐요? 그럴 리가 없소. 놈들은 날 강제로 꿇어앉혀 마황진경을 배알토록 했소.”

“내가 알기로 마황진경은 사람의 피로 씌어졌네. 한데 이 무서는 사람의 피가 아니라 주사(朱沙)로 씌어졌군. 게다가 파천마황의 필체가 아닐세. 난 예전에 파천마황의 필체를 본 적이 있기에 분명히 기억할 수 있네.”

“하지만 난 그 마황진경을 통해 천마환영보와 구겁파천검법의 기수식을 배웠소.”

“그렇다면 마황진경의 진본을 옮겨 적은 필사본이로군. 어쨌거나 무공을 연구하는 데에는 문제가 없지.”

백무향은 공연히 노파심이 일었다.

“마황진경이 필사본이라고 취에게 하찮은 잡기나 전수해 주는 것은 아니오?”

마황진경을 챙겨 넣은 천패무광이 결연하게 말했다.

“명색이 무절의 제자로서 하찮은 잡기 따위나 배우는 일은 없을 것이네.”

“하하, 그럼 안심이오.”

백무향은 서문취를 향해 엄지를 세워 보였다. 서문취는 공손히 고개를 숙여 감사를 표했다.

백무향은 용정담으로 다가섰다.

“노형, 잠룡인지 토룡인지 하는 녀석을 다시 끌어올리시오. 놈의 멱은 내가 따겠소.”

“유감스럽게도 벽옥죽간이 분질러졌고 미끼마저 잃어 잠룡을 다시 낚기는 불가능하네.”

“그게 무슨 소리요? 낚싯대와 미끼를 다시 구하면 되지 않소?”

“벽옥죽간은 사천성 벽간산(璧竿山)에서만 구할 수 있네. 수십만 그루의 대나무 중에서 어쩌다 한 번씩 발견되는 신비한 대나무이기에 보물이라 할 수 있지. 더구나 더 큰 문제는 미끼로 쓸 금구(金龜)의 새끼일세.”

“미끼가 금구의 새끼란 말이오?”

“그러하네. 어렵사리 만년금구의 알을 구해 부화시켜 겨우 미끼로 삼았는데… 이제 어디에서 만년금구의 알을 또 구한단 말인가?”

천패무광은 나직이 한숨을 쉬었다.

“내 평생 누구한테 신세를 진 적이 없는데 십수 년 전 친인 때문에 귀선에게 신세를 지게 되었네. 그래서 잠룡의 쓸개를 구해 신세를 갚겠다고 공언했는데… 이제 귀선을 대할 면목이 없게 되었어."

백무향은 자신이 개입하는 바람에 잠룡을 놓치게 되었다는 생각에 조금은 미안한 생각이 들었다. 하지만 잠룡의 쓸개를 구해야 소엽을 회생시킬 수 있기에 초조함이 더했다.

"잘 생각해 보시오, 노형. 물속으로 뛰어들어 잠룡을 끌어낼 수도 있지 않소?"

"불가하네. 용정담의 수심은 아주 깊어 바닥까지 이른 사람이 없다고 하였네. 상처를 입은 잠룡이 바닥까지 내려가 웅크리고 있을 텐데 무슨 수로 끌어낸단 말인가?"

"그래도 낚아야만 하오. 내 목숨이 걸린 일이란 말이오!"

백무향이 격한 모습으로 외치자 천패무광은 그가 지니고 있는 뇌천검을 신중하게 직시했다.

"노제, 뇌천검법을 완벽하게 터득했는가?"

"그게 잠룡을 낚는 것과 관계가 있소?"

천패무광은 푸른 용정담으로 시선을 돌렸다.

"물론일세. 노제의 뇌천검은 하늘이 내린 신검일세. 어쩌면 용정담의 심연을 가르고 잠룡을 끌어낼 수도 있네. 물론 절대적인 절기가 요구되는 일이지만."

제 33 장

절대마녀의 탄생

1

뇌천검법은 모두 십이초로 구성돼 있다.

전 오초는 검기에 의한 검법이고 후 오초는 검강에 의한 검법이다. 본래 십초의 검법이었는데 나중에 두 가지 검법이 새로이 창안돼 십이초를 이루게 되었다.

태옥교가 건네준 뇌천검보에는 천세검성에 의해 재현된 십초의 뇌천검법이 상세하게 기술돼 있었다. 하지만 마지막 두 초식에 대해서는 구결 일부만 기재돼 있었다. 천세검성도 두 초식만큼은 재현하지 못했던 것이다.

제십일초 초범무뢰섬(超凡無雷閃).

이것은 초상승 검법인 신검합일과 유사한 초식이었다. 검과 몸이 일체가 되어 벼락으로 변환된다. 부딪치는 모든 것을 파괴하기에 산악도 관통할 수 있다. 이백 년 전 뇌천검제는 이 가공할 위력의 초식으로 천하를 압도할 수 있었다.

"자, 이제 이해가 되었는가?"

천패무광은 백무향이 불러준 일부 구결을 듣고는 초범무뢰섬의 원리에 대해 상세하게 설명해 주었다. 일부 구결만 듣고 절기를 완성시킬 수 있는 능력은 무학에 관해 광적인 집념을 지닌 천패무광만이 가능한 일이었다.

백무향은 아주 난해한 해설에 이맛살을 찌푸렸다.

"노형, 좀 더 쉽게 풀이해 줄 수 없겠소? 어째 들을수록 더 헷갈리는 것 같소."

천패무광은 잔뜩 미심쩍은 눈빛을 지었다.

"노제, 자네가 정말 뇌천검제의 현신이 분명한가? 아무리 과거를 잊었다지만 어떻게 자신이 창안한 검법을 잊을 수 있단 말인가? 무학은 오랜 수련을 거쳐 몸으로 터득하기에 기억과 관계없이 유지되는 것이 통례일세. 아무래도… 내가 속는 기분이야."

"쳇, 설사 내가 뇌천검제의 현신이 아니라 해도 노형이 손해 볼 일은 없지 않소?"

"왜 없겠는가? 증손자뻘밖에 안 되는 핏덩이와 호형호제하며 지내야 하는데 어찌 분통 터질 일이 아니겠는가?"

"노형, 내가 말이요, 뇌천검제가 아니더라도 풍운마제는 될 수 있소. 귀선 노형이 인정했으니 확실하오.”

백무향은 불현듯 화가 치밀어 그를 몰아붙였다.

“노형, 행여 내가 마정쌍제의 현신이 아니라 해도 너무 구박하지는 마시오. 내가 지금 백 살 넘게 접어주니까 호형호제로 지내고 있는 것 아니오? 고작 칠팔십 년 차이 갖고 핏덩이라 하면 너무 섭섭한 것 아니오?”

천패무광은 마땅히 대꾸할 말이 없이 쓴 입맛만 다셨다.

나이로만 논한다면 그는 백무향을 전대의 고인으로 정중하게 받들어야 마땅하다. 백여 년의 세월을 무시하고 오히려 자신을 형으로 불러주는 백무향에게 감사를 표해야 하기 때문이다.

그는 헛기침을 하며 몸을 돌렸다.

“허엄, 나로서는 최선을 다해 구결을 완성시켜 주었네. 그것을 터득하는 일은 자네 몫일세.”

몇 걸음을 내디디기도 전에 그는 백 장 밖으로 멀어졌다.

“차앗!”

서문취는 용정담 아래 평지에서 검법을 수련하고 있었다.

전대 최강의 고수 천패무광의 제자가 되는 행운을 얻게 되면서 그녀는 생각지도 못한 상승 절기를 배우게 되었다. 천패무광은 움직이는 장경각이라 할 수 있는 무학의 보고답게 무궁한 절기를 알고 있었다.

그는 사흘 동안 서문취에게 열 가지 무공을 전수해 주었다.

하나하나가 강호일절로 불릴 절기이기에 서문취로서는 평생 수련을 해도 모두 터득하지 못할 절학이었다. 하지만 열 가지 절기는 이제 시작이었다. 천패무광은 자신의 제자로 행세하려면 최소 백 가지 절기는 구사해야 한다며 그녀의 느린 성취를 탓했다.

"월녀투광(越女透光)!"

서문취가 일초의 검법의 선보이고 검을 거두자 천패무광이 냅다 호통을 쳤다.

"취, 네가 지금 검무를 추는 것이냐? 월녀검법은 이천여 년 전 월녀가 회계산에서 터득한 검법으로 간결함과 쾌속함을 중시한다. 한데 너는 기녀들처럼 춤이나 추는구나!"

"용서하십시오, 사부님. 제자가 워낙 미흡해서……."

"네가 미흡한 자질인 줄은 안다. 그러나 재주가 부족하면 열정으로 메워야 하는 법이다. 처음부터 다시 익혀라!"

천패무광은 서문취의 손에서 검을 빼앗아 쥐고는 자신이 직접 시범을 보였다.

쐐에엑—!

허공을 가르는 파공성이 매섭다. 검 그림자에 가려진 천패무광의 모습은 찾아보기가 힘들다. 검광이 번득이는 사이 월녀구검의 초식이 모두 마무리된다.

천패무광은 바닥에 검을 꽂았다.

"내일까지 모두 터득해라!"

터무니없는 주문이었지만 서문취는 감히 반박을 못하고 공손히 허리를 굽혔다.

"명심하겠습니다, 사부님."

천패무광은 훌쩍 몸을 날려 소나무 가지가 넓게 그늘을 펼친 바위 위에 앉았다. 가부좌를 틀고 앉은 그는 붉은 책자를 꺼내 들고는 눈을 부릅뜬 채 주시했다. 붉은 책자는 바로 반 권의 마황진경이었다.

그는 무학에 대해 무한대의 욕심을 지닌 사람이었다. 강해지고 싶어서가 아니라 새로운 무학이라면 그것이 마공이든 독공이든 어떻게든 배우려 했다. 학문에 심취한 유학자들이 성현들의 죽간을 찾아 천 리 길을 여행하듯 그 또한 배워야 할 무학이라면 만 리 길을 마다하지 않는다.

서문취는 검을 뽑아 들고는 바닥에 새겨진 족인을 바라보았다. 사부가 월녀검법을 시전하면서 보법으로 새겨둔 족인이었다.

'사부님이 엄하시기는 해도 나름대로 자상함을 지니셨어. 세상 사람들이 말하는 것처럼 무의 미치광이는 아니셔.'

이때 백무향이 옆으로 내려섰다.

"어때? 조금 성과는 있어?"

"너무 많은 절기를 가르쳐 주서서 고민이에요. 지금 배우는 월녀검법을 내일까지 터득해야 하는데 정말 걱정입니다."

"절기 몇 가지 갖고 되게 으스대는군. 며칠 만에 터득할 수 있다면 그게 어디 절기겠어?”

백무향은 그녀가 안쓰러워 공연히 한 소리 했다.

“정 힘들면 그만둬. 세상에 사부로 삼을 고수가 어디 무광뿐이겠냐? 내가 달리 사부 될 사람을 찾아봐 주겠다.”

“아, 아닙니다, 공자님. 제가 감히 무절의 제자가 된 것도 영광인데 어찌 딴마음을 품을 수 있겠어요? 단지 제 자질이 부족한 것을 한탄할 뿐입니다.”

“남의 절기를 배우는 게 어디 쉽겠냐? 나를 보라고, 예전에 내가 구사했던 절기조차 기억하지 못해 별로 늙지도 않은 무광한테 구박을 받고 있잖아?”

“그것은 공자님께서 풍운마제의 현신이시기 때문입니다.”

서문취의 고집스런 주장에 백무향은 신물이 났다.

“아, 그만 하라니까. 너 때문에 내 기억이 자꾸 헷갈리잖아? 앞으로는 말이다, 내 과거를 확실하게 찾기 전에는 내가 누구인지 밝히지 않겠다. 이제 미친놈 소리 듣는 것도 싫다.”

백무향은 마황진경 수련에 매진해 있는 천패무광을 힐끗 보며 주절댔다.

“그 많은 무공을 알고 있는데도 여전히 만족하지 못하는군. 아마 죽어서도 부시백골공을 수련할 거야.”

2

스무하루째.

백무향은 초범무뢰섬을 어느 정도 터득할 수 있었다. 아니, 그가 뇌천검제 당사자라면 잊었던 절기를 기억했다고 해야 옳을 것이다.

용정담 앞에 선 백무향이 뇌천검을 뽑아 들었다. 검극에서 뿜어지는 번갯불에 용정담의 맑은 수면이 출렁거렸다.

한쪽에서 지켜보던 천패무광이 주의를 주었다.

"뇌(雷)의 힘은 화기를 담고 있어 물과는 극성일세. 너무 깊이 잠수하면 상극이 일어나 노제를 해치게 될 것이네. 절대 무리해서는 안 되네."

그의 조언이 오히려 백무향의 자존심을 자극했다.

"내 무공에 대해서는 내가 더 잘 알고 있소. 초극의 열기는 물도 증발시킬 수 있으니 용정담이 날 어쩐진 못할 것이오. 지켜만 보시오."

그가 뇌천진기를 검극에 주입시키자 요란한 우렛소리와 함께 번갯불이 사위로 비산되었다. 그의 몸이 서서히 떠오르자 용정담 하늘 위로 검은 구름이 드리워졌다. 마치 한바탕 폭우가 쏟아지기에 앞서 마른 벼락이 터지는 듯한 광경이었다.

이 순간 허공을 딛고 선 백무향의 입에서 짤막한 외침이 울려 퍼졌다.

"초범무뢰섬!"

번—쩍—!

세상의 모든 빛이 소멸되면서 한줄기 푸른 섬광이 용정담 수면 위로 내리꽂혔다. 발광체는 너무도 눈이 부셔 그 형상을 직시할 수가 없을 정도였다.

퍼억!

둔탁한 폭음과 함께 엄청난 물기둥이 치솟아올랐다. 맹렬한 소용돌이에 의해 숫구친 물기둥은 오래도록 가라앉지 않았다. 더불어 물기둥 속에서 폭음과 용 울음소리가 흘러나왔다.

서문취가 눈을 동그랗게 뜨며 물었다.

"사, 사부님? 대체 어떻게 진행되고 있습니까?"

천패무광이 물기둥을 직시하며 말해주었다.

"노제는 검신(劍身) 합일이 되어 용정담 깊은 곳까지 파고들었다. 잠룡의 울음소리가 들리는 것으로 보아 잠룡을 찾아낸 것 같구나."

"맙소사! 용정담의 깊이가 백 장이나 된다면서요?"

"그래. 초범무뢰섬을 이렇듯 빨리 터득한 것을 보니 뇌천검제의 현신이라는 주장이 사실인 것 같구나."

"……."

서문취는 시무룩한 표정이 되어 입을 다물었다.

그의 사부마저 백무향을 뇌천검제로 인정한다면 백무향이 풍운마제이기를 바라는 그녀의 염원은 끝내 이루어질 수 없기 때문이다.

얼마나 지났을까.

콰르르릉……!

하늘 높이 치솟아올랐던 물기둥이 내려앉았다. 동시에 푸른 섬광이 치솟아오르며 호반으로 날아들었다. 눈부신 섬광은 한 자루 뇌천검. 한데 호반에 이르자 섬광이 스러지며 뇌천검을 치켜든 백무향으로 모습이 바뀌었다.

"이게 용담(龍膽:용 쓸개)이오?"

백무향은 붉은 피가 뚝뚝 흐르는 장기를 내보였다.

천패무광은 고개를 끄덕이며 감탄의 표정을 지었다.

"맞네. 용케도 용담을 손에 넣었군."

"호수 바닥으로 내려가니 잠룡이 숨어 있었소. 죽을래 쓸개 내놓을래 하고 물었더니 제 발톱으로 배를 갈라 쓸개를 꺼내줍디다. 하하."

백무향은 가죽 주머니에 용담을 담고는 단단히 조였다.

서문취는 아직도 요란하게 출렁이고 있는 용정담으로 시선을 돌렸다.

"정말… 잠룡이 제 스스로 쓸개를 꺼내주었어요?"

"하하, 순진한 녀석. 그 말을 진짜 믿었냐? 사실 달아나려는 놈의 배를 갈라 쓸개를 끄집어낸 거다. 왠지 죽이고 싶지는 않더라고."

"쓸개가 없으면 죽잖아요?"

천패무광이 대신 대답해 주었다.

"쓸개 없이도 살 수 있다. 짐승뿐 아니라 사람도 마찬가지 이지. 그래서 실없고 무기력한 사람을 쓸개 빠진 놈이라 하지 않더냐?"

그는 백무향이 쥐고 있는 가죽 주머니를 가로챘다.

"용담은 내가 귀선에게 직접 주겠네."

"무슨 소리요? 내가 호수 밑바닥까지 내려서가 어렵게 구해왔는데 왜 노형이 생색을 내는 거요?"

"내게도 절반의 권리는 있지 않은가? 내가 구결을 완성시켜 주지 않았다면 자네가 어떻게 초범무뢰섬을 터득해 용담을 구할 수 있었겠는가?"

"알겠소. 노형이 차지할 생각만 없다면 아무래도 좋소."

어쨌거나 용담을 구했으니 소엽을 되살릴 수 있게 되었다. 기분이 즐거워진 백무향이 앞서 걸음을 옮겼다.

"갑시다. 이런 날 술 한잔하지 않으면 언제 마시겠소?"

3

항주의 저녁은 화려하다.

서호에 배를 띄운 유객들이 기녀들의 음률에 시를 읊고 노래를 부르며 도도한 취흥에 잠긴다. 멀리서 바라보는 서호는 놀잇배들이 밝힌 유등으로 인해 밤하늘의 별처럼 반짝

거린다.

서호 변 주루마다 봄날의 취흥을 즐기기 위한 사람들도 가득했다.

백무향은 연신 천패무광과 잔을 부딪치며 자신의 경험담을 털어놓았다. 살아온 세월을 헤아리면 백무향이 훨씬 많을 수 있겠지만 경험에 있어서는 백무향이 천패무광과 비교가 될 수 없었다. 과거를 기억하지 못하는 백무향은 구만산에서 깨어나기 이전의 상황은 전혀 알지 못하기 때문이다.

그래도 그가 중원으로 건너와 오행마단을 두루 경험한 일이며 혈사성주와의 대결은 대단한 애깃거리가 아닐 수 없었다.

천패무광은 강호사에 깊이 관여하는 성격이 아니었지만 그래도 백 년을 살아온 기인답게 세상의 흐름은 거의 파악하고 있었다. 하지만 백무향이 겪었던 경험담은 그로서도 전혀 몰랐던 사실을 밝혀주는 진귀한 소식이었다.

서문취는 두 사람의 잔이 비면 얼른 술을 채워주고 간간이 안주를 건넬 뿐 조용히 듣기만 했다. 한 사람은 그의 상전이고 다른 한 사람은 그의 사부이니 말 한마디 꺼내기도 조심스러울 수밖에 없었다.

이때 한 무리의 표사들이 객잔으로 들어서며 창가에 자리를 잡았다. 서둘러 술과 안주를 주문한 그들은 음성을 낮춰 이야기를 나누었다.

"자네들도 소문 들었지? 혈사성 잔당들이 성주의 복수를 하겠다며 다시 결집했다면서?"

"그렇다고 하더군. 당시 출타 중이던 현명칠사 중 세 명이 중심이 돼서 혈사성 잔당들을 규합했다고 들었네. 당장 태백궁과 겨루기는 역부족이라 사해문 총단을 공격한다고 했네."

"사해문도 이제는 순순히 당하지 않겠다며 정면 대결을 선포했다고 하던데 과연 상대가 될까?"

"복수심에 눈이 뒤집힌 혈사성 놈들이라 아마 어려울 것이네. 더군다나 태상문주였던 뇌천공자마저 총단을 떠난 상황이 아닌가?"

표물을 운반하며 천하 각처를 다니는 표사들답게 그들은 주워들은 이야기가 풍부했다.

서문취는 사해문과 혈사성 잔당과의 대결이 거론되자 자연 신경이 쓰이지 않을 수 없었다. 비록 백무향을 따라 사해문을 떠나왔지만 그녀는 자신이 사해문 제자임을 부인하지 않고 있었다.

'혈사성 잔당들이 총단을 침공한다고?

그녀는 혹시 백무향도 들었나 싶어 힐끗 살펴보았지만 백무향은 천패무광과 더불어 오행마단의 마공에 대해 논하느라 정신이 없었다.

점소이가 술을 내오자 한 잔씩 비운 표사들의 대화가 이어졌다.

"태상문주가 사해문을 떠나서인지 그동안 사해문을 추앙하던 방파들이 싹 돌아섰네. 혈사성 잔당들과의 대결이 임박했다는 풍문이 나돌았지만 지원하겠다는 무림세가나 방파가 전혀 없다더군."

"태백궁도 말인가?"

"그렇다고 들었네. 과거 혈사성 자리에 세워진 태백별궁이 멀지 않건만 단 한 명도 파견하지 않는다고 하네."

"허어, 역시 무림계는 야박해. 얼마 전까지만 해도 태백궁에 버금갈 사해문이라며 그토록 떠받들지 않았던가?"

표사 하나가 코웃음을 쳤다.

"당연한 결과일세. 개방의 비렁뱅이들보다 비천하게 여기는 사해문을 누가 진심으로 존중했겠는가?"

서문취는 표사의 한마디 한마디가 바늘로 폐부를 찌르는 듯 아팠다. 사해문에서 태어나고 자라온 그녀에게 있어 사해문은 그녀의 가문이었고 제자들은 한 가족이었다. 물론 자라오면서 숱한 멸시를 받아왔지만 지금 듣는 한마디 한마디는 그녀에게 깊은 모멸감을 안겨주었다.

그녀의 심정을 아는지 모르는지 백무향이 빈 잔을 탁자에 두드렸다.

"뭐 하고 있어? 술잔 비었잖아!"

"예, 공자님."

서문취는 얼른 술병을 기울여 잔을 채워주었다. 하지만 그녀의 귀는 여전히 표사들의 대화 쪽으로 열려 있었다.

텁석부리 표사가 거칠게 내뱉었다.

"그래도 사해문은 괴멸되지 않을 걸세. 워낙 잡초 같은 근성이 있는 문파잖아? 무림계의 공포라는 오행천의 침공 속에서도 살아난 사해문이 아닌가."

"그거야 사해문이 밟을 가치조차 없어서 살려둔 것이지. 오행천 마귀들이 마음만 먹었다면 사해문은 이미 흔적도 없이 사라졌을 것이네."

팔자 눈썹의 표사가 말을 받았다.

"헤헤, 그건 그래. 뭐 밟아봐야 신발만 더러워질 테니까."

사문에 대한 지독한 모욕에 서문취는 탁자를 불끈 쥐었다.

'이놈들!'

그 바람에 술잔이 흔들리자 천패무광이 시선을 돌렸다.

"왜 그러는 것이냐, 취?"

"사부님……."

서문취가 분노와 설움에 눈물을 글썽이자 백무향이 짜증스럽게 내뱉었다.

"정 그렇게 속상하면 당장 저놈들 패주고 총단으로 달려가면 되잖아?"

"공자님… 모두 듣고 계셨군요?"

"그냥 한두 마디 들었을 뿐이다. 저들 말대로 잡초 근성이 어디 가겠어? 현사군 부자가 살아 있을 때도 건재했는데 그

잔당들 따위한테 괴멸되겠냐?"

서문취가 다소 원망 섞인 말투로 말을 받았다.

"공자님은 사해문의 창건조사이십니다. 어찌 남의 일처럼 태연하십니까?"

"취, 사해문 창건조사는 풍운마제야. 물론 내가 풍운마제의 현신이라도 이번 일에는 나서지 않는다. 자생력을 갖추지 못한 방파는 무너져야 돼. 그것이 무림의 법칙이니까."

백무향은 술잔을 마저 비우고는 일어섰다.

"젠장, 모처럼 술친구를 만나 즐겁게 마시는 중인데 흥을 깨는군."

반면 천패무광은 제자의 볼을 토닥이며 위로해 주었다.

"취, 정 걱정이 되면 너라도 가보려무나. 노부의 절기로 맞선다면 웬만한 놈들은 격파할 수 있다."

"하오나… 저는 공자님과 함께 사해문을 떠나온 몸입니다."

천패무광은 앞서 객잔을 나서는 백무향을 힐끗 보고는 넌지시 물었다.

"잠시 양해를 구해 다녀올 수도 있지 않느냐?"

"아마 공자님이 절 용납하지 않으실 겁니다. 다시는 공자님을 뵙지 못할 거예요."

"취, 사부로서 한 가지 충고하마. 노제는 유사 이래 전례가 없는 특별한 존재다. 네가 연모할 수는 있어도 당장은 그의 여인이 되기는 어렵다. 지금 노제에게 있어 가장 중대한 사안은 자신의 과거를 되찾는 일이다. 그가 자신의 잃어버린 세월을 회복한 후에야 현실에 적응할 수 있으니까.”

“……”

“일단 나가자꾸나.”

천패무광은 서문취를 다독여 객잔을 나섰다.

이미 술 한 단지를 사놓은 백무향이 대뜸 지시했다.

“짊어져라. 우리도 놀잇배를 하나 띄워 술을 마셔보자.”

한데 서문취가 공손하게 무릎을 꿇었다.

“송구합니다, 공자님. 이번 분부는 따를 수 없습니다.”

“너 많이 컸다? 날보고 지란 얘기냐?”

“전 총단으로 가봐야겠습니다. 사해문 제자들은 제 가족과도 같습니다. 더 이상 공자님을 모시지 못해 송구합니다. 용서하십시오.”

백무향은 물끄러미 그녀를 바라보다가 술 단지를 집어 들었다.

“가봐.”

“빠른 시일 내에 돌아오겠습니다.”

“내가 어디 있을지도 모르는데 공연히 헤매지 마. 총단에 눌러앉아 있으면 혹시 만날 수 있을지도 모르니까.”

“반드시 찾아뵙겠습니다.”

“서문취, 내 말 못 알아듣는 거냐? 총단에 그냥 있으란 애

기다. 넌 죽어서도 사해문 귀신이 될 계집이니 사해문 제자로
살아가는 게 순리야.”

백무향은 술을 짊어진 채 성큼성큼 걸음을 옮겼다.

“젠장, 시중들 계집이 없으니 조금은 불편하군. 내가 이런
것까지 메고 다녀야 하다니.”

서문취는 나직이 한숨을 짓고는 천패무광에게 절을 올렸
다.

“사부님의 절기를 채 전수받지 못하고 잠시 떠나게 되었습
니다. 윤허해 주십시오.”

“오냐, 허락하겠다. 단, 한 가지는 명심해라. 넌 무절의 제
자이다. 이 사부의 명예를 더럽히는 일은 없어야 할 것이다.
알겠느냐?”

“예, 사부님.”

“네게 전수해 준 절기의 절반만 터득해도 넌 당대 최고의
여류고수로 인정받게 될 것이다. 그리되면 사해문이 비천하
다는 강호의 평판을 잠재울 수 있다. 강호를 지배하는 것은
강력한 무공이니까. 이를 명심해라.”

서문취는 다시 한 번 공손하게 고개를 조아렸다.

“깊이 명심하겠습니다, 사부님.”

몸을 일으킨 그녀는 서호 변을 따라 몸을 날렸다. 천패무광
의 상승 경공을 전수받아서인지 전에 없이 빠른 몸놀림이었
다.

천패무광은 워낙 안력이 뛰어나 어둠 저편으로 멀어지는 제자의 모습을 오랫동안 지켜볼 수 있었다. 제자가 수림 속으로 완전히 모습을 감추자 비로소 몸을 돌렸다.

"역시 제자는 함부로 거두면 안 돼. 물가에 내놓은 아이처럼 항상 신경을 쓰이게 만드니 말이야."

4

오행마단 중 토(土)에 해당되는 지옥마부.

지옥마부는 백무향이 광명신검 태무건을 구출해 달아나는 바람에 본거지를 떠나야 하는 엄청난 타격을 감수해야 했다. 터전을 잃게 되자 자존심을 굽히면서까지 환희마궁에 곁방살이를 청원했지만 냉담하게 거절당했다.

지옥마부의 종주 지옥마존은 분노를 참을 수 없어 축융마곡을 찾아가 축융장왕을 꼬드겼다.

축융장왕은 오랜 세월 소수마후를 연모해 왔던 마왕이다. 그러나 소수마후는 축융장왕을 인간으로 취급하지도 않았다. 강렬한 화기(火器)를 다루느라 머리카락이 모두 타버렸고 피부마저 화상을 입은 축융장왕의 몰골이 지옥마존보다 더 흉측했기 때문이다.

이런 사정을 잘 아는 지옥마존은 소수마후를 제압해 바치겠다고 꼬드겨 축융마곡의 강력한 화기들을 선사받았다.

그로 인해 소수마후는 치명적인 부상을 입었는데 결정적
인 순간에 뛰어든 백무향 때문에 퇴각하고 말았다. 지옥마존
으로서는 씹어 먹어도 시원치 않을 원수에게 또 한 번 수모를
당한 셈이다. 그나마 환희마궁을 크게 격파한 것으로 위안을
삼을 수 있다는 게 다행이었다.

“이제 거의 회복되었소이다, 지존.”
혈심마흉이 지옥마존의 상처 부위를 살피며 환한 표정을
지었다.
“그러하냐?”
지옥마존은 찌푸렸던 인상을 펴며 상의를 걸쳤다.
그는 소수마후와 격돌하는 와중에 동강 난 마황지검이 옆
구리에 박히는 중상을 당해야 했다. 다행히 경혈을 다치지 않
아 큰 부상임에도 불구하고 후유증없이 회복될 수 있었다.
부상에서 완쾌된 지옥마존은 모처럼 전각을 나서 지옥마
부를 둘러보았다.
새롭게 터전을 잡은 지옥마부는 사방이 벼랑으로 둘러싸
인 거대한 분지 내에 위치해 있었다. 유일한 입구는 협곡인데
그 폭이 아주 좁아 자연적인 관문 역할을 해주었다.
물론 협곡에 이르는 데에도 십여 개의 험준한 잔도(殘道)를
거쳐야 하기에 외부의 침입은 우려하지 않아도 된다. 유사시
잔도를 무너뜨리면 절세고수 외에는 접근이 불가능할 만큼

험준한 천연의 요새였다.

지옥마부 곳곳은 한창 공사 중이라 몹시 어수선했다. 새로이 전각을 세우고 동굴을 파서 십옥(十獄)을 축조하느라 귀졸들 모두가 작업에 투입된 상태였다.

귀졸들에게 작업을 독려하던 잔혼참마와 귀황철마가 지옥마존의 출타에 급히 예를 올렸다.

"지존을 뵈오이다."

그들은 환희마궁을 침공하던 중 백무향과 격돌하다 뇌천검법에 다쳐 외팔이가 되었다. 워낙 심한 내외상을 입은 터라 아직 완치된 몸은 아니었다.

지옥마존은 어수선한 작업장을 둘러보며 투덜거렸다.

"왜 이렇게 더디냐? 아직 번듯한 전각 한 채 제대로 짓지 못하지 않았더냐?"

잔혼참마가 얼른 변명을 늘어놓았다.

"송구하오이다, 지존. 워낙 험한 지세 때문에 공구며 물자를 반입하기가 어렵소이다. 그래도 밤낮으로 독려를 하고 있으니 조만간 지존께서 거처하실 마존각이 세워질 것이외다."

"어서 서둘러라! 게으름 피우는 놈들은 채찍으로 때려죽여도 좋다."

"예, 지존."

혈심마흉이 한창 조성 중인 정원으로 지옥마존을 안내했다.

“지존을 위한 산책로입니다. 예전의 지옥마부보다 훨씬 큰 규모로 축조 중이외다.”

“흐음, 괜찮군.”

“이곳은 정녕 천혜의 요새외다. 지존께서 천하를 제패하셔도 이곳은 지키십시오. 지옥별궁으로 삼기에 훌륭한 곳이외다.”

지옥마존은 아직 칠을 입히지 않은 정자로 올랐다.

“환희마궁 계집들이 달아난 곳은 찾아냈느냐?”

“아직 수색 중이외다. 하오나 소수마후가 죽었으니 우려하실 일은 없소이다.”

“그래도 천색요골의 계집이 소수마후의 뒤를 이었다지 않더냐?”

“아직 어린 계집이외다. 참마와 철마를 파견하는 정도로 환희마궁을 복속할 수 있을 것이외다.”

“크홋, 그래.”

지옥마존은 허리춤에 찬 파천마검을 어루만졌다. 옆구리로 파고들어 하마터면 목숨을 빼앗아갈 뻔했지만 그래도 다시 회수했으니 다행한 일이었다.

“환희마궁을 제압하면 축융마곡은 겁을 집어먹고 제 스스로 굴복할 것이다. 이렇게 삼대마단이 규합되면 벽라마원이나 황금성과도 능히 겨룰 수 있다.”

“그렇소이다, 지존, 오행마단은 지존의 주도로 통합되는 것이 순리외다. 오행의 이치를 보아도 세상을 지배하는 힘은 황토(黃土)가 아니오니까?"

혈심마흉의 아부에 지옥마존은 몹시 기분이 좋아졌다.

"크흐훗, 옳은 말이다. 인간이라면 누구라도 땅에 발을 딛고 살지. 그 땅의 지배자가 바로 본좌가 아니더냐?"

한데 이때였다. 협곡 쪽에서 난데없이 폭음이 울려 퍼졌다.

퍼―퍼펑―!

벼랑을 파내기 위한 폭음이 아니었다. 폭음 소리에 이어 처절한 비명이 뒤를 따랐다.

지옥마존의 흉물스런 얼굴이 징그럽게 일그러졌다.

"뭐, 뭐냐?"

혈심마흉 역시 표정이 굳어졌다.

"지존, 송구하오나 침입자가 있는 듯하오이다."

"그게 무슨 소리냐? 수십 리에 걸친 잔도를 감시하는 보초들은 대체 무엇을 했단 말이냐?"

"아마도 모두 죽었거나… 제압된 것 같소이다."

겨우 답변을 했지만 그로서는 이해가 되지 않았다.

깎아지른 벼랑 허리를 파고 놓여진 잔도는 외륜 수레가 겨우 지날 정도로 좁다. 달리 몸을 숨길 곳이 없기에 잔도를 따라 오가는 자들은 수십 곳의 초소에서 감시된다. 한데 적이 협곡으로 침입하는 동안 한 번도 경종이 울리지 않았다는 것이 이해가 되지 않았다.

"으악!"
"크에엑!"
우두귀졸과 마두귀졸이 연이어 쓰러지고 있었다.
귀졸들 사이로 파고들며 가차없이 살식을 전개하는 침입자들은 흑의를 걸친 여인들이었다. 얼굴빛이 대부분 희고 가슴에는 조의를 표하는 상장(喪章)을 달았다.
바로 환희마궁의 정예들로 환희백엽에 해당되는 제자들이었다.
"멈춰라!"
사나운 외침과 함께 지옥마존이 삼대마공과 함께 장내로 내려섰다. 일순 환희마궁 쪽에서 피리 소리가 울리며 제자들이 뒤로 물러섰다.
지옥마존이 삼대마공과 십옥주를 대동해 앞으로 나섰다.
"미친년들, 네년들 스스로 지옥으로 뛰어들었구나! 대체 어떤 년이 주동을 한 것이냐?"
그러자 환희백엽이 좌우로 갈라지며 검은 휘장이 둘러진 교자가 앞으로 나섰다. 환희마궁 최고 고수들인 사화령이 교자 좌우에서 따랐다.
지옥마존이 잔뜩 눈살을 찌푸렸다.
"뭐야? 수수마후가… 아직 살아 있었단 말이냐?"

혈심마흉이 정색을 지으며 부인했다.

"그럴 리 없소이다, 지존. 분명 폭멸적화통에 적중되지 않았소이까?"

"그래, 폭멸적화통에 적중돼 주안술이 깨졌지. 그런 치명상을 입고 회생할 수는 없다."

이때 휘장이 열리며 한 여인이 긴 옷자락을 이끌고 천천히 밖으로 나섰다. 허공을 밟고 미끄러지는 모습이 흡사 물을 타고 흐르는 듯 유연했다.

여인은 얼굴을 면사로 가렸는데 속살이 은은히 내비치는 검은 망사의가 지독히도 색정적이었다. 안에 받쳐 입은 속옷이 지극히 아슬아슬해 거의 알몸에 가까웠다. 젖가슴은 팽팽하고 허리는 잘록하며 다리는 늘씬했다.

여인의 관능적인 몸매를 대한 지옥마부의 마인들은 대번에 매혹되고 말았다. 순간적으로 전의가 상실된 그들은 치켜든 병기를 내리며 여인의 몸매를 훑는 데만 여념이 없었다.

지옥마존조차 입이 헤벌어지자 혈심마흉이 급히 아뢰었다.

"지존, 환희마궁의 색공이외다."

"으음, 그… 그렇군."

비로소 색공에서 깨어난 지옥마존이 무시무시한 지옥마후(地獄魔吼)를 발했다.

"카우우우!"

　귀신의 울음소리와 같은 괴성에 마장과 마졸들이 겨우 제정신을 차렸다.

　지옥마존은 황천마공을 끌어올리며 면사여인을 직시했다.

　"네년은 누구냐?"

　면사여인이 천천히 면사를 끌렀다.

　일순 지옥마부 전체가 환하게 밝아진 느낌이었다. 여인의 피부는 옥처럼 투명했고 잔잔히 머금고 있는 미소는 꿀처럼 감미로웠다.

　가히 경국의 절색이었다. 그저 아름다운 미모가 아니라 세상의 사내를 굴복시킬 마력의 소유자였다. 잔혹한 마성의 소유자들인 지옥마부의 수뇌들조차 여인의 매혹적인 미소에 매료되고 말았다.

　그나마 깊은 심기를 지닌 혈심마흉만이 겨우 마력적인 유혹에서 벗어날 수 있었다.

　"지존, 환희마염소(歡喜魔艷笑)외다! 현혹되면 아니 되오!"

　그의 외침에 색공에서 깨어난 지옥마존이 거칠게 외쳤다.

　"이년, 당장 색공을 거두지 못하겠느냐?"

　면사여인은 천천히 걸음을 내딛었다. 그녀의 간단한 동작조차 교태였다.

　"호호, 마침내 원수를 갚게 되었구나, 추악한 귀신들!"

　그녀는 손가락에 낀 반지를 내보였다.

“난 환희마궁의 제삼대 궁주 소견이다.”

그러했다. 그녀는 소수마후에 의해 강제로 제자가 되었던 소견이다. 천색요골이라는 특이한 체질을 지녔기에 교합하는 모든 사내를 죽이는 요녀. 그런 그녀가 환희마궁의 모든 마공을 터득하면서 마녀로 화한 것이다.

지옥마존은 잔뜩 경계심을 높였다.

“네년이 바로 천색요골의 소유자라는 요녀로구나? 소수마후도 본좌를 당해내지 못했는데 너같이 어린 년이 감히 본좌에게 도전을 한단 말이냐?”

“흥, 상대가 되어야 도전을 하지. 네놈은 내 손에 죽을 뿐이다.”

“미친년, 색공 따위로 본좌를 홀릴 수 있을 것 같으냐?”

“너희 같은 귀신들한테는 색공을 구사할 생각이 전혀 없다. 그런 쾌락을 안겨주는 것조차 자비니까.”

“어린 계집이 주둥이만 살았구나. 오냐, 네년을 제압해 수캐와 교접을 시켜주마. 풍문대로 모든 수컷을 죽이는 천색요골인지 직접 확인할 것이다.”

지옥마존이 동강 난 파천마검을 뽑아 들자 혈심마흉이 넌지시 아뢰었다.

“지존, 귀하신 존체로 어찌 한갓 요녀 따위를 상대하려 하십니까? 참마와 철마로 충분할 것이외다.”

두 마공을 통해 소견의 무공 수위를 판단해 보라는 의도였다. 지옥마존은 순순히 혈심마흉의 제안을 받아들였다.

"참마, 철마! 요녀를 죽여라!"

"존명!"

잔혼참마와 귀황철마가 당당히 앞으로 나섰다. 두 사람은 각기 귀두도와 철퇴를 뽑아 들고 소견의 좌우로 갈라섰다.

환희마궁 사화령 중 매화령이 아뢰었다.

"궁주, 저따위 졸개들은 속하들이 처리하겠습니다."

"아니에요. 지옥마부의 마공에 해당되는 자들이니 내 무공을 시험해 보기에 적당할 것 같군요."

소견은 긴 옷자락을 이끌며 앞으로 미끄러졌다. 그녀는 매혹적인 미소를 지으며 두 마공을 쓸어보았다.

"최선을 다해서 나를 실망시키지 마라."

두 마공은 그녀의 미소에 정신이 아찔했지만 흉악한 본성을 잃지 않았다.

"뒈져라!"

"절명파(絶命破)!"

무시무시한 파공성과 함께 귀두도가 수평으로 날아들고 철퇴가 허공에서 내리꽂혔다.

두 마공의 무공은 지옥마부 내에서도 최상급에 속한다. 비록 백무향과의 대결에서 뇌천검에 적중돼 외팔이가 되었지만 여전히 초일류 급이었다.

소견은 긴 옷자락을 이끌며 그림자처럼 미끄러졌다. 환희마궁의 절기인 환희난영보(歡喜亂影步)였다. 그녀의 수련 시간은 길지 않았지만 천색요골이라는 천고의 재녀답게 성취가 아주 빨랐다. 잔혼참마와 귀황철마의 강력한 합공은 그녀의 옷자락 하나 베지 못하고 허공만 갈랐다.

"크아아!"

"피하지만 말고 어서 덤벼라!"

두 마공은 소견의 현란한 보법을 쫓으며 계속해서 맹공을 가했다.

십여 초가 흐르자 소견은 두 마공의 허점을 확실하게 찾아냈다. 그녀는 생긋 미소를 지으며 뒤로 허리를 꺾었다.

"소수마공!"

그녀의 손이 희게 변하며 주변으로 새하얀 빙기가 서렸다. 환희마궁의 최강 절기가 펼쳐진 것이다. 마황진경에서 비롯된 초극의 마공이기에 그 위력은 상상을 초월한다.

퍼억!

소수마공에 적중된 잔혼참마는 비명 한 번 지르지 못한 채 얼어붙고 말았다. 귀황철마는 동료의 죽음에 입이 쩍 벌어지고 말았다.

순간 유령처럼 다가선 소견이 일수를 휘둘렀다.

"환희섬수!"

둔탁한 폭음과 함께 귀황철마는 대번에 머리 없는 귀신이 되어버렸다.

지옥마부의 마인들은 모두가 경악하고 말았다. 지존 외에 적수가 없던 최강 고수들이 너무도 어이없이 횡사를 했다는 사실에 자신의 눈을 의심해야 했다.

반면 환희마궁의 제자들은 한껏 기세가 올랐다.

"오오, 궁주님은 천하무적이시다!"

사실 소견이 소수마후의 유명을 받들어 궁주 직에 올랐지만 그녀의 능력을 의심했었다. 한데 그것은 기우였다. 더불어 모든 제자들은 소수마후가 왜 그토록 소견에게 집착했는지를 분명히 깨닫게 되었다.

"으득, 감히… 내 충성스런 수하들을?!"

지옥마존이 이를 갈며 나서려 하자 혈심마흉이 급히 만류했다.

"지존, 냉정하게 판단하셔야 하오이다."

"비켜라! 내 당장 저년을 찢어 죽일 것이다!"

"죽여야 할 계집이 어디 요녀 하나뿐이겠소이까? 총공격을 명하십시오."

"총공격을?"

"그러하오이다. 전면전을 벌여 계집들을 모조리 죽여야 하오이다."

지옥마존도 아주 멍청한 위인은 아니기에 그의 간곡한 조언을 알아들었디.

'그래, 참마와 철마를 죽인 계집이니 나와 비교해도 손색

이 없다. 공연히 위험을 자초할 이유가 없지. 전면전은 우리에게 절대적으로 유리하다.'

그는 뒤에 도열해 있는 귀장들과 십옥주에게 영을 내렸다.

"죽여라! 한 년도 살려둬서는 안 된다!"

"존명!"

수뇌 급들이 한꺼번에 나서자 마졸들이 괴성을 지르며 뒤를 따랐다.

소견은 사화령을 돌아보았다.

"예견한 상황이니 당황할 것 없어요. 진세를 펼쳐 상대하세요."

"궁주, 복수도 중요하지만 통합 또한 백 년에 걸친 사명입니다. 양측이 격돌하면 양패구상을 면치 못합니다."

"알고 있어요. 그래도 지옥마존은 죽여야 합니다. 연후 싸움을 끝내겠어요."

"알겠습니다."

매화령이 다른 삼화령에게 지시를 내렸다.

"환혼검진으로 상대한다! 모두 진세를 펼쳐라!"

양대마단의 격돌!

오행천의 후예들인 오대마단이 오랜 세월 대립해 왔지만 이렇듯 목숨을 건 정면 격돌을 펼치기는 극히 드문 일이었다. 지난번 환희마궁 내에서 한 번 격돌이 전개됐지만 당시는 환희마궁의 정예들이 대거 빠져나간 일방적인 싸움이었다. 하기에 이번 격돌이 최초의 정면 승부일 수 있었다.

외견상 수적으로 세 배는 많은 지옥마부가 우세해 보였지만 대결은 의외로 팽팽했다. 사화령이 휘하의 제자들을 지휘해 검진으로 상대했기에 지옥마부의 마졸들은 외곽으로 흩어져 산발적인 공격을 가할 수밖에 없었다.

소견은 단신으로 뛰어들어 십옥주와 겨루고 있었다.

"차앗!"

그녀의 소수마공은 워낙 무서운 절기라 열 명의 옥주가 합세해도 감당하기 어려웠다. 절반이 소수마공에 쓰러지자 제대로 공격을 펼치지 못했다. 그래도 물러서면 죽는 가혹한 문규 때문에 싸움을 회피할 수도 없었다.

결국 지옥마존이 다섯 옥주들을 물리고 장내로 내려섰다.

"어린 계집이 너무 날뛰는구나!"

"흥, 이제야 나서는 것이냐?"

"네년이 본좌를 상대할 자격이 있는지 지켜본 것뿐이다."

지옥마존이 동강 난 파천마검을 뽑아 들었다.

"죽어랏!"

검극에서 뿜어진 누런 검강이 급격하게 사위로 확산되었다.

콰콰쾅―!

검강에 베어진 바닥이 동시에 폭발해 올랐다. 소견이 환희

난영보를 펼쳐 숫구쳐 오르자 지옥마존이 허공으로 치솟아올
랐다.

"어림없다!"

그가 파천마검을 휘두르자 그물망 같은 검강이 허공을 온
통 뒤덮었다. 물샐틈없이 조여드는 검법은 가히 지옥마주의
지존다운 솜씨였다.

소견은 허공을 딛고 선 채 팽이처럼 회전했다.

"소수파천황!"

희뿌연 빙무가 부풀어 오르는 거품처럼 확산되었다. 절대
마공과 검강의 충돌.

콰아앙!

엄청난 굉음이 터지며 두 사람이 동시에 튕겨졌다.

소견의 옷자락 일부가 베어지며 뽀얀 속살이 드러났다. 소
수마공 덕분에 피부가 베어지진 않았지만 붉은 혈흔이 몸 곳
곳에 새겨졌다.

지옥마존은 황천마공을 일으켜 허옇게 서린 빙기를 씻어
냈다.

"크흐훗, 내 손에 마황지검이 있는 한 소수마공은 통하지
않는다. 소수마공이 없는 환희마궁의 마공은 잡기에 불과할
뿐이다."

그는 허공을 밟고 재차 날아들었다.

"카하하, 뒈져라!"

소용돌이치는 검강이 노도처럼 밀려들었다. 가로막는 모든 것을 파괴할 위력이었다.

한데 가공할 검강을 직시하는 소견의 입가에 회심이 미소가 감돌았다. 비로소 비장의 병기를 발출할 기회를 잡은 것이다.

"죽을 놈은 너다!"

소견은 손을 홱 뒤집었다.

번―쩍―!

그녀의 손끝에서 한줄기 섬광이 발출되었다. 오색의 영롱한 빛을 발하는 반지. 바로 마황삼보 중 하나인 오행마환이었다.

지옥마존은 비로소 오행마환의 존재를 깨닫게 되었다.

"허억?"

그는 호신강기를 발출하며 급히 파천마검을 휘둘렀다. 그러나 오행마환은 이미 그의 미간으로 파고들고 말았다. 조금은 허무한 최후였다.

지옥마존의 미간을 관통한 오행마환은 급격한 호선을 그리며 소견에게 되돌아왔다.

소견은 오행마환을 손가락에 끼었다.

"사부님, 원수를 갚았습니다."

지옥마존의 주검이 바닥으로 떨어져 내렸다. 이를 지켜보던 혈심마흉의 얼굴이 흙빛으로 변했다.

“지… 지존?”

그는 지옥마존의 시신 앞에 털썩 무릎을 꿇었다.

“크으, 지존! 어… 어떻게 이럴 수가?”

그 옆으로 내려선 소견이 도도한 미소를 머금었다.

“추악한 놈! 네놈의 심장을 사부님 영전에 바칠 것이다.”

혈심마흉의 얼굴 근육이 심하게 씰룩거렸다. 그는 빠르게 눈알을 굴리다가 얼른 고개를 조아렸다.

“궁주, 지존께서 타계하셨으니 이제 지옥마부의 종주는 궁주이시외다. 속하는 신명을 바쳐 궁주를 섬기겠소이다.”

“호호, 날 섬기겠다고?”

“그렇소이다. 본래 오행마단은 한 가족이 아니오니까? 오행천의 위대한 부활을 위해 대통합은 운명이외다. 궁주께서 지옥마부를 규합하시면 능히 오행대마후에 오르실 수 있소이다.”

소견은 수긍하듯 고개를 끄덕였다.

“그래, 지옥마부를 멸절시키는 것은 엄청난 손해이지. 내 사부님은 무엇보다 통합을 강조하셨으니까.”

혈심마흉은 내심 안도하며 손을 모았다.

“현명하신 결정이외다, 궁주. 다행히 속하의 두뇌가 부족하지 않으니 오행천의 재건을 위해 최선을 다하겠소이다.”

소견은 무형진기를 발출해 그를 일으켜 세웠다.

“혈심마흉, 지옥마부는 오행천 재건을 위해 분명 필요한 존재다.”

“황공하오이다, 궁주.”

“하지만 네놈은 안 돼. 폭멸적화통으로 내 사부님을 살해한 원수가 바로 네놈이 아니더냐?”

“구… 궁주?”

소견은 손끝을 세워 그대로 내질렀다.

퍼억!

소수마공으로 단련된 그녀의 하얀 손이 혈심마흉의 가슴뼈를 꿰뚫었다. 아직 숨이 끊어지지 않은 혈심마흉은 자신의 심장을 움켜쥐는 싸늘한 소수에 전신을 와들와들 떨었다.

“크… 에엑!”

혈심마흉은 참담한 고통에 진저리를 치면서 붉은 피를 울컥울컥 쏟았다.

소견이 그의 심장을 움켜쥐자 처절한 비명과 함께 혈심마흉이 축 늘어졌다. 치켜든 소견의 손에 혈심마흉의 심장이 쥐어져 있었다.

“사부님, 이제 편히 쉬십시오.”

그녀는 자신이 공언한 대로 혈심마흉의 심장을 사부의 영전에 바쳤다.

그녀가 비록 구만산 자락에서 산적질을 하던 여두령이었지만 이렇듯 잔인한 여인은 아니었다. 그러나 절대마공인 소수마공이 그녀의 심성을 바꾸어 버렸다. 또한 소수마후의 참혹한 주검이 그녀의 가슴속에 잠재된 천색요골의 마성을 일깨운 것이다.

지옥마존과 삼마공이 모두 절명했으니 지옥마부의 최고 수뇌들이 사라진 셈이다.

혼전장을 둘러보던 소견이 둥실 떠올랐다.

"오호호호!"

색기가 물씬 풍기는 웃음소리. 그것은 남녀를 불문하고 전의를 상실하게 만드는 환희마염소였다. 매혹적인 웃음소리가 분지 내에 메아리쳐 울리자 혈전을 벌이던 양측이 병기를 거두고 각기 물러섰다.

소견은 지옥마부 마인들 앞에 사뿐 내려섰다. 그녀가 앞자락을 살짝 벌리자 백옥처럼 뽀얀 속살과 대리석처럼 매끈한 다리가 여실히 드러났다.

"호호, 모두 병기를 버려라."

소견이 천천히 다가서자 삼백여 마인이 주춤 물러섰다.

"어서!"

소견이 교태로운 손짓과 함께 화사한 미소를 짓자 마졸들은 삼혼칠백이 빠져 저마다 병기를 떨구었다. 상대의 신지를 제압하는 최고의 색공인 미안박심술(美顔薄心術)이었다.

쨍그렁― 쨍그렁!

귀장들과 오대옥주까지 병기를 내던지며 무릎을 꿇었다.

"속하들을 거두어주십시오!"

가공할 색공으로 지하마부의 마인들을 복속시킨 소견은
도도한 웃음을 터뜨렸다.

"오호호호!"

그녀의 놀라운 능력에 감복한 사화령이 한쪽 무릎을 꿇으
며 예를 올렸다.

"궁주께서는 정녕 환희마후(歡喜魔后)이십니다. 조만간 오
행마단을 통합한 오행대마후에 오르시게 될 것입니다."

"물론이에요. 모든 생명의 근원은 물[水]입니다. 오행마단
이 우리 환희마궁으로 규합되는 것은 당연한 이치입니다."

소견은 둥실 떠올라 제자들 머리 위로 날아갔다.

"귀환한다! 지옥마부는 폐쇄되었으니 모두 파괴해라!"

환희마궁의 신임 궁주 환희마후 소견!

천색요골을 타고난 절대마녀는 이렇게 탄생되었다.

제 34 장

악녀와의 세 가지 협상

$$1$$

"**역**시 나이가 들면 낯짝이 두꺼워진다는 옛말이 조금도 틀리는 않는군. 용담을 찾아오겠다고 호언장담한 지가 벌써 십오 년째일세."

반사귀선은 실로 오랜만에 옛 친구를 만났지만 눈길 한 번 주지 않았다. 그는 곰의 아가리를 벌리고 손을 넣어서 생선가 시를 뽑아냈다.

"인석아, 조심해서 먹어. 하마터면 식도가 뚫릴 뻔했구나."

짐승도 은혜를 안다. 곰은 반사귀선의 어깨에 볼을 비비고 는 어슬렁어슬렁 반사곡 안쪽으로 걸어갔다.

천패무광을 대동해 반사곡을 귀환한 백무향은 두 백 세 노인을 번갈아 보았다.

"두 노형이 서로 칠십 년 지기가 맞소? 십수 년 만에 다시 만났다면서 어째 친구가 아니라 소 닭 보듯 하는 것 같군."

"우리는 원래 이렇게 살아왔네."

천패무광은 용담이 든 가죽 주머니를 반사귀선 앞으로 휙 던졌다.

"늦었지만 약속은 분명히 지켰네. 더 이상 날 약속도 지키지 않는 사기꾼으로 몰아세우지 말게나."

반사귀선은 가죽 주머니를 열어 용담을 살피고는 손끝으로 찍어 맛을 보았다. 그는 흡족한 미소를 지으며 고개를 끄덕였다.

"과연 용담이로군. 모든 쓸개가 쓰지만 용담만은 단맛을 동시에 지니고 있지."

백무향이 바싹 다가섰다.

"노형, 이제 소엽을 치유할 수 있는 거요?"

"일단 약재가 갖춰졌으니 잔혼절백단(殘魂絶魄丹)을 제조할 수 있겠네."

"잔혼절백단? 그게 소엽을 깨울 해독약이오?"

"아닐세. 먹으면 목숨이 끊어지는 약일세."

"뭐요?"

백무향의 표정이 차갑게 굳어졌다. 그는 순간적으로 끓어오른 감정을 억누르며 싸늘하게 물었다.

"지금 누구를 놀리는 거요? 약재가 필요하다기에 기껏 구해왔더니 목숨이 끊어지는 약을 만들겠다고?"

"짐독은 해독약이 없어 죽어야만 독을 해소할 수 있네. 하지만 너무 걱정 말게. 죽었다가 반나절 만에 다시 깨어날 수 있으니까. 그래서 귀한 용담이 필요했던 것일세. 소엽은……."

"자, 잠깐."

백무향이 반사귀선의 말을 끊으며 잔뜩 미간을 찌푸렸다.

"차분하고 상세하게 얘기해 주시오. 그러니까 잔혼절백단을 복용하면 목숨이 완전히 끊어지지만 다시 소생할 수 있다는 말이오?"

"내 의학적 판단으로는 그러하네."

"만일 그러다 소엽이 영원히 깨어나지 못하면 어찌 되는 거요?"

"어찌 되겠는가? 죽는 거지."

백무향이 반사귀선의 멱살을 쥐며 사납게 외쳤다.

"지금 농담하는 거요? 소엽이 죽으면 버러지가 발작할 것이고 결국 나도 심장이 터져 죽는 것이 아니오!"

"자네는 잘못 알고 있군. 사령독고는 숙주가 죽어야만 몸 밖으로 기어나오네. 비로소 독고의 저주에서 풀려나게 되는 거지. 솔직히 말하면 내가 잔혼절백단에 대한 효능을 얘기해 주자 소엽이 스스로 시험 대상을 자처한 것일세. 자신이 먼저 잔혼절백단을 복용해 생사를 확인하겠다는 거였네."

　백무향은 가슴 한쪽이 뭉클해졌다. 그는 반사귀선의 멱살 쥔 손을 풀었다.

　"그러니까… 소엽이 날 구하기 위해 스스로 시험 대상이 된 거란 말이오?"

　"그러하네. 세상에서 가장 소중한 것이 사람의 목숨일세. 한데 소엽은 자신의 목숨을 희생해서라도 자네를 독고의 저주에서 벗어나게 해주려 한 것이네. 대체 자네의 어떤 면이 그리도 좋아 자신의 목숨까지 바치려 하는지 모르겠군. 정말 모를 일이야."

　백무향은 진한 감동에 젖어 어색한 웃음을 지었다.

　"푸훗, 사랑 한 번 해보지 못한 늙은 총각이 어찌 사랑에 대해 알겠소?"

　"사랑? 남녀가 서로 좋아해야 사랑이지 어느 한쪽의 일방적인 연모는 사랑일 수 없네. 그것은 비극일세."

　"앞으로는 소엽을 많이 사랑해 줄 것이오. 소엽이 행복에 겨워 눈물을 흘릴 만큼 말이오. 그러면 되지 않겠소?"

　반사귀선은 커다란 머리통을 흔들며 자신의 초옥으로 향했다.

　"노제는 참으로 편리한 사고를 지닌 사람일세. 자신이 원하는 대로 살아갈 수 있으니 말일세. 나이는 이백 살이 훨씬 넘지만 사고는 아직 스무 살 미만이야."

　백무향은 물끄러미 그를 지켜보다가 고개를 갸웃거렸다.

“어째 날 조롱하는 말 같은데?”

천패무광이 마른 웃음을 흘렸다.

“허헛. 좋게 생각하게. 사실 노제에게는 아직 순수한 내면이 남아 있네. 타고난 심성은 아무리 오랜 세월이 흘러도 변하지 않는 법이지.”

“과거에 뇌천검제가 그런 사람이었소?”

“내가 듣기로 뇌천검제는 실수가 없고 곧은 심성의 소유자였네. 한데 노제를 보면… 오히려 풍운마제에 가깝네. 아, 물론 나도 풍문으로 들었을 뿐이니 확실한 것은 아닐세.”

백무향은 한 손으로 이마를 짚었다.

“내 과거에 대해서는 그만 얘기합시다. 하도 오락가락해서 내가 누구인지 당최 종잡을 수가 없소. 차라리 절반은 뇌천검제이고 절반은 풍운마제였으면 좋겠소. 그러면 내가 과거에 누구였느냐 하는 고민에 휩쓸리지 않아도 되니까.”

“알겠네. 시간이 지나면 잊었던 기억이 되살아나겠지. 그러면 모든 게 제자리로 돌아올 것이네.”

백무향은 뒷목을 툭툭 치며 탁자로 향했다.

“젠장, 태옥교가 이상한 약을 먹이기 전만 해도 제법 기억이 되살아나고 있었는데 말이야.”

그는 짊어지고 왔던 술 단지를 탁자 위에 올려놓았다.

“술은 충분한데 마땅한 안주가 없군. 귀선 노형은 풀과 열매만 먹고 살기에 안주가 변변치 않소.”

천패무광이 주변에서 활보하는 토끼며 사슴, 고라니를 둘러보았다.

"거참, 반사곡만 아니라면 모든 게 안줏감인데……."

이때였다. 백무향이 지강을 날려 사슴 한 마리를 사냥했다. 미간이 뚫린 사슴은 짤막한 단말마를 토하며 풀썩 고꾸라졌다.

백무향은 반사귀선의 수술용 칼을 집어 들고 능숙하게 사슴의 가죽을 벗겼다.

"아야, 칼이 아주 잘 드는군."

천패무광은 놀랍고도 두려운 심정에 마른침을 꿀꺽 삼켰다.

"노제… 자네 지금 무슨 짓을 했는지 아는가?"

"널린 게 짐승인데 뭐 어떻소? 고작 사슴 한 마리 갖고."

"반사곡 내에서 살생은 금기일세. 만일 이를 어겼다가는 엄청난 사태가 벌어지네."

천패무광의 우려에도 불구하고 백무향은 태연하기만 했다.

"이미 사냥했는데 어쩌겠소? 설마 사슴 한 마리 때문에 날 죽이기라도 하겠소?"

백무향은 적당한 크기로 자른 고깃덩이를 숯불에 구웠다. 약탕기를 끓이는 화덕이 많기에 숯불은 충분했다.

"석쇠가 있었으면 잘 구워질 텐데……."

나뭇가지에 꿰인 고깃덩이가 지글지글 익으며 고소한 냄새를 풍겼다. 백무향은 적당히 익은 고깃덩이를 우물거리고는 아주 맛있다는 표정을 지었다.

"흐음, 좋아. 갓 잡아서 그런지 정말 신선하군."

천패무광은 난감한 표정을 짓다가 백무향의 대범함에 물들었다.

"그래, 노제 말이 맞네. 짐승이야 사람이 먹으려고 있는 거지. 귀선이 아무리 화가 나도 우리를 어쩌겠나?"

"잘 생각했소. 노형도 드셔보시오."

백무향이 잘 구워진 고깃덩이를 건네자 천패무광이 한입 가득 베어 물었다.

"흐음, 맛있군."

"자, 안주도 좋은데 한잔합시다."

"그러세."

두 사람은 연신 술을 마시며 고기를 우물거렸다.

한데 이때였다. 고기 굽는 냄새가 곡 내에 퍼지자 초옥에서 약을 제조하던 반사귀선이 득달같이 뛰쳐나왔다.

"아니, 이게 무슨 냄새야?"

코를 벌름거리던 반사귀선의 안색이 창백하게 굳어졌다.

"마, 맙소사!"

즐겁게 고기를 구워 먹는 두 사람을 본 반사귀선의 눈에서 불똥이 튀었다. 여간해서는 감정을 드러내지 않는 선인지경에 이른 그였지만 눈앞의 참상에 그만 격분하고 말았다.

그에게 있어 상처 입은 짐승은 가족이었다. 한데 치료를 위해 자신을 찾아온 짐승을 잡아먹었으니 그에 눈에 비친 두 사람은 인간이 아니라 악귀였다.

"이, 이놈들!"

반사귀선이 무시무시한 기세로 달려오자 천패무광이 바싹 긴장했다.

"에고, 단단히 화가 났군."

여전히 태연한 사람은 백무향뿐이었다. 그는 잘 구워진 고기를 한 점 집어 들었다.

"귀선 노형, 여기 노형 몫으로 아주 부드러운 부위를 남겨 놓았소."

반사귀선은 소매를 홱 휘둘렀다.

"쓰러져라, 이 악귀들!"

희뿌연 가루가 뿌려지는 순간 백무향과 천패무광은 기운이 쑥 빠졌다. 이어 심한 복통에 배를 움켜쥐며 바닥을 굴러야 했다.

"아이고, 배야!"

"이, 이보게, 귀선. 난 그저 먹은 죄밖에 없네. 사냥은 노제가 했다고."

반사귀선은 이미 대부분의 살이 발라진 사슴을 보며 눈물을 뚝뚝 흘렸다.

“크으, 어떻게 이런 일이. 반사곡 내에서 어찌 이런 참상이 벌어질 수 있단 말인가?”

백무향은 창자가 끊어지는 듯한 고통에 식은땀을 줄줄 흘렸다.

“으으, 어서 약을 주시오, 노형. 고작… 사슴 한 마리 때문에 나와 오랜 친구를 죽일 셈이오?”

반사귀선은 그의 하소연을 귓전으로도 듣지 않았다.

“불쌍한 녀석, 부디 좋은 곳에서 다시 태어나거라.”

뼈만 남은 사슴을 안아 든 반사귀선이 풀숲으로 향했다. 백무향이 사슴 한 마리를 사냥하는 바람에 달아나 있던 짐승들이 반사귀선을 에워싸며 함께 따랐다.

백무향은 고통을 참기 위해 풀을 쥐어뜯었다.

“무광 노형, 어… 어떻게 좀 해보시오. 무광 노형은 그래도 귀선 노형과 오랜 벗이지 않소?”

천패무광은 극심한 고통 속에서도 가부좌를 틀고 앉으며 추한 모습을 보이지 않으려 했다.

“어렵겠어… 내 평생 귀선이… 저렇듯 분노한 모습은 처음일세. 젠장, 공연히 사슴은 잡아가지고…….”

“그런 소리 마시오. 나보다 더 맛있게 먹은 사람이 누구인데?”

백무향은 복통을 이기지 못하고 먹었던 고깃덩이를 토해냈다. 공연히 육고기를 탐냈다가 엄청난 고통을 겪게 된 것이다.

사슴을 잘 묻어준 반사귀선이 돌아왔다.

백무향이 그의 바짓가랑이를 쥐며 통사정을 했다.

"자, 잘못했소, 노형. 제발… 약을 주시오. 오장육부가 모두 뒤틀려 견딜 수가 없소."

반사귀선은 수술용 칼을 집어 들었다. 평소답지 않게 그의 표정이 아주 싸늘했다.

"달리 약은 없다. 네 배를 갈라 사슴고기를 모두 빼내야만 복통이 사라진다."

그가 칼을 들이대자 백무향의 표정이 험악하게 변했다.

"뭐, 뭐야? 고작 사슴 한 마리 때문에 날 죽이겠다고? 내가 곱게 죽을 것 같아?"

백무향은 이를 악물며 뇌천검을 움켜쥐었다.

"내 몸에 칼만 대봐, 당신 머리통을 날려 버릴 거니까!"

그러자 가부좌를 틀고 앉아 있던 천패무광이 그를 힐책했다.

"경고망동하지 말게, 노제. 귀선은… 뛰어난 의술을 지녔으니 배를 갈라도 다시 봉합해 줄 것이네… 반사곡에서 살생을 하고 고기를 먹었으니 의당 죗값을 치러야지."

"죗값은 무슨 죗값이오? 우리가 중도 아닌데 왜 고기를 먹으면 안 된단 말이오? 그것은 귀선의 규칙일 뿐이지 왜 우리한테까지 적용하는 거요!"

백무향이 뇌천검을 뽑아 겨누자 반사귀선이 수술용 칼을 내던지며 길게 탄식했다.

"자네가 전설적인 존재인 것을 다행으로 여기게. 그렇지 않았으면 정말 배를 갈랐을 것이네. 이제 자네 같은 불한당은 꼴도 보기 싫으니 당장 반사곡을 나가게."

백무향도 뇌천검을 검집에 꽂았다.

"알았으니 당장 복통을 가라앉히는 약이나 주시오."

"약은 없네. 자네가 먹은 고기가 소화될 때까지 고통을 느끼며 살아야 할 것이네."

"말도 안 돼! 어서 약이나 내놔. 당장 반사곡을 떠날 테니까!"

백무향이 강짜를 부리자 반사귀선이 손끝을 튕겼다. 다시 희뿌연 가루가 뿌려지자 백무향은 온몸이 마비돼 뒤로 꼿꼿하게 쓰러졌다.

반사귀선은 두 사람의 뒷덜미를 질질 끌고 반사곡 입구로 향했다.

"분명히 경고하겠네. 다시 반사곡에 발을 들여놓으면 화혈독을 써서 자네들을 녹여 버릴 것이네."

천패무광이 긴 수염을 움켜쥐었다.

"귀선, 난 고기 몇 점 먹은 죄밖에 없는데 너무하는 것 아닌가? 십수 년 만에 만난 친구를 이런 식으로 대하긴가?"

"친구라고? 치료를 위해 찾아온 불쌍한 짐승을 잡아먹는 불한당이 어찌 내 친구일 수 있겠는가?”

백무향은 전신이 마비됐지만 입은 놀릴 수 있었다.

“소엽은 어쩔 거요? 혹시 소엽한테 흑심을 품고 날 내쫓으려는 것은 아니오?”

“허허, 춘추를 생각하게나, 노제. 어찌 생각하는 바가 그렇듯 치졸한가?”

“난 그렇게밖에 생각할 수 없소. 고작 사슴 한 마리 때문에 이런 난리를 피우는 노형을 전혀 이해할 수 없소.”

한데 이때였다.

끼룩ㅡ 끼루룩ㅡ!

수천, 수만 마리의 새 떼가 하늘을 새까맣게 뒤덮으며 반사곡 상공으로 날아들었다. 엄청난 위협에 놀라 피신해 오는 무리들이었다.

“……?”

반사귀선의 표정이 심각하게 변했다. 그는 수림 저편에서 빠른 속도로 밀려드는 검은 그림자를 찾아내고는 손가락으로 육갑을 짚었다.

“오늘 일진이 사납다 했더니 푸른 마귀들까지 찾아왔군.”

그가 손가락을 튕기자 붉은 가루가 뿌려지면서 백무향과 천패무광의 기력이 회복되었다. 하지만 두 사람은 여전히 복통을 느껴야 했다.

반사귀선은 백무향을 직시하며 진지하게 말했다.

“자네를 찾아온 마귀들이니 자네가 만나게. 병자들이 다치지 않도록 원만하게 해결하게나.”

“날 찾아온 마귀들?”

백무향은 바싹 긴장하며 주변을 둘러보았다.

두두둑……!

수림 일부가 파괴되며 가시나무와 넝쿨이 급속도로 자라났다. 하늘이 급속도로 어두워졌고 가시나무와 넝쿨에 의한 방책이 반사곡 일대를 두텁게 에워쌌다.

반사곡 앞에서 지내던 수백 명 병자들은 난데없는 괴변에 기겁하고 말았다.

“아이쿠, 대체 이게 웬 조화냐?”

“하늘이 갑자기 캄캄해졌어.”

“신령님이 노하셨다!”

백무향은 비로소 괴변을 일으킨 상대를 파악할 수 있었다. 그의 얼굴이 심각하게 굳어졌다.

“혈췌… 용케도 찾아왔구나.”

그러자 어두운 상공에서 실로 감미로운 음성이 들려왔다.

“호호, 백무향. 정말 섭섭하구나. 널 위해 마황진경까지 하사했거늘 어찌 벽라마원에서 달아난 것이냐?”

“달아난 게 아니라 내 발로 걸어나온 거다. 누구도 날 강제로 제압할 수 없다. 난 내가 원하는 일만 하는 성격이다.”

“그렇다면 마황진경과 소엽은 놔두고 갔어야지, 왜 본 원의 충성스런 제자인 소엽까지 데리고 도주한 것이냐?"

백무향은 그녀의 교활함에 내심 이를 갈면서도 부드럽게 대답했다.

"소엽이 내 목숨을 절반이나 지녔지 않느냐? 더군다나 날 위해 순결을 바쳤으니 내가 책임져야 한다."

"그렇다면 내게 정식으로 허락을 받아야 하지 않겠느냐?"

한데 이때 묵묵히 지켜보던 천패무광이 암흑 상공을 향해 일장을 내질렀다.

"마녀, 모습부터 드러내라!"

콰아아앙!

엄청난 폭음이 터지며 짙은 어둠이 마치 검은 휘장처럼 찌어졌다. 으스러진 넝쿨과 나뭇가지가 바닥으로 떨어지면서 비로소 하늘을 가렸던 어둠이 스러졌다.

"호오, 이런 고인이 함께 있는 줄 몰랐군."

달콤한 향기와 함께 하나의 섬세한 인영이 바닥으로 내려섰다.

금발에다 푸른 눈망울이 다소 특이했다. 삼십대 초반의 나이로 아주 빼어난 미색의 소유자였다. 바닥까지 끌리는 초록빛 바람막이로 몸을 감싸고 있어 늘씬한 키가 훨씬 더 커 보였다. 바로 벽라마원의 원주인 암흑상아 혈훼였다.

혈훼는 천패무광을 향해 오지를 튕겼다.

"받아랏!"

다섯 줄기 지강은 제각기 현란한 호선을 그리며 천패무광
의 사혈로 파고들었다. 가히 마법과도 같은 무공이었다.

천패무광은 귀찮다는 듯 가볍게 소매를 저었다.

"웬 잡술이냐?"

자줏빛 광휘가 투명한 방벽을 형성했다. 그의 절기 중 하나
인 자전강기였다.

퍼퍼펑—!

다섯 줄기는 자전강기에 부딪쳐 모두 무산되고 말았다.

혈훼는 눈을 가늘게 떴다. 몹시 자존심이 상한 듯 그녀는
입술을 깨물다 손목에 찬 팔찌를 감싸 쥐었다.

차앙……!

청아한 쇳소리와 함께 팔찌가 한 자루 검으로 변환되었다.
검신이 종잇장처럼 얇은 연환검이다.

연환검은 손잡이가 부드러운 가죽으로 만들어져 있고 아
래쪽이 비어 있기에 얇은 검신을 밀어 넣을 수 있다. 검신이
지극히 날카롭지만 워낙 얇은 탓에 초절한 내공이 없으면 하
늘거리는 검신을 바로 세우지도 못한다. 이 연환검은 벽라마
원을 세운 벽라마후의 신병으로 본래의 이름은 패환마검(佩
環魔劍)이다.

혈훼가 진기를 주입하자 패환마검에서 다섯 길이의 검기
가 발출되었다.

"선배는 대명이 어찌 되시오?"

이때 두 명의 노인이 혈훼 좌우로 내려섰다. 얼마나 절묘한 신법인지 마치 땅속에서 솟아오른 것 같았다. 나이를 추정하기 힘든 계피학발의 두 노인은 생김새가 똑같은 쌍둥이였다. 그나마 얼굴빛이 각기 검고 희기에 구분이 가능했다. 바로 벽라마원의 암흑쌍존인 백파존과 묵영존이었다.

"잠시 검을 거두시오, 원주. 상대는 전대 최강의 고수 무절이오."

백파존이 대번에 천패무광을 알아보자 혈훼의 안색이 싹 변했다.

"무절 천패무광? 맙소사! 아… 아직 살아 있었단 말입니까?"

백파존이 천패무광을 직시하며 말을 받았다.

"십수 년 전 용을 낚겠다며 서천목산으로 은거했다 들었소. 그 후 소식이 없기에 죽었다고 생각했는데 뜻밖에도 반사곡에서 만나게 되었군."

암흑쌍존이 천패무광을 향해 가볍게 포권을 취했다. 연배로 비교해 그들보다 반 배는 앞서기에 예우를 갖춘 것이다.

"오랜만이오, 무광 선배. 워낙 오래전에 만나 옛 모습을 기억하기 힘들구려. 하지만 선배의 독보적인 절기 자전강기는 분명하게 알아보았소."

천패무광은 한동안 암흑쌍존을 번갈아 보다가 가볍게 고

개를 끄덕였다.

"오라, 이제 기억이 나는군. 당시 자네들이 벽라마후를 수행했던 두 호법이었던가? 허헛, 자네들도 엄청 늙었구먼. 어떻게 늙으면서도 똑같은 모습은 변치 않았는가?"

"원주를 수행해서 온 몸이라 사적인 얘기를 나눌 겨를이 없소. 원주께서 반역자를 처단하고 탈주범을 징계하기 위해 직접 납셨으니 무광 선배는 잠시 자리를 지켜주시오."

어조는 정중했지만 다분히 고압적이었다.

백무향은 비로소 천패무광의 높은 배분을 실감하면서 조금은 화가 났다.

"노형, 이것들이 왜 노형한테는 예우를 갖추면서 나는 무시하는 거요? 내가 나이며 배분이 노형보다 백 년 이상은 앞서지 않소?"

천패무광이 떨떠름한 표정을 지었다.

"솔직히 노제의 진정한 신분을 누가 믿겠는가? 노제의 존재는 전설이지만 나는 현실일세. 이백 년 전의 전설을 두려워할 사람은 아무도 없네."

"그러니까 멀쩡히 살아 있는 내가 이미 귀신 취급을 받는다 이거요?"

백무향은 힐끗 반사귀선을 보고는 바싹 다가섰다.

"노형은 모든 사람들한테 신망이 두텁지 않소? 내가 뇌검검제의 현신임을 입증해 주시오. 내가 입 아프게 공포하는 것보다 귀선 노형의 한마디면 충분한 것 같소.”

“날보고 입증하라고?”

“그렇소. 내가 뇌천검제 당사자인 만큼 무림계의 대대선배이니 예우를 갖추고 함부로 대들지 말라 충고해 주시오.”

반사귀선이 마지못한 듯 혈훼에게 한마디 건넸다.

“얘기 들었소, 원주?”

“분명히 들었습니다, 귀선 노선배.”

혈훼가 인정하자 반사귀선이 한 걸음 뒤로 물러섰다.

“얘기는 되었네. 이제 노제의 문제이니 조용히 해결하게. 난 소란을 아주 싫어하네. 만일 충돌할 수밖에 없으면 반사곡에서 멀리 떨어진 곳에서 싸우게. 병고 때문에 힘들어하는 병자들에게 피해를 입혀서는 안 되니까.”

“나도 조용히 해결하고 싶지만 잘 될까 모르겠소. 워낙 흉악한 마귀들이라서.”

백무향은 바싹 긴장된 모습으로 나섰다.

만일 그의 몸속에 사령독고가 심어져 있지 않았다면 벽라마원이 아니라 오행마단의 모든 마두들이 몰려왔다 해도 겁낼 그가 아니었다. 하지만 사령독고의 발작은 너무도 고통스러웠다. 바늘로 심장을 콕콕 찌르는 듯한 참담한 고통은 또다시 겪고 싶지 않았다. 만일 다시 한 번 그런 고통을 겪게 된다면 차라리 스스로 천령개를 쳐서 죽고 싶을 정도였다.

사령독고의 발작은 전적으로 혈훼의 주문에 달려 있다. 그런 상황이니 혈훼 앞에서는 극도로 조심할 수밖에 없었다.

백무향은 한껏 유화적인 태도를 취했다.

"혈훼, 반사귀선이 내 진정한 신분을 인정했으니 너도 나를 대선배로 대해라. 내가 벽라마원을 떠나온 것은 너무 갑갑해서다. 탈출 도중 약간의 충돌이 있었지만 어쩔 수 없는 상황이었다. 날 강제로 억류시킨 네 잘못도 있으니 내게만 책임을 묻지 마라."

혈훼는 한껏 조롱하듯 묘한 미소를 머금었다.

"호호, 귀선 노신배가 뭘 인정했다는 것이냐? 그냥 너 혼자 미친 소리를 하자 내게 들었냐고만 물었을 뿐이다."

"뭐, 뭐야?"

백무향이 반사귀선을 쏘아보며 사납게 몰아붙였다.

"노형! 왜 분명하게 말하지 않는 거요? 내가 뇌천검제 당사자임을 밝히시오!"

"노제, 저들은 절대 믿지 않을 것이네. 저들뿐만 아니라 세상 사람들 누구도 자네를 인정하지 않네. 자네를 진단한 내 자신조차도 확신이 없다는 게 솔직한 심정일세."

"젠장, 나 혼자 미친놈 되란 말이로군?"

백무향은 천패무광에게로 시선을 돌렸다.

"무광 노형도 그렇게 생각하는 거요?"

천패무광은 길게 늘어진 수염을 내리쓸었다.

"난 반반일세. 내가 확신이 섰다면 전설적 대선배인 자네에게 어찌 노제라 칭하겠는가? 그래도 조금은 믿는 마음이 있기에 나이를 불문하고 호형호제로 지내는 것일세.”

“됐소. 아무도 믿어주지 않는 게 현실인데 자꾸 나 혼자만 미친놈 되는군. 어쨌거나 무림계의 배분으로는 씨알도 먹히지 않으니 현실적으로 해결할 수밖에.”

백무향은 원만한 해결은 글렀다 싶어 태도를 바꾸었다. 혈훼를 직시하는 눈빛에 적개심이 가득했다.

“혈훼, 한 가지 경고하겠다. 만일 주문을 외워 사령독고를 발작시키려 한다면 당장 네년 머리통을 날려 버리겠다. 농담 아니니까 자신있으면 주문을 외워봐라.”

워낙 엄중한 경고에 혈훼는 자신도 모르게 한 걸음 물러섰다. 암흑쌍존은 백무향의 기습에 대비해 좌우에서 바싹 밀착해 혈훼를 경호했다.

천패무광이 백무향의 등을 가볍게 치며 한마디 거들었다.

“노제의 경고는 내가 보증할 수 있네.”

백파존은 천패무광의 공언을 더 중시했다.

“무광 선배, 백무향이 정말 그런 절기를 터득했단 말이오?”

“물론일세. 뇌천검법 최후 이식 중 하나가 신검합일일세. 노제가 서천목산에서 백 장 깊이의 용정담을 뚫고 들어가 잠룡의 쓸개를 벤 수법이 바로 초범무뢰섬이네. 가히 상상을 초월하는 절기이지. 내 판단에는 사령독고가 발작하는 시간보다 초범무뢰섬이 펼쳐지는 시간이 더 빠를 것이네.”

천패무광의 판단이라면 절대적으로 믿어야 한다. 그는 워낙 고지식한 성격이라 평생 거짓말을 한 적이 없기 때문이다.

백무향은 내심 통쾌함에 춤이라도 추고 싶은 심정이었다. 이제 그가 사령독고의 위협 때문에 혈훼 앞에서 주눅이 들 이유가 없었다. 서로가 서로를 죽일 수 있는 비기를 지녔으니 동등한 위치가 된 것이다. 아니, 그의 검이 더 앞설 수 있으니 오히려 혈훼에게 더 위협적일 수 있었다.

한데 빠르게 눈알을 굴린 혈훼가 도도한 웃음을 지었다.

“호호. 백무향, 신검합일을 터득했다니 축하할 일이구나. 아마도 마황진경 덕분이라 해야겠다. 하지만 너도 한 가지는 분명히 새겨두어야 한다. 사령독고를 발작시킬 주문은 나만 알고 있는 게 아니야. 여기 계신 암흑쌍존도 주문을 외워 사령독고를 움직일 수 있지. 네가 아무리 절대적인 검법을 터득했다 해도 단숨에 나와 쌍존을 해칠 수는 없을 것이다. 아, 물론 믿기지 않는다면 시험해 봐도 좋다.”

혈훼의 교활한 대응에 백무향의 우월적인 상황이 대번에 역전되었다.

그녀 말대로 암흑쌍존도 사령독고를 발작시킬 수 있다면 그의 적수는 세 명으로 늘어난다. 초범무뢰섬이 아무리 초절한 검법 절기라 해도 세 명의 절세고수를 동시에 쓰러뜨리기란 불가능한 일이었다.

‘여우 같은 년!’

백무향은 다시 위축된 심정이 되어 입을 열었다.

“날 찾아온 용건이나 말해라. 그전에 분명히 말해두겠는데 날 다시 벽라마원으로 끌고 갈 생각은 마라. 너희 셋 중 누구 하나는 분명히 죽게 될 테니까.”

“오냐, 벽라마원을 탈출한 네 능력을 높이 평가해 다시 감금할 생각은 없다. 아, 잠시만 기다려라.”

혈훼가 주위를 둘러보며 지시를 내렸다.

“암흑형극진(暗黑荊極陣)을 펼쳐라!”

그러자 주변 바닥에서 갑자기 가시나무가 빽빽하게 솟아오르고 넝쿨이 그물처럼 뒤엉켰다. 하늘은 여전히 푸르렀고 주변만 마치 거대한 장막이 둘러진 듯 어둠으로 뒤덮였다. 어둠 저편에서 병자들의 놀란 아우성이 들려왔다.

반사귀선이 정색을 지으며 외쳤다.

“원주, 병자들을 어쩔 셈인가?”

“안심하세요, 귀선 노선배. 병자들을 해칠 생각은 없습니다. 다만 우리들만의 은밀한 얘기가 공개돼서는 곤란하기에 잠시 진세를 펼친 겁니다. 물론 협상이 결렬될 경우 병자들의 안전은 보장할 수 없지요.”

“허어, 저들은 아무런 힘도 없는 양민들일세.”

“귀선 노선배, 내게 자비를 기대하지 마세요. 내게 득이 된다면 무림인이든 아니든 구분하지 않으며 죽어야 할 자가 백

명이든 천 명이든 주저하지 않습니다. 그게 바로 마(魔)입니다."

혈훼의 단호한 어조에 반사귀선은 무거운 침음성을 흘렸다. 무림계의 대원로인 그였지만 혈훼의 잔혹한 위협 앞에서는 대응이 쉽지 않았다.

혈훼가 팔짱을 끼며 천천히 걸음을 옮겼다.

"백무향, 네가 세 가지 협상을 수용하면 조용히 물러가겠다. 하지만 한 가지라도 거부한다면 반사곡은 죽음의 계곡으로 변할 것이다."

그러자 천패무광이 가볍게 발을 굴렀다.

콰아앙!

엄청난 공력에 지반이 진동하며 집채만 한 바윗덩이가 튕겨져 올랐다.

"닥쳐라! 감히 누구 앞에서 협박이냐? 귀선은 의술을 지닌 자라 병자들을 걱정하겠지만 난 저들 모두가 죽어도 눈 하나 깜짝하지 않는다!"

혈훼는 자신의 가슴께도 미치지 못하는 왜소한 체구의 천패무광을 직시하다가 반사귀선에게로 시선을 돌렸다.

"무광 노선배야 그럴 수 있겠지만 귀선 노선배께서는 절대 그러지 못할 겁니다."

결국 반사귀선이 천패무광에게 주의를 주었다.

"자네는 함부로 나서지 말게. 자네 때문에 반사곡이 피로 물들게 되면 절대 용서치 않겠네."

천하 누구에게도 고개를 숙이지 않는 천패무광이었지만 오랜 친구한테는 한 수 양보한다.

"알겠네. 하지만 백 노제의 자존심은 지켜주어야 하네. 그에게 굴욕을 강요할 수는 없네. 그 이유는 자네도 잘 알지 않는가?"

천패무광의 전격적인 지원을 받게 되자 백무향은 든든해졌다. 최악의 경우 싸움이 벌어져도 패하지 않을 자신이 있었다. 오대마단의 종주들이 모두 합세해도 자신과 천패무광을 감당하지 못할 것이라 확신할 수 있었다.

"혈훼, 무광 노형이 밝힌 대로 굴욕적인 협상에는 절대 응하지 않겠다."

"백무향, 난 네가 생각하는 것보다 훨씬 이성적인 사람이다. 절대 무리한 요구는 하지 않는다."

"좋아, 얘기해 봐라."

"첫 번째, 네가 가져간 마황진경을 반환해라. 우리 벽라마원의 보물이니 난 분명 요구할 자격이 있다."

백무향은 첫 번째 협상부터 난감해졌다. 그는 천패무광을 돌아보며 지원을 요청했다.

"무광 노형, 일이 조금 복잡해졌소. 이번 협상은 아무래도 노형이 나서야 할 것 같소."

"알겠네."

몇 걸음 나선 천패무광이 얇은 책자를 꺼내 들었다. 그는 무형진기를 발출해 책자를 혈훼에게 건넸다.

"마황진경일세. 분명 돌려주었네."

마황진경을 손에 쥔 혈훼의 얼굴에 서릿발과 같은 분노가 피어올랐다.

"가, 감히 대마황의 절기를 도둑질해?"

그녀가 영을 내리기도 전에 암흑쌍존이 공격을 펼쳤다.

바람 소리도 없이 오 장 거리를 단숨에 미끄러져 온 암흑쌍 존이 합격술을 펼쳤다.

암흑쌍존의 모습이 순간적으로 사라지며 네 개의 손바닥 만 보였다. 네 개의 손바닥은 수십 개의 잔영을 만들어내며 무시무시한 장력을 쏟아냈다.

"죽어랏!"

"벽라쇄심장!"

천패무광은 제자리를 지킨 채 힘차게 양 주먹을 뻗었다.

"차앗!"

일순 짙은 핏빛 기운이 사위를 지배했다. 비릿한 피 냄새가 풍겨지며 가공할 권공이 폭발적으로 뻗어 나왔다.

콰― 쾅―!

대지가 들썩이는 요동 속에 답답한 신음 소리가 흘러나왔 다. 오 장 밖 본래의 위치까지 밀려난 암흑쌍존의 얼굴이 충 격과 경악으로 물들었다. 그들이 패퇴했다는 이유도 있었지만 진정 놀라워한 이유는 천패무광이 펼친 무공 때문이었다.

"이… 이럴 수가?"

"분명 파천혈황권이다!"

그러했다. 암흑쌍존을 단 일격으로 물리친 천패무광의 절기는 바로 마황진경에 수록된 파천마황의 절기였던 것이다.

암흑쌍존의 출수가 무위로 돌아가자 이번에는 혈훼가 나섰다.

"경천군림세(驚天君臨勢)!"

쐐에엑─!

패환마검이 귀신의 울음소리와 같은 파공성을 발하며 허공을 수백 조각으로 갈랐다. 귀곡성처럼 들리는 파공성은 워낙 얇은 검신에 의한 현상이었다.

천패무광은 제자리에서 팽그르르 회전하며 동발을 풀어 쥐었다.

"철뢰무벽(鐵雷武壁)!"

동발이 쉴 새 없이 번득이며 그의 몸 주변으로 두터운 보호막을 형성했다.

차차창─!

폭음과도 같은 금속성이 터지며 사위로 무수한 검편들이 비산되었다. 동발에 부딪친 검기의 파편들은 대지를 강타하며 연속적으로 폭음을 일으켰다.

제자리로 내려선 혈훼의 두 눈에서 무서운 살기가 폭사되었다.

“과연 무절이로군, 구겁천마검법을 막아내다니.”

그녀는 암흑쌍존에게 눈짓을 보냈다.

“지원하세요. 함께 공격해야만 무절을 죽일 수 있습니다.”

대단한 자부심을 지닌 암흑쌍존이지만 상대가 전대 최강의 고수이기에 합공을 마다하지 않았다.

“알겠소, 원주.”

한데 천패무광은 전혀 싸울 의사가 없는 듯 동발을 거둬 등에 멨다.

“잠시 멈추어라. 내가 싸움을 회피하지 않지만 행여 반사곡이 붕괴될까 우려된다. 무엇보다 내가 자네들과 싸워야 할 이유가 분명치 않구나.”

“흥, 감히 대마황의 절기를 도둑질한 주제에 이유가 분명치 않다고? 아무리 무공에 대한 탐닉이 지나쳐도 마황진경까지 제멋대로 수련했단 말이냐?”

“혈훼, 마황진경은 내가 훔친 게 아니라 백무향 노제에게서 받은 거다. 난 새로운 무학을 대하면 배우고 싶은 욕망을 주체하지 못한다. 그래서 마황진경의 절기를 배웠지만 이는 무공에 대한 내 열망일 뿐이지 절대 남보다 강해지고 싶어서가 아니다. 굳이 마황진경의 절대마공이 아니더라도 난 충분히 강하다.”

과연 천패무광다운 자부심이었다.

혈훼와 암흑쌍존도 그가 강하다는 것은 부인할 수 없었다. 자신들의 절기를 간단히 무산시키는 천패무광의 절대적인 무공을 직접 경험했기 때문이다.

천패무광은 푸른 하늘로 시선을 들었다.

"마황진경은 확실히 대단했다. 안타깝게도 절반만 보았기에 그 위력을 모두 실감할 수 없었지만 가히 고금제일 마왕의 절기로서 손색이 없음을 인정한다. 하지만 난 잊을 것이다. 마황진경의 절기를 구사할 일도 없으며 내 기억 속에서 깨끗하게 지울 것이니 그대들은 우려하지 마라."

"그것을 어떻게 믿을 수 있겠어요? 기억이란 것을 어찌 마음대로 할 수 있단 말입니까?"

혈훼가 매몰차게 따지고 들자 천패무광이 진지한 모습으로 응수했다.

"잊으려 노력한다면 잊을 수 있다. 그리고 내가 마황진경의 마공을 펼치지 않겠다고 약속한 이상 그것을 어기는 일은 없을 것이다."

암흑쌍존은 잠시 천패무광을 쏘다보다가 혈훼에게 눈길을 돌렸다.

"믿을 수밖에 없소, 원주."

"천패무광이 약속을 한 이상 어기지는 않을 것이오."

혈훼는 한동안 고심하다가 천패무광 앞으로 다가섰다.

"좋아요. 무절께서 무림의 대선배임을 감안해 더는 추궁하지 않겠어요. 하지만 분명 약속한 이상 마황진경의 절기를 잊어야 하며 다른 누구에게 전수해서도 안 됩니다."

"내가 약속한 이상 절대 번복하는 일은 없네."

"그리고 우리 오행마단과 맞서지 않겠다는 약조도 해주셔야겠어요. 이는 마황진경의 절기를 함부로 수련한 대가이기도 합니다."

"난 오랜 세월 무림의 일에는 관여하지 않았네. 정마의 대결은 나와 무관하지. 직접적으로 나를 공격하는 일만 없다면 오행마단과 싸울 일은 없네. 대신 자네들도 반사곡을 침공하는 일은 없어야 하네."

"물론입니다."

혈훼는 간단히 포권을 취했다.

"그럼 첫 번째 협상은 성사된 것으로 보겠습니다."

백무향이 밝은 웃음을 터뜨렸다.

"하하, 역시 과거의 전설보다 현존하는 무절이 더 강력하군. 무광 노형, 정말 존경스럽소."

혈훼가 매서운 눈빛으로 그를 쏘아보았다.

"두 번째 협상은 소엽의 반환이다. 그 계집은 벽라마원의 제자이자 내 시녀였다. 감히 사문을 배신한 반도이니 반드시 데려가 중벌로 다스려야 한다. 어서 끌고 와라."

"혈훼, 소엽은 이제 내 여인이다. 내가 보호해야 할 책임이 있다. 소엽은 절대 돌려줄 수 없다."

“흥, 그래? 일단 병자들부터 모든 죽인 후 직접 반사곡으로 쳐들어가야겠군.”

혈훼가 번쩍 손을 쳐들었다.

“모두 죽여라!”

그러자 검은 장막과 같은 진세가 둘러진 어둠 저편에서 병장기를 뽑아 드는 섬뜩한 쇳소리가 들려왔다.

“안 돼!”

뛰쳐나온 반사귀선이 백무향을 밀치며 혈훼와 마주 섰다.

“병자들을 한 명이라도 해치면 화혈독을 뿌려 너희 모두를 죽일 것이다.”

“흥, 공정하기로 유명한 귀선께서 어찌 부당하게 개입하는 겁니까? 화혈독을 펼치면 병자들이 먼저 죽게 될 겁니다. 마음대로 하세요.”

반사귀선은 상대가 냉혹한 심성의 소유자임을 감안해 안색을 다소 누그러뜨렸다.

“원주, 소엽에 대한 반환은 나와 협상을 하세. 일단 병자들에 대한 참살을 중단하게.”

혈훼는 도도한 미소를 지으며 다시 명을 내렸다.

“대기하라!”

백무향은 상황이 불리하게 돌아가자 한껏 전의를 드러냈다.

“노형, 소엽은 절대 돌려줄 수 없소. 소엽은 내 목숨의 절반이오. 소엽이 저 마녀에게 돌아가면 난 꼼짝없이 마녀의 노예로 살아야 한단 말이오!"

"알고 있으니 자네는 지켜보기만 하게."

반사귀선은 한쪽으로 기울어진 머리통을 반대편으로 넘겼다.

"소엽은 심성이 맑은 아이일세. 게다가 의술에 대한 탐구욕이 뛰어나 이미 내 제자로 삼았네. 원주가 관용을 베풀어 소엽을 놓아주게나."

"호호, 이러면 곤란하지요. 아무리 무림계의 대원로이지만 타 문파의 제자를 함부로 거둬들이면 우리 벽라마원의 체면이 뭐가 되겠어요? 이런 경우 파문의 절차를 먼저 밟는 게 관례입니다."

"유감이네만 소엽은 지금 짐독에 중독되어 있네. 원주가 데려가면 하루도 못 넘기고 죽게 될 것이네."

혈훼는 푸른 눈을 상큼 치켜떴다.

"짐독에… 중독되었다고요?"

천패무광이 힘있게 고개를 끄덕였다.

"사실이네. 내가 보증하지."

혈훼는 빠르게 눈알을 굴리고는 미심쩍은 표정을 지었다.

"귀선 노선배의 의술로도 해독시킬 수 없단 말입니까?"

"지금 약재를 구하는 중일세."

"좋아요. 귀선 노선배께서 소엽을 원한다니 내드리지요.

소엽이 반사귀선의 제자의 되었다는 것만으로도 크나큰 영광이니까요."

뜻밖에도 혈훼가 순순히 수용하자 백무향의 안색이 환하게 펴졌다.

"하하, 두 분 노형은 협상의 천재이시군. 혈훼가 이렇듯 쉽게 양보할 줄은 몰랐소."

한데 혈훼가 뜻밖의 조건을 내걸었다.

"귀선 노선배, 소엽을 제자로 드리는 대신 한 가지 약조를 해주셔야겠어요. 소엽은 물론이고 백무향의 몸에 심어놓은 사령독고를 제거해서는 안 됩니다. 만일 이를 위반한다면 귀선 노선배의 자비만을 기다리는 병자들을 모두 죽여 버릴 겁니다."

백무향의 몸에 소름이 확 돋았다. 그는 잔뜩 격분하여 외쳤다.

"이 사악한 년아, 감히 어디서 수작이냐? 병자들을 죽이고 싶으면 마음대로 죽여. 그래도 소엽은 내줄 수 없다. 내가 사령독고만 제거하면 네년을 우선적으로 죽여주겠다!"

이때 반사귀선의 호통이 날아들었다.

"노제는 입 다물게!"

"귀, 귀선 노형?"

"협상을 내게 맡겼으면 자네는 나서지 말게."

"하지만……."

"병자들과 소엽을 지킬 자신이 있으면 자네가 협상을 하게. 하지만 모든 책임은 자네가 져야 하네."

반사귀선의 준엄한 모습에 백무향은 부글부글 끓는 속을 애써 가라앉혔다.

"아… 알겠소."

반사귀선은 혈훼 앞으로 돌아섰다.

"백무향 노제의 몸속에 심어진 사령독고를 제거하지 말라는 것이 원주의 요구인가?"

"그래요."

"그 요구를 들어주면 소엽을 내 제자로 인정하겠는가?"

"물론입니다. 다시는 반사곡을 찾아와 귀선 노선배를 괴롭히는 일은 없을 거예요."

잠시 고심하던 반사귀선이 분명하게 말했다.

"알겠네. 내가 살아 있는 한 백 노제의 사령독고를 제거하는 시술은 하지 않겠네. 약속하지."

백무향의 입이 쩍 벌어졌다.

"뭐, 뭐요?"

끓어오르는 분노를 참지 못하고 그가 발작을 하려 하자 천패무광의 전음이 고막으로 파고들었다.

'자중하게, 노제! 협상을 깨뜨릴 셈인가?'

백무향은 이를 악물며 애써 감정을 억제했다.

천패무광의 충고대로 그가 나서봤자 아무런 득이 될 게 없었다. 사령독고를 제거하는 시술은 전적으로 반사귀선의 의지이다. 그가 시술해 주지 않겠다면 그로서도 강요할 수 없는 일이었다.

혈훼는 고개를 쳐들며 도도한 웃음을 터뜨렸다.

"호호호, 좋아요. 그 약속을 반드시 지켜야 합니다."

두 번의 협상에서 그녀는 흡족한 결과를 얻었다. 광명신검과 더불어 세상에서 가장 강한 고수인 천패무광과의 격돌을 피할 수 있게 되었으니 태백궁를 격파하는 데만 주력하면 되는 일이었다. 게다가 오행마단 모두의 골칫덩이인 백무향을 계속해서 사령독고로 제압해 둘 수 있으니 백무향의 반격을 우려하지 않아도 된 것이다.

백무향 앞으로 다가선 혈훼가 매혹적인 추파를 보냈다.

"백무향, 앞으로도 우리 관계가 돈독하게 유지될 수 있겠구나. 네 몸속에 사령독고가 심어져 있는 이상 네가 세상 어디에 숨어 있든 내가 찾아낼 수 있거든."

"난 널 별로 보고 싶지 않다."

"호호, 좋게 생각해라. 난 너와의 약속을 아직 기억한다. 오행마단의 대통합을 이루는 날 네게 세상 최고의 쾌락을 선사하겠다는 약속 말이야."

백무향은 결정적인 약점을 잡힌 상태이기에 계속 악감정으로 대할 수가 없었다.

"그래, 네가 사령독고만 발작시키지 않는다면 우리 약속은 유효할 수 있다. 오행천이 재건되든 세상이 핏물에 잠기든 내 알 바 아니야. 나만 건드리지 않으면 오행마단과 싸울 일도 없으니까."

"아주 바람직한 생각이군. 참, 세 번째 협상을 벌이기 전에 한 가지 확인할 게 있다."

"말해봐라."

"네가 환희마궁의 신임 궁주인 환희마후와 절친한 사이라 하던데 사실이냐?"

"환희마후? 소수마후가 아니고?"

"소수마후는 이미 죽었다. 그 제자가 새로이 환희마궁의 궁주가 되었지. 풍문에 의하면 수백 년 만에 한 번 태어날까 말까 한 천색요골의 소유자라 하더군."

백무향은 비로소 환희마후가 누구인지 알게 되었다.

"아, 소견! 소견이… 환희마후가 되었단 말이냐?"

"그래. 정보에 의하면 네가 소견을 찾기 위해 두 번씩이나 환희마궁을 찾아갔다고 들었다."

"당연하지. 소견은 내 아내다."

"아내……?"

"아니, 정식으로 혼례를 올리지 않았으니 정혼녀라고 해두 자. 구만산 산채에서 처음 깨어났을 때 만난 여인이 소견이 다. 만일 소수마후가 납치해 가지 않았다면 지금쯤 내 아이를 낳았을 것이다."

혈훼는 미간을 찌푸리며 그를 직시했다.

"풍문대로 소견이 천색요골의 소유자라면 교합하는 모든 사내는 정혈이 고갈돼 죽게 된다. 한데 넌 멀쩡했단 말이냐?"

"난 소견을 안아 좋기만 하더군. 태옥교의 말에 의하면 내가 마왕지상이라서 죽지 않았다고 했다."

"흐음, 가능한 일이지."

혈훼는 백무향 앞으로 바싹 다가섰다.

"소견은 제 사부인 소수마후를 훨씬 능가하는 대마녀가 되었다. 그녀가 지옥마부의 수뇌들을 제거한 후 환희마궁에 병합했다."

백무향은 하나같이 섬뜩한 모습을 한 지옥마존과 삼마공을 떠올리며 놀라움을 금치 못했다.

"소견이 그 무시무시한 놈들을 해치웠단 말이냐?"

"그래, 정말 놀라운 사건이다. 오대마단이 백 년 동안 분열된 상태로 존속할 수 있었던 것은 오행상극에 해당되는 무공 때문에 서로 침범하기가 어려웠기 때문이지. 한데 흙[土]에 해당되는 지옥마부를 물[水]에 해당되는 환희마궁이 복속시켰다는 것은 토극수(土克水)의 상극을 넘어서는 대사건이 아닐 수 없다."

"그래, 내가 봐도 소견이 기특해. 짧은 시간 내에 그렇듯 절세고수가 되었으니 말이다. 이제 오행제일천은 환희마궁이 된 셈이로군?"

혈훼는 냉소를 치며 애써 부정했다.

"흥, 지옥마부 따위를 병합했다 하여 어찌 오행제일로 불릴 수 있겠느냐?"

그녀는 백무향의 귀에 대고 나직이 말했다.

"세 번째 협상은 네가 소견을 데리고 중원을 떠나는 것이다."

"뭐야?"

"어차피 넌 패업에는 관심이 없지 않느냐? 네가 소견을 설득해 환희마궁과 지옥마부를 내게 바치도록 해라. 향후 내가 오행천을 재건해 군림천하를 이룬다면 너희를 다시 중원으로 불러들여 온갖 부귀와 향락을 누리도록 조치해 주겠다."

"소견이 내 말을 들을까?"

"네 정혼녀가 아니더냐? 게다가 천색요골은 지독한 색기를 지녀 사내 없이는 지낼 수 없다. 만일 네가 소견을 거두지 않으면 그녀는 무서운 색녀가 되어 천하의 모든 사내들을 침상으로 끌어들이게 될 것이다."

"말도 안 돼!"

백무향의 두 눈에서 번갯불 같은 안광이 폭사되었다.

"소견은 내 여자다! 누구도 소견을 넘볼 수 없어!"

혈훼는 악마의 속삭임처럼 그를 격동시켰다.

"백무향, 소수마공은 마황진경에서 비롯된 절대마공이다. 워낙 강한 마기를 지녀 수련이 깊어질수록 본래의 성격마저 강렬한 마성에 물들고 말지. 네가 지금 소견을 차지하지 못하면 영원히 놓치게 될 것이다.”

백무향은 잠시 혈훼를 직시하다가 차갑게 내뱉었다.

“소견을 환희마궁에서 끌어내겠다. 하지만 네게 환희마궁을 바치게 할지는 장담할 수 없다.”

“소견만 떠나면 된다. 남은 제자들은 내가 충분히 접수할 수 있으니까. 환희마궁은 무산 신녀봉 협곡에 있다.”

혈훼는 보이지 않는 계단을 밟고 오르듯 허공으로 떠올랐다.

“호호, 세 가지 협상은 아주 유익했다. 특히 마지막 협상에 대한 기대가 크다. 반드시 소견을 설득해라, 백무향.”

그녀가 사라지면서 주변으로 장막처럼 형성된 어둠이 순식간에 스러졌다. 암흑쌍존을 비롯한 벽라마원의 마인들이 빠른 속도로 반사곡을 떠난 것이다.

이 순간 백무향이 처절한 비명을 토하며 고꾸라졌다.

“으악!”

가슴을 움켜쥔 그가 허연 거품을 뿜어내며 부들부들 떨었다. 안색이 흙빛으로 변했고 눈알이 뒤집혀 허연 흰자위를 드러냈다.

천패무광이 다가서려 하자 반사귀선이 만류했다.

“괜찮네. 사령독고가 발작했을 뿐이니까.”

“뭐야? 어떻게……?”

반사귀선이 수림 저편을 응시했다.

“천리전음술로 주문을 외운 것이네.”

백무향은 바늘로 심장을 쿡쿡 찌르는 극심한 고통에 숨이 막혔다. 차라리 자신의 손으로 숨통을 끊고 싶은 심정이었다. 그런 그의 귓속으로 혈훼의 감미로운 목소리가 흘러들어 왔다.

“호호, 네 몸속에 아직 사령독고가 심어져 있는지 확인해 본 것뿐이다. 잊지 말아라, 백무향.”

불문의 범패 소리와 같은 주문이 사라지면서 백무향은 겨우 사령독고의 발작에서 벗어날 수 있었다. 얼마나 고통스러웠던지 옷이 한순간에 땀으로 흠뻑 젖어 있었다.

벌떡 일어선 그가 악에 받쳐 외쳤다.

“이 사악한 년! 당장 거기 서! 신검합일로 박살 내버리겠다!”

제 35 장

사랑할 수밖에 없는 여인

1

여인의 입에 약을 떠 먹여주는 손길이 조심스럽다.

반사귀선은 아주 신중하게 소엽의 입에 약을 흘려 넣어주고 있었다. 서너 번 먹여주고는 진맥을 한 후 다시 한두 수저씩 더 먹여주곤 했다.

지켜보던 백무향이 답답한 듯 재촉했다.

"좀 듬뿍듬뿍씩 먹여주시오. 약값은 얼마든지 내겠소."

반사귀선은 다시 소엽을 진맥하며 짜증스럽게 말을 받았다.

"좀 잠자코 있게나. 짐독은 해독이 아주 어려워 이독제독으로 해소할 수밖에 없네."

"맞아. 잔혼절백독으로 짐독을 해소한다고 했지? 그 독약을 먹게 되면 소엽이 정말 잠깐 동안 죽게 되는 것이오?"

"처방을 바꾸었네. 지금은 잔혼절백독을 복용시킬 수 없네."

소량의 약을 더 처방한 반사귀선은 비로소 안도의 한숨을 쉬고는 수저를 내려놓았다.

"이제 해독은 된 것 같군."

백무향은 반사귀선 뒤에 서며 어깨를 주물러 주었다.

"고생 많았소, 노형. 과연 노형의 의술은 천하제일이오."

"내 제자인데 최선을 다해야 하지 않겠나? 제자의 독상조차 해독하지 못했다는 비난을 들을 수는 없지."

"한데 말이오, 왜 잔혼절백독을 처방하지 않은 거요? 소엽이 잠깐 죽게 되면 사령독고가 기어나올 것이고 그때 제거하면 된다지 않았소? 난 소엽이 깨어나는 것을 확인한 후 잔혼절백독을 복용하겠소."

반사귀선은 혀를 끌끌 차며 몸을 일으켰다.

"쯧쯧, 소엽을 사랑하는 마음은 눈곱만치도 없군. 자신의 몸으로 먼저 시험해 보아야 당연하거늘 나약한 소엽을 내세운단 말인가?"

얼굴이 확 달아오른 백무향이 궁색한 변명을 늘어놓았다.

"소엽이 짐독 때문에 이미 가사 상태에 빠져 있지 않소? 사령독고를 빼낼 적당한 몸 상태이기에 해본 소리요."

“노제, 혈훼와의 약조를 잊었는가? 소엽을 내 제자로 인정해 주는 대신 사령독고를 제거하지 않겠다고 약속했네. 내가 살아 있는 한 자네의 사령독고를 제거해 줄 수 없네.”

“하하, 농담 마시오. 그 사악한 마녀와의 약조에 연연할 필요 없소. 제자가 된 소엽이 가엾지도 않소? 내가 자칫 목숨이라도 잃게 되면 소엽 역시 횡사하고 말 것이오. 그러니 깨끗하게 제거해 주시오.”

그러자 뒷짐을 진 채 창가에 서 있던 천패무광이 단호하게 말했다.

“그럴 수는 없네. 상대가 아무리 사악한 마녀라도 약조는 약조일세. 그 자리에 나도 있었으니 자연스럽게 증인이 되었네. 만일 귀선이 사령독고를 제거하는 시술을 하려 들면 내가 먼저 귀선을 죽여 버리겠네.”

백무향은 어처구니가 없는 듯 입을 딱 벌린 채 천패무광과 반사귀선을 번갈아 보았다. 그의 표정이 점차 굳어졌다.

“두 분 노형, 왜 이렇게 고지식한 거요? 악녀와의 협상은 수백 명 병자들의 목숨이 걸렸기에 어쩔 수 없이 성사되었을 뿐이오. 설마 그런 턱도 없는 약조에 목을 걸겠다는 거요?”

천패무광이 뚜벅뚜벅 백무향 앞으로 다가섰다.

“지키지 않을 약속이었다면 애초부터 체결하지 않았어야 마땅하네. 약조는 자존심이 걸려 있는 신의일세. 귀선은 자신의 입으로 약조한 이상 절대 사령독고를 제거해 주지 않을 것이네. 자네가 그래도 귀선을 괴롭힌다면……."

"어쩌겠다는 거요? 나와 사생결단이라도 내겠다는 거요?"

"자네와는 싸울 수 없으니 대신 소엽을 죽일 것이네."

"맙소사!"

"소엽이 죽으면 자네도 죽게 되겠지."

천패무광의 결연한 모습에 백무향은 더는 맞설 엄두가 나지 않았다. 천패무광이 소엽을 죽이는 데는 손짓 한 번으로 충분하다. 그의 고지식한 성격을 감안한다면 진짜로 소엽을 죽일 것만 같았다.

백무향은 초옥을 나서며 퉁명스럽게 한마디 던졌다.

"젠장, 환희마궁에나 다녀오겠소. 그동안 소엽이나 확실하게 치료해 주시오."

반사귀선이 따라나서며 부드럽게 위로했다.

"너무 상심하게 말게. 혈훼 역시 자네의 검법이 무서워 사령독고를 발작시키지 않을 테니 잊고 살아도 되네."

"그 마녀를 어찌 믿겠소? 귀선 노형도 보았듯이 반사곡을 떠나면서 사령독고를 발작시키지 않았소? 그런 년을 어떻게 믿으란 말이오?"

"그것은 내가 자네의 몸에서 이미 사령독고를 빼낸 것은 아닐까 싶어 노파심에 시험해 본 것뿐일세."

"됐소. 내가 죽음 따위에 연연해서 이러는 것이 아니오. 이미 이백 살도 훨씬 넘은 나이인데 당장 죽는다 해도 지겹도록

오래 산 목숨이오. 다만 한창 꽃다운 나이의 소엽이 나 때문
에 요절하는 것이 안타까울 따름이오.”

앞서 걸음을 옮기던 백무향은 품속에서 작은 약상자를 꺼
내 들었다.

“이거 버려도 되겠소?”

“그게 뭔가?”

“훗, 역시 내 예상대로 아무 쓸모 없는 약이었군.”

백무향은 약상자를 숯불이 지펴져 있는 화덕 안으로 내던
졌다.

“일전에 내게 준 독약인데 벌써 잊었소? 아마 노형은 독약
의 이름조차 기억하지 못할 거요.”

“그게… 무슨 말인가?”

“노형은 이 독약을 그믐날이 되면 발작된다는 삭월절혼독
이라 했소. 당시는 아무 생각 없이 받았지만 생각해 보니 정
말 내가 한심했소. 세상에 어떤 독약이 그믐날이 되어야 발작
할 수 있겠소? 아마 그런 절묘한 독약이 있었다면 마녀와의
협상 도중에 퍼뜨려 중독시켰을 거요.”

“…….”

“게다가 다음에 찾아오면 해독약을 주겠다고 했는데 여태
껏 전혀 언급도 없지 않았소? 하기는 가짜 독약인데 해독단이
있을 리 만무하지.”

반사귀선은 호의적인 미소를 지어 보였다.

"노제가 아주 생각이 없는 사람은 아니구먼. 자네 말대로 그믐날에 발작하는 독약은 없네. 자네가 사령독고 때문에 너무 고민하기에 위안이나 줄 생각으로 꾸며낸 얘기였지. 결국 알아챘군."

"쳇, 사람 너무 무시하지 마시오. 아무리 이백 년 동안 잠들었다가 깨어났다지만 선인들 외에 나보다 더 오래 산 사람은 없었을 거요. 사람이 공연히 나이가 먹는 게 아니란 말이오."

반사귀선이 가볍게 포권을 취했다.

"허허, 미안하게 됐네. 하지만 노제를 농락할 의도는 추호도 없었네."

"알고 있소. 그럼 다녀오리다."

백무향은 반사곡 출구를 향해 몸을 날렸다. 계곡 출구에 펼쳐진 반회몽환진의 출입 방법을 알아두었기에 이내 반사곡 밖으로 빠져나갔다.

반사귀선은 백무향이 사라진 출구를 바라보다가 천천히 걸음을 옮겼다. 백무향이 계곡을 떠나자 여태 머리를 처박고 숨어 있던 짐승들이 몰려나와 반사귀선을 에워쌌다.

"허허, 오냐. 이제 안심해라."

반사귀선은 짐승들의 머리를 긁어주고 털을 보듬어주었다. 그러다가 천패무광이 다가서자 놀란 짐승들이 사방으로 흩어졌다.

반사귀선은 술 단지를 기울여 간신히 한 잔을 채웠다.

"무슨 볼일이 있다고 아직까지 얼쩡대는 건가?"

천패무광이 탁자를 사이에 두고 그와 마주 앉았다.

"솔직히 털어놓게. 백무향 노제가 정말 뇌천검제의 현신이란 말인가?"

"자네도 뇌천진기를 보지 않았는가? 뇌천진기는 오직 하늘의 뜻으로만 연성할 수 있는 특별한 내공일세. 뇌천검제 이래로 뇌천진기를 터득한 사람이 있었다는 얘기는 들어본 적이 없네."

"내 무학적 소견으로 본다면 당시 뇌천검제가 풍운마제에게 뇌천진기를 주입시켜 주었다고 가정할 수도 있네."

"뇌천진기를 주입시켜 주었다고?"

"충분히 가능한 일일세."

반사귀선은 천천히 술을 한 모금 마시고는 고개를 저었다.

"아주 희박한 가정일 뿐일세."

"아니, 자네는 분명히 알고 있네. 그래서 자네는 사령독고를 일부러 제거해 주지 않은 것일세."

"내가 말인가?"

"물론이네. 백무향 노제가 자신의 과거를 기억하게 되면 당시 자신을 마왕으로 몰아세운 백도를 향해 대대적인 보복을 펼칠 가능성이 높다고 본 것이지. 그래서 그를 제압하기 위한 의도로 사령독고를 제거해 주지 않은 것일세."

칼날처럼 예리한 지적에 반사귀선은 그의 눈길을 피하며 화제를 바꾸었다.

"자네가 무향 노제의 도움을 받아 용담을 얻었으니 신세를 절반밖에 갚지 못한 셈일세. 인정하는가?"

천패무광이 퉁명스럽게 내뱉었다.

"젠장, 그놈의 약 한 재 갖고 얼마나 우려먹으려는 건가?"

"그 약이 어디 보통 약이었는가?"

"알았네. 그래서 어쩌자는 건가?"

"대륙 남방이나 유람하고 오게나. 중원에 남아 있으면 오대마단과 격돌할 수밖에 없는데 혈훼와의 약조를 지켜야 하지 않는가? 이럴 때는 중원을 잠시 떠나 있는 것도 괜찮은 방법일세."

"빙빙 돌리지 말고 직설적으로 말하게."

반사귀선은 안주 삼아 말린 대추를 입에 넣고 우물거렸다.

"모든 정황으로 판단하면 노제는 십만대산에서 깨어났네. 이백 년 동안 조금도 부패되지 않았으니 아마 만년설이나 한빙동에서 잠들어 있었던 것 같네. 십만대산의 산세가 광대하기는 해도 자네의 무공이라면 그 장소를 찾아낼 수 있을 것일세."

천패무광은 반사귀선이 마시던 술잔을 빼앗아 단숨에 비웠다.

"젠장, 날보고 영외까지 내려가 천 리도 넘은 산세를 죄다

뒤지란 말이로군. 차라리 십만대산에서 처박혀 죽으라고 하
게나.”

“너무 툴툴대지 말게. 하늘과 땅이 열린 이래 가장 엄청난
비밀을 추적하는 일일세. 그 흔적을 찾아내는 것도 아주 흥미
로운 탐색이 될 것이네.”

“자네가 가라면 가야지 내가 뭐 힘이 있는가?”

몸을 일으킨 천패무광이 휘적휘적 걸음을 옮겼다. 그러다
반사귀선을 돌아보며 물었다.

“한데 말일세, 백 노제의 진정한 신분이 누구인가?”

반사귀선은 잠시 눈을 끔뻑이다가 짤막하게 대답했다.

“자네가 예상한 그 사람일세.”

2

섬서와 하남 경계의 낙척산.

보잘것없는 산세에 전망도 썩 좋지 못한 야산이 바로 사해
문의 총단이다. 하기에 대단치 않은 땅덩이를 차지하기 위한
싸움은 없어야 당연하다. 사해문이 몇 번의 몰락 속에서도 이
백 년을 유지해 올 수 있었던 것은 그 어떤 방파도 낙척산을
차지하려는 생각이 없었기 때문이다.

그러나 그렇게 무림의 중심에서 비켜서려 해도 어쩔 수 없이
부딪치고 피를 흘려야 하는 것이 무림계의 복잡한 이해관계다.

새해문은 지난겨울 혹독한 시련을 겪어야 했다.

문주 노자광을 비롯해 황금성제각을 수호하던 풍운사로와 수백여 제자들이 혈사성에 인질로 끌려갔다. 당시의 격돌에서 태상문주가 한쪽 눈을 잃는 중상을 당했고 이백여 명의 제자가 죽거나 다치는 참화를 입게 되었다.

다행히 태상문주 백무향이 혈사성주 현후곤과 맞대결을 펼쳐 모든 인질들을 구출할 수 있었다. 그런 와중에 태백궁의 기습으로 혈사성이 괴멸하였고 그에 따른 영광은 사해문이 차지하게 되었다.

오랜 세월 잡초처럼 천시되어 오던 사해문이 이백년 만에 빛을 보는 순간이었다. 한데 그 광영은 오래가지 못했다. 혈사성 잔당들이 복수를 외치며 대대적인 공세를 펼쳐 온 때문이다.

참혹한 시산혈해(屍山血海)였다.

산 자보다는 죽은 자가 많았고, 서 있는 자보다는 쓰러진 자가 더 많았다. 수백 구의 주검이 널브러져 있는 와중에도 싸움은 계속되고 있었다.

차차창—!

아침부터 오후까지 계속된 싸움으로 인해 양측 모두가 지칠 대로 지쳐 있었다. 처음에는 복수를 외치는 자들과 이를 막으려는 자들과의 대결이었지만 지금은 그 목적조차 상실했다. 양측 모두가 피투성이가 된 채 그저 죽지 않기 위해 싸울 뿐이었다.

괴멸 당시 혈사성은 태백궁을 압박하기 위해 정예들이 출타한 상태에서 기습을 받았기에 주력은 비교적 건재한 상태였다. 현명칠사 중 셋이 잔당들을 규합해 피의 보복을 외쳤다.

사실 진정한 복수를 위해서는 태백궁으로 쳐들어가야 했지만 그들도 그것이 얼마나 무모한 공격인지 잘 알고 있었다. 그래서 차선책으로 목표한 곳이 사해문이었다. 사해문의 태상문주가 혈사성주를 죽게 만들었으니 명분은 충분했으며 분풀이 대상으로도 적당했다.

혈사성 잔당들의 침공에 대한 풍문이 자자했기에 당연히 명문정파에서 사해문을 지원해 함께 싸워야 한다. 한데 그 당연해야 할 도리가 전혀 이루어지지 않았다.

여산 태백궁 총단은 물론이며 혈사성 총단 자리에 세워진 태백별궁에서조차 무사 한 명 파견하지 않았다. 마치 혈사성 잔당들과 사해문이 동귀어진하기를 관망하는 듯한 태도였다. 참으로 냉혹한 비정천하(非情天下)였던 것이다.

"으아악!"

처절한 비명과 함께 또 한 사람이 핏물 속에 쓰러졌다.

"헉헉……!"

가쁜 숨을 몰아쉬는 여인은 다름 아닌 서문취였다.

그녀는 혈사성 잔당들의 침공 소식에 차마 모른 체할 수 없어 낙척산으로 돌아와야 했다. 내심 백무향이 와주기를 기원했지만 그것은 덧없는 바람이었을 뿐이다. 사해문 제자들은 오로지 자신들의 힘만으로 혈사성 잔당들과 맞서야 했다.

비록 혈사성주와 소성주 현사군이 죽었다지만 혈사성은 십 년 동안 강북 무림을 지배해 온 무단(武團)이었다. 복수심으로 무장된 저들의 침공을 감당하기에 사해문으로서는 역부족일 수밖에 없었다.

문주 노자광은 현명칠사 중 혼극사와 양패구상을 해 쓰러졌고 풍운사로 중 둘 역시 현명이사(玄冥二邪)와 동귀어진하고 말았다.

양측의 사상자가 도합 사백여 명.

이백 명 남짓한 생존자들은 모두가 광기에 젖어 있었다. 너무나 많은 동료들의 죽음을 보았기에 이제는 동료의 목이 떨어져 나가도 슬픔조차 느낄 수 없었다.

검과 옷이 시뻘겋게 물든 서문취는 또 다른 적을 찾아 무작정 싸움판으로 뛰어들었다.

"차아앗!"

그녀는 천패무광이 전수해 준 월녀검법을 발출했다. 끝없이 이어지는 물결처럼 연속적으로 발출되는 쾌검은 가히 무림일절로 불릴 절기였다.

사해문으로 귀환해 문주의 호법으로 임명된 그녀는 사해문 최강의 고수로서 손색이 없었다. 만일 그녀가 귀환하지 않았다면 사해문 제자들은 진작에 전멸되었을 것이다.

차차창─!

잇단 금속성에 이어 비명 소리가 들려왔다. 도검이 동강 나면서 혈사성의 무사들 다섯 명이 함께 쪼개진 것이다.

서문취는 가쁜 숨을 내쉬며 또다시 싸움판을 찾아 걸음을 옮겼다. 핏물이 내를 이루어 발목까지 잠겼다. 한나절 내내 계속된 싸움으로 인해 기력이 탈진되었다. 정신력으로 간신히 버티고 있을 뿐이었다.

서문취는 손등으로 눈가를 닦았지만 핏물 때문에 제대로 보이지가 않았다. 다시 소맷자락으로 얼굴을 문질렀지만 미찬가지였다. 혈의(血衣)로 변한 옷은 가볍게 쥐어짜는 것만으로도 핏물이 흘러내렸다.

"공자님……."

서문취는 나직이 뇌까리며 비틀비틀 걸음을 옮겼다.

"더 이상 모시지 못하는 소녀를 용서하십시오."

그녀에게 있어 백무향은 하늘과도 같은 상전이었다.

그가 마정쌍제의 현신이라고는 지금도 믿지 않지만 한때 사해문 태상문주였기에 그를 섬겼다는 것이 너무도 큰 광영이었다. 더군다나 자신의 얼굴 반쪽이 훼손되는 부상을 당했는데도 전혀 개의치 않는 대범함에 그녀는 감동하지 않을 수 없었던 것이다.

혈족과도 같은 사해문 제자들을 위해 낙천산으로 귀환했

지만 그녀의 마음은 한시도 백무향을 떠난 적이 없었다.

백무향을 떠올리자 서문취는 강렬한 삶의 의욕에 사로잡혔다. 살아남아야 다시 그를 만날 수 있기 때문이다.

'그래, 공자님은 내게 사해문을 지키라고 하셨어. 날 찾아오신다고 했으니 날 버린 게 아니야.'

백무향에 이어 비록 짧은 기간이지만 그녀에게 엄격한 지도를 베풀어준 사부 천패무광의 근엄한 모습이 떠올랐다.

'사부님…… . 난 무림 최강의 고수이신 무절의 제자이다. 무절의 제자가 이렇게 죽을 수는 없어. 혈사성 잔당들 따위한테 죽는 것은 사부님에 대한 모독이다.'

새롭게 각오를 다진 서문취는 검을 불끈 쥐었다.

"악적들, 용서치 않겠다!"

그녀는 괴성을 발하며 혈전장 곳곳을 뛰어다녔다. 그녀의 쾌검이 번득일 때마다 혈사성 무사들이 짚단처럼 베어졌다. 양측 수뇌들 대부분이 죽거나 부상으로 쓰러진 상태라 그녀의 쾌검 절기는 독보적이었다.

한데 이때 하늘 위로 연이어 폭음을 울려 퍼졌다.

퍼— 퍼펑—!

폭음의 메아리가 채 그치기도 전에 우렁찬 함성과 함께 호심경을 찬 무사들이 장내로 뛰어들었다.

"탕마멸사— 태백출세—!"

무사들은 바로 태백궁의 검수들이었다. 보다 정확히 구분한다면 태백별궁 소속. 이들은 태옥교가 태백별궁에 머물면서 새롭게 규합해 조련시킨 검수들로 태백무고의 강력한 병기로써 무장되었다.

난데없는 태백궁의 출현에 혈사성의 잔당들은 전의를 상실했다.

"허억! 태백궁?"

"퇴각해라!"

잔당들은 달아나기에 급급했다. 일부는 목숨이라도 건지기 위해 스스로 팔이나 다리를 자르고는 부상자들과 함께 뒤엉켰다.

"악도들을 추살해라!"

"한 놈도 살려둬서는 안 된다!"

태백궁 검수들은 일제히 흩어지며 도주하는 혈사성 무리들을 추격했다. 싸움은 종료되었고 이제부터는 일방적인 살육이었다. 과거 혈사성 무리들이 일삼은 무자비한 살육이 고스란히 그들 자신에게 자행된 것이다.

일남일녀가 마무리되는 혈전장을 둘러보고 있었다.

다소 가냘프게 보이는 여인은 지극한 절색의 소유자였다. 약간의 화장을 했을 뿐이건만 얼굴이 눈부셨고 또렷한 이목구비는 완벽한 조화를 이루었다.

여인은 참혹한 광경에 깊은 탄식을 흘렸다.

"아아, 조금 더 서둘렀어야 했어요. 그동안 폐관 수련을 하느라 정보를 미처 접수하지 못한 죄가 큽니다."

아름다운 눈 가득히 슬픔을 표하는 여인은 다름 아닌 십절옥봉 태옥교였다.

그녀와 나란히 서 있는 사내는 승려도 아니고 도사도 아닌 무을 도승이었다. 어쨌거나 출가한 몸인데도 불구하고 그는 시산혈해를 둘러보면서 애도 한 번 표하지 않았다.

"그 사기꾼이 정말 오지 않았군."

"그래요. 만일 뇌천공자가 개입했다면 이런 참상은 벌어지지 않았을 겁니다."

"대공녀, 이참에 사해문을 쓸어버리는 게 낫지 않겠소? 저들은 잡초처럼 끈질겨 일부만 살아남아도 금세 세력을 회복한다 들었소."

태옥교가 의아해하는 눈빛으로 물었다.

"무을 도승께선 사해문과 특별한 원한이라도 있나요?"

"아니오. 전혀 없소."

"한데 왜……?"

"사기꾼이 이들 사해문의 태상문주였다는 것만으로도 제거될 이유가 충분하오. 그런 자를 태상문주로 떠받들었다면 지극히 어리석은 자들이니까."

"뇌천공자를 너무 의식하는군요. 하긴 다시 만나면 마지막 일초 대결을 벌어야 하니 부담이 되기도 하겠지요."

무을이 턱을 치켜들며 과장된 웃음을 터뜨렸다.

“헤헤헷, 난 예전의 무을이 아니오. 대공녀의 지도 덕분에 도불쌍절의 진정한 절기를 터득한 나요. 당장이라도 만나 대결을 매듭짓고 싶소.”

“장담하지 마세요. 상대는 정마쌍제의 전설적인 절기를 동시에 구사하는 절대고수입니다. 오행마단의 종주들도 제압하지 못했으니 그의 무공 수위는 상상을 초월합니다.”

“대공녀, 사기꾼을 너무 인정하는 것 아니오? 대공녀를 도와 패업을 이루게 해줄 사람은 사기꾼이 아니라 나요.”

무을이 자신의 가슴을 탁탁 치며 떠벌리자 태옥교가 가볍게 눈살을 찌푸렸다.

“소녀가 언제 패업을 원한다고 했나요? 소녀의 바람은 무림의 평화와 안정입니다. 모두가 행복을 누릴 수 있는 정의로운 세상을 만드는 게 소녀의 꿈입니다.”

“그 바람은 반드시 태백궁이 주도해야 하는 것이 사실이잖소? 태백궁이 아니라 사해문이 오행마단을 격파하고 무림계의 평화를 가져와도 과연 대공녀가 행복할 수 있겠소?”

태옥교가 묘한 미소를 머금으며 무을을 직시했다.

“무을 도승, 진정 현명한 사람은 상대의 속내를 헤아려도 함부로 내뱉지 않습니다. 잘못 판단해 공연히 오해를 일으킬 수 있고 분란을 야기시킬 수도 있으니까요.”

“미, 미안하오. 내가 너무 직선적인 성격이라…….”

“그래서 소녀가 수욕을 할 때마다 몰래 훔쳐보았군요?”

무을의 눈알이 당황스럽게 흔들렸다.

"아미타불, 무량수불… 무슨 말씀이오, 대공녀. 출가한 몸으로 내 어찌 그런 추잡한 짓을 한단 말이오?"

"그래요? 그럼 어떻게 제 허벅지 안쪽에 세 개의 점이 있는 줄 아셨죠?"

"세 개……? 난 두 개만 보았는데…… 으압!"

자신의 입을 틀어막은 무을은 잔뜩 울상을 지었다. 태옥교의 넘겨짚기에 말려들어 자신도 모르게 실토를 한 셈이었다.

태옥교는 그의 단순한 성격을 익히 파악하고 있었기에 어린애 데리고 놀듯이 휘어잡을 수 있었다.

"세상 사람들은 제 말이라면 대부분 믿습니다. 도승께서 제 수욕하는 모습을 몰래 훔쳐보았다고 공개하면 그것이 설사 조작이라도 믿을 겁니다."

무을은 합장을 하며 연신 허리를 굽실거렸다.

"아미타불, 무량수불……. 빈도의 우매함을 용서하시오. 앞으로는 대공녀에게 누가 되는 말은 절대 입 밖에 내지 않겠소. 맹세해도 좋소."

"맹세는 필요없어요. 도승의 성격상 절대 지키지 못할 테니까요. 그래도 조심해서 나쁜 건 없지요."

태옥교는 태백궁 무사들이 부상자들을 위해 임시로 세우고 있는 막사 쪽으로 향했다.

무을은 약간 떨어져서 그녀의 뒤를 따랐다.

‘웬 여자가 이렇게 무서워? 몇 마디만 나누면 내가 그냥 멍청이가 되어버리니 말이야.’

두 사부가 타계하면서 세상에 내려온 이후 그는 백무향 외에 적수를 만난 적이 없기에 하늘 높은 줄 몰랐다. 엄청난 무공을 지녔기에 자신이 마음만 먹으면 무엇이든 이룰 자신이 있었다.

그러다 태옥교를 만나 한눈에 반해서는 자신의 위대한 사부를 내세우면 간단히 취할 수 있다고 생각했는데 그것도 커다란 오판이었다.

태옥교의 살인적인 매혹은 그의 애간장을 태우면서 좀처럼 잡히지 않았다. 그를 마다하지 않지만 그렇다고 수용해 주지도 않았다.

태백별궁 내에서 한동안 함께 수련을 하면서 여러 번 신체적인 접촉을 가졌는데 그녀는 순순히 그의 품에 안겼다. 하지만 더 깊은 관계는 허락지 않았다. 강제로 그녀를 능욕할 수도 있었겠지만 그가 그 정도로 악한 사람은 아니었다.

이러다 보니 그는 마치 보이지 않는 실에 꿰인 듯 태옥교가 흔드는 대로 움직일 수밖에 없게 된 것이다.

‘에고, 이 한심한 중생아. 두 사부는 내가 여색에 휘말릴 경우 큰 화를 당할 것이라고 경고했어. 하지만 어쩌겠어? 대공녀가 내 혼백을 쥐고 있는데.’

평생을 자유롭게 살아온 무을은 태옥교를 만난 이후 조금씩 두려워졌다. 자칫 그녀의 노예가 되어 평생 치마폭에 싸일 것만 같았기 때문이다. 그것을 알면서도 떠나지 못하는 자신이 더 한심하게만 생각되었다.

'아미타불, 무량수불. 이제야 두 사부가 얼마나 대단한 분인지 알 것 같아. 죽기 전까지 술과 계집질을 하면서도 얽매이지 않고 즐겼으니 말이야.'

무을은 자신의 머리를 쥐어박으며 연신 나약함을 자책했다.

스무 개의 대형 막사가 세워졌지만 워낙 다친 사람들이 많아 상처가 심하지 않은 사람들은 막사 밖에서 치료를 받아야 했다.

"흑, 문주님……."

서문취는 노자광의 손을 감싸 쥐었다.

거적 위에 눕혀진 노자광은 과다한 출혈로 인해 몸이 오그라들어 있었다. 초점을 잃은 두 눈은 흐릿했고 이미 신경이 마비돼 고통조차 느끼지 못하고 있었다.

그나마 청력이 남아 있어 서문취의 존재를 인식했다.

"서문 호법… 살아 있었구나."

"예, 문주님, 우리가… 이겼습니다. 흑, 우리 사해문이… 혈사성을 물리쳤어요."

"그래… 장하다……. 지난 십 년 동안 버러지처럼… 밟히고만 왔는데… 결국 우리가 이겼다."

"예, 이겼습니다. 우리는 살아남았고… 놈들은 괴멸되었습니다."

노자광은 희미한 웃음을 띠었다.

"마지막까지 살아남은 자가 강한 자다… 그것이 무림의 법칙이지."

"그렇습니다, 문주님."

"서문 호법, 이제… 네가 문주다. 네가 사해문 제구대 문주이다."

"그럴 수는 없습니다. 제가 어찌 감히……."

"넌 태상문주를 섬겼던 태상호법이다……. 네가 문주에 올라야 태상께서 다시 찾아주실 것이다."

풍운사로 중 살아남은 대로와 삼로가 동조했다.

"서문 호법은 문주의 유시를 받드시오."

"사해문을 이끌어줄 사람은 이제 서문 호법뿐이오."

서문취는 노자광을 안아 들었다. 본래 마른 체구였는데 과다한 출혈로 인해 볏짚처럼 가볍게만 느껴졌다.

"아직 문주님께서 생존해 계십니다. 그리고 그런 중대 사안은 신중하게 결정되어야 합니다. 총단으로 문주님을 모시겠습니다."

그녀가 노자광을 안고 나서자 풍운이로와 거동할 수 있는 사해문 제자들이 뒤를 따랐다.

태옥교가 정중히 포권을 취하며 유감을 표했다.

“서문 호법, 적시에 달려오지 못해 미안합니다. 사해문은
혈사성의 혈란에서 또 한 번 천하를 구했습니다.”

서문취는 형식상 목례를 취하고는 아무런 대꾸 없이 그녀
앞을 지나쳤다. 풍운이로와 사해문 제자들 역시 도열해 있는
태백궁 검수들에게 일별도 주지 않고 서문취를 뒤따랐다.

팔괘검대(八卦劍隊)를 관장하는 팔괘검대장이 분노를 터뜨
렸다.

“허어, 모든 방파가 관망하는 와중에도 지원을 나섰건만
어찌 이리 무례할 수 있단 말인가? 우리가 고의로 늦게 당도
했다고 생각하는 것인가?”

팔괘검대의 영주들 역시 저마다 목소리를 높였다.

“이렇듯 무도한 자들이니 누가 사해문과 교류를 가지려 하
겠소?”

“차라리 몰살되도록 내버려 두었어야 했소.”

“우리야 묵인할 수 있지만 어떻게 감히 대공녀께 무례할
수 있단 말이오?”

“뇌천공자를 믿고 저렇듯 방자한 게 틀림없소.”

그러자 팔괘검대장에 앞서 태옥교가 나서 그들의 분노를
달랬다.

“사해문 제자들의 심정을 충분히 헤아리세요. 대부분의 동
료를 잃어 상심이 깊습니다. 이런 경황에 어떻게 예의와 도리
를 찾겠어요? 우리의 늦은 출동이 안타까울 따름입니다.”

그녀가 팔괘검대장에게 지시를 내렸다.

"사해문은 두 번씩이나 혈사성과 맞서 천하를 구한 위대한 문파입니다. 의협들의 시신을 최대한 수습하고 부상자들의 치료에 만전을 기하세요. 또한 사해문의 재건을 위해 모든 지원을 아끼지 마세요."

"대공녀의 자비에 감읍할 따름이외다."

팔괘검대장은 여덟 명의 영주에게 각기 역할을 분담시켰다.

태옥교는 낙천산을 주시하며 잠시 시간을 보냈다.

무을이 무료한 표정으로 한마디 던졌다.

"그는 오지 않소."

"알아요."

"한데 왜 기다리는 거요?"

"그를 기다리는 게 아니에요."

"그럼……?"

태옥교는 팔짱을 끼며 천천히 걸음을 옮겼다.

"그가 지금 어디에 있는지 생각 중이에요. 반사곡을 나선 것은 확실해요."

무을의 두 눈에 은은한 질투의 빛이 피어올랐다.

"대공녀는 왜 그렇게 백무향에 대해 집착하는 거요?"

"오해하지 말아요. 내가 뇌천공자에게 관심을 갖는 건 그가 오행마단과 깊이 연관돼 있기 때문입니다."

“오행마단 때문이라고?”

“그래요. 그는 오행마단 중 네 마단의 종주들과 직접 대면한 사람입니다. 그는 본 궁 비찰부에서 수십 년간 수집해 온 정보보다 더 많은 비밀을 제공했지요. 어쩌면 그는 오행천의 부활을 차단하기 위해 하늘이 내린 사람일지도 몰라요.”

무을은 같잖다는 듯 키득거렸다.

“클클, 두 사부도 내게 그런 말을 했소. 오행천의 마겁을 저지할 사람은 나뿐이라고 말이오. 한데 대공녀가 그렇게 애기하면 내가 너무 초라해지지 않겠소?”

“무을 도승, 오행마단은 실로 가공합니다. 백도의 전 방파와 모든 의협들이 합세해도 승부를 자신할 수 없어요. 지금은 사적인 감정은 접어둘 때입니다. 뇌천공자를 끌어들여야만 오행마단을 상대할 수 있습니다.”

“오행마단이 그 정도란 말이오?”

태옥교는 핏빛처럼 붉은 노을로 시선을 돌렸다.

“반사곡 앞에 벽라마원의 마인들이 출현했어요. 마녀가 암흑마진를 펼쳤기에 어떤 이야기가 오갔는지는 알 수 없어요. 곧이어 뇌천공자가 반사곡을 나섰는데 역시 행방이 묘연해요. 수고스럽지만 도승이 나서 뇌천공자의 행방을 찾아봐 주세요.”

“날보고… 이 넓은 세상을 죄다 뒤지란 말이오?”

무을이 황당하단 표정을 짓자 태옥교가 사르르 눈웃음을

쳤다.

"도승은 도불쌍절의 절학을 두루 익혔셨잖아요? 구름을 밟고 날 수 있는데 어디든 못 가겠어요?"

"대공녀, 차라리 포기하고 깊은 산중에 은거하겠소."

"이 정도 부탁을 거절하다니 도승답지 않으시군요."

태옥교가 무을 옆을 지나치며 말을 이었다.

"정보에 의하면 환희마궁의 신임 궁주가 지옥마부의 수뇌들을 죽이고 병합했다더군요. 신임 궁주는 환희마후로 불리는데 아주 젊다고 했어요. 하지만 천색요골을 지닌 천고의 재녀이기에 소수마후를 능가할 마공을 터득했다고 했이요. 환희마후의 이름은 소견입니다. 바로 뇌천공자가 이백 년 만에 깨어나면서 첫 번째로 만난 여인이지요. 둘은 밀접한 관계로 발전해 뇌천공자는 소견을 약혼녀로 생각할 정도입니다. 뇌천공자가 벽라마원의 마녀를 만났다면 아마 소견에 대한 정보를 들었을 겁니다. 그녀를 만나러 갔을 가능성이 높아요."

무을이 퉁명스럽게 내뱉었다.

"그런 정보가 있었다면 진작 말해주었어야지. 난 진짜로 세상을 통째로 뒤지라는 줄 알았소."

"호호, 이래서 무을 도승은 여전히 어린애 같다니까요."

"지금 날 놀리는 거요?"

"천만에요. 도승의 순수한 면을 칭찬하는 겁니다."

태옥교는 무을이 손을 슬쩍 쥐었다.

"환희마궁의 소재는 무산(巫山)에 있어요. 무산십이봉 중 신녀봉이 유력합니다."

"유력하다면… 아닐 수도 있다는 말이오?"

"그래요."

"뭐, 뭐요?"

무을의 표정이 구겨지자 태옥교가 재미있다는 듯 웃음을 터뜨렸다.

"호호호, 환희마궁이 다른 곳으로 이주하지 않았다면 확실해요. 그럼 부탁드리겠어요."

태옥교가 공손히 손을 모으자 무을이 초절정경공술인 승극도허를 펼쳐 까마득하게 솟구쳐 올랐다.

"대공녀, 당신은 정말 나쁜 여자요."

무을의 전음성이 약간의 간격을 두고 다시 들려왔다.

"그래도 너무 사랑스러워서 당신을 떠날 수가 없소."

태옥교는 도도한 미소를 머금으며 하늘 저편으로 멀어져 가는 무을을 바라보았다. 그러다 문득 백무향을 떠올린 그녀의 표정이 싸늘하게 변했다.

그녀는 붉은 입술을 지그시 깨물었다.

'날 거부한 사내 백무향! 난 그 치욕을 잊지 않겠다!'

제 36 장

갈라진 운명, 그리고 신비지문

콰르르릉……!

협곡을 따라 흐르는 물줄기가 마치 한바탕 폭우를 쏟아내기 직전의 우렛소리처럼 장엄하다.

장강 삼협(三峽) 중 무산협(巫山峽).

삼협은 장강의 상류에 위치한 세 곳의 드센 물줄기를 말하며 무산협은 구당협(瞿塘峽)의 두 번째에 해당된다. 무산협의 전체 길이는 백여 리. 강안 양쪽으로 깎아지른 벼랑이 병풍처럼 펼쳐져 있어 급류에 부딪치는 물소리가 끝없이 메아리쳐 울린다.

무산협은 제갈공명을 기리기 위한 공명비(孔明碑)를 비롯해, 신녀봉과 무산십이봉 등 유적지와 절경으로 명성이 높다. 하지만 워낙 지세가 험준해 뱃길 외에는 접근이 어렵기에 웬만한 사람들은 그저 귀를 통해 듣는 정도로만 만족해야 했다.

무산협의 절경 중 하나인 신녀봉은 하늘의 선녀 요희(瑤姬)가 삼협을 뚫어 물길을 열었다는 전설을 담고 있는 아름다운 봉우리다. 신녀봉 뒤편으로 물에 잠긴 계곡이 형성돼 있는데 이 연못은 요희를 기려 요지(瑤池)로 명명됐다.

요지는 대부분 물안개에 덮여 있어 묘한 신비감을 불러일으킨다. 한데 접근이 아주 어렵다. 오직 배를 타고 들어갈 수가 있는데 수면 바로 아래까지 뾰족한 암초가 수초처럼 펼쳐져 있어 몇 번 노를 젓기도 전에 배가 뚫리고 만다.

사람들의 접근을 불허하는 신녀봉 요지.

이야기 꾸며내기를 좋아하는 얘기꾼들은 이를 선녀 요희의 조화 때문이라 근사하게 둘러댄다.

환희마궁은 요지 안쪽으로 세워져 있었다.

오대마단은 제각기 독특한 방식으로 자신들의 거처를 보호해 왔는데 환희마궁은 비교적 세력이 약해 가장 많은 침범을 받아야 했다. 그 바람에 여러 번 총단을 옮겨야 했고 유사시를 대비해 여러 곳에 별궁을 세워두어야 했다.

처음에 요지 내에 세워진 별궁은 규모가 작았지만 최근 들어 두 차례나 총단을 옮기면서 요지의 별궁이 환희마궁 총단으로 변모하였다.

요지의 환희마궁은 지형이 넓지 않아 규모가 협소한 것이 흠이지만 자연적인 요새가 갖춰져 있어 외부의 침입을 방어하기에는 아주 유리했다.

주변이 물로 둘러싸인 요지인데도 배를 통해 접근할 수 없으니 오로지 뛰어난 경공술을 통해서만 출입이 허용된다. 물론 수면 아래 형성된 암초를 찾아 밟고 이동할 수 있지만 이는 환희마궁 제자들만이 아는 비밀스러운 길이다.

수정 원탁을 사이에 두고 네 명의 중년 여인이 앉아 있었다. 모두가 안색이 차갑지만 용모는 출중한 편이었다. 그녀들 가슴 한쪽에는 매난국죽(梅蘭菊竹)을 상징하는 형상이 수놓아져 있었다.

바로 환희마궁의 수뇌 급인 사화령이었다.

"지난번 지옥마부를 병합했지만 예상보다 약한 전력에 실망이 컸어요. 이런 상태로는 벽라마원이나 황금성과 충돌해도 승산이 없어요."

회의를 주재하는 여인은 둥근 월창 앞에 서서 요지를 바라보고 있었다.

전설의 요희가 다시 내려온 것일까. 검은 망사의를 걸친 여인의 용모는 소름이 돋을 만큼 매력적이었다. 뭇 사내의 혼백을 빨아들일 매혹적인 눈망울이며 투명한 빛을 발하는 신비로운 피부는 인간이 아니라 선녀 요희의 환생이었다.

천색요골의 소유자 소견.

그녀는 오대마단 중에서 두 개의 마단을 병합한 최초의 지배자가 되었다. 그러나 단지 두 개의 마단을 병합하는 것으로 만족하기에 그녀의 야망은 너무도 컸다.

"이번에 병합할 마단은 축융마곡입니다."

또 다른 표적이 거론되자 사화령이 바싹 긴장했다.

사화령은 과거의 소수마후를 대하는 심정이었다. 아니, 신중했던 소수마후에 비해 소견은 훨씬 대담했고 모험적이었다.

매화령이 조심스럽게 말을 받았다.

"궁주, 축융마곡은 강력한 화기(火器)로 가득 찬 마역입니다. 저들은 여태 누구의 침입도 받은 적이 없습니다. 어떤 무공으로도 저들의 화기에 의한 방어벽을 돌파할 수 없습니다."

소견은 손가락에 끼고 있는 오행마환을 매만졌다.

"난 마황삼보 중 두 가지를 지니고 있어요. 오행마환과 파천마검."

그녀의 허리춤에는 한 자루 검이 걸려 있었다. 다소 짧게 제작된 검집은 동강 난 파천마검을 위해 새로이 제작되었다. 지난번 지옥마존을 격살하고 입수한 전리품이었다.

"더군다나 사부님은 축융마곡의 화기로 인해 치명적인 부상을 당해 돌아가셨어요. 축융장왕을 반드시 내 손으로 때려 죽일 겁니다."

사화령은 그녀의 냉혹한 어조에 가늘게 전율했다.

그녀가 혈심마흉의 가슴을 으스러뜨리고 심장을 꺼내는 끔찍한 광경을 모두가 목격했기에 그녀의 공언이 결코 헛되지 않을 것임을 수긍하였다.

"내가 직접 축융마곡으로 들어갈 겁니다. 저들의 강력한 마기를 감안하면 많은 제자들이 나설 필요가 없어요. 본 궁의 정예 서른 명 정도면 충분할 겁니다."

"궁주, 축융장왕은 크게 야망이 없는 자입니다. 다른 마단을 모두 복속하면 기꺼이 굴복할 자외다. 굳이 무리한 싸움을 벌일 필요가 없습니다."

"아니에요. 벽라마원이나 황금성과 일전을 벌이는 것보다 훨씬 수월할 수 있어요. 마공이 아니라 내가 지닌 색공으로 저들을 무력화시킬 수 있으니까."

"존체를 생각하십시오. 궁주께서는 오행대마후에 오르실 존귀한 몸이십니다."

매화령이 간곡하게 만류했지만 소견의 고집은 대단했다.

"궁주로서 명하겠어요. 죽음을 두려워하지 않는 최고의 정예들을 선발하세요. 향후 그들을 내 친위대로 삼겠어요."

일순 월창 밖으로 주시하던 그녀가 아미를 살짝 찌푸렸다.

"누가 침입했군."

과연 요지의 외곽 경비를 담당하던 호궁당주가 급히 들어서며 아뢰었다.

"궁주님께 아룁니다. 침입자가 발생했습니다."

"몇 명이냐?"

"한 명입니다."

"한 명? 한데 들려오는 폭음으로 미루어 벌써 요지를 건넌 것 같구나."

"그렇습니다. 워낙 뛰어난 절세고수인데다 특별한 신분이라… 저지하기가 어려웠습니다."

"특별한 신분이라니?"

호궁당주가 조심스런 기색으로 대답했다.

"바로 궁주님의… 정혼자이십니다."

퍼펑―!

연이은 폭음과 함께 환희마궁의 제자들이 나자빠졌다. 침입자의 손속이 독하지 않아 제자들은 큰 부상을 피할 수 있었다.

"어서 소견한테 안내해라. 아니면 소견을 나오게 하던가!"

요지의 수면을 밟고 서 있는 청년은 다름 아닌 백무향이었다. 혈훼를 통해 환희마궁의 소재를 알고 있었기에 요지를 찾아내기는 어려운 일이 아니었다.

그가 매번 바뀌는 환희마궁의 총단을 찾아오기도 이번이

세 번째.

환희마궁의 웬만한 제자들은 모두 그를 알고 있었다. 분명 적이지만 지난번에는 지옥마부의 침공을 물리쳐 주는 커다란 은혜를 베풀기도 했다. 게다가 그가 현 궁주의 정혼자임을 감안해 적극적으로 저지하기도 어려웠다.

백무향은 수면 위를 미끄러져 풀밭 위로 내려섰다.

“내 성격 잘 알지? 이번에도 소견을 빼돌렸다가는 정말 용서치 않겠다!”

환희마궁 제자들은 일정한 거리를 두고 포위망을 형성할 뿐 공격을 펼치지는 않았다.

백무향이 제자들을 향해 성큼 다가섰다.

“당장 소견을 내놔!”

이때 제자들이 좌우로 갈라지며 사화령이 앞으로 나섰다.

“백무향, 궁주를 찾아온 방문객으로 예우를 갖춰라!”

백무향이 사화령을 쓸어보며 가소롭다는 표정을 지었다.

“예우를 갖추라고? 이봐, 예우를 갖춰야 할 사람들은 너희들이다. 난 너희들의 궁주 환희마후의 정혼자다. 소견이 이미 환희마궁의 궁주가 되었다는 것을 알고 왔으니 속일 생각은 마라.”

매화령은 큰 싸움이 벌어질 상황은 아니다 싶어 가볍게 고개를 끄덕였다.

“현 궁주께서 소수마공을 대성하셨으니 이제 만나도 된다.

궁주께서 마후각에서 널 기다리고 계신다.”

그녀가 한쪽으로 비켜서자 백무향이 당당히 제자들 사이를 지나쳤다.

“진작 이럴 것이지.”

마후각 주변으로 핏빛처럼 붉은 꽃들이 활짝 피어올랐다. 좁은 실개천 위를 가로지르는 구름다리가 아름답다.

구름다리를 건너 백무향이 하얀 대리석 계단을 밟고 마후각으로 들어섰다.

웅장한 전각은 군왕의 대전을 방불케 했다. 화려하게 조각된 아름드리 기둥들이 열주(列柱)를 이루었고 단상까지 붉은 융단이 깔려 있었다.

단상 위 옥좌에는 한 여인이 당당히 앉아 있었다.

소견이었다. 궁주로서의 복장을 벗어 던진 그녀는 과거의 소견처럼 하얀 비단으로 몸을 감싸고 있었다. 소수마공을 수련해서인지 드러난 피부가 더욱 희고 투명해 보였다.

“소견!”

백무향이 반갑게 외치며 융단 위를 뛰었다.

“무향…….”

소견도 감회에 젖어 눈물을 글썽이며 단상을 내려섰다.

근 일 년 만의 재회였다. 소수마후에 의해 강제로 갈라서기 전까지 서로에게 있어 가장 소중한 존재였기에 이번 해후는 감동일 수밖에 없었다.

소견을 와락 끌어안은 백무향이 소견의 얼굴을 어루만졌다.

"너… 더 예뻐졌구나."

"보고 싶었어, 무향. 정말 보고 싶었어."

"당연하지. 내가 너를 찾아 얼마나 헤맸는데?"

백무향은 그녀의 목을 얼싸안으며 입을 맞추었다. 뜨겁고도 감미로운 입맞춤이었다. 두 남녀는 서로의 입술을 비비면서 몸을 더듬었다.

구만산 산채 시절에는 하루에도 수차례씩 교접을 벌여온 그들이었다. 모든 사내의 정혈을 고갈시키는 소견조차 백무향의 절륜한 정력에 교태로운 비명을 질러야 했었다.

그런 그들이 일 년 만에 만났으니 얘기가 필요없었다.

일단 그들은 서로의 존재를 몸으로 확인해야 했다. 소견의 한 겹 비단천은 손길 한 번으로 벗겨지기에 소견은 이내 알몸이 되었다.

"소견!"

백무향은 자신의 옷을 벗어 던지고 그녀를 뜨겁게 끌어안았다. 침상이 아니라 대전 바닥이었지만 장소는 상관없었다. 소견은 모든 제자들을 내보냈기에 그들만의 공간에서 모처럼 회포를 풀 수 있었다.

사내의 정혈을 먹고사는 천색요골의 태생으로 여태 다른 사내와 교접을 벌이지 않은 것은 경이적인 일이었다. 그녀는 그만큼 백무향을 사랑했기에 몸을 지키려 했다.

물론 백무향을 만나기 전에 이미 숱한 사내가 거쳐 간 몸이었지만, 자신과 교합하고도 죽지 않은 유일한 사내를 위해 그녀는 정조를 지키려 노력했다. 그래야 백무향을 다시 만나도 떳떳할 수 있기에 소수마후의 강요를 물리칠 수 있었던 것이다.

한 번의 정사로 일 년 만의 해포를 풀기에는 턱없이 부족했다. 소견은 백무향을 놓아주지 않으려 했고 백무향 또한 그녀와의 포옹을 풀지 않았다.

다음날 아침.

창을 통해 들려오는 새소리에 두 남녀는 스르르 눈을 떴다. 지난밤에 장소를 옮겼기에 그들이 잠에서 깬 장소는 소견의 침실이었다.

백무향은 소견의 입술에 가볍게 입을 맞추고는 길게 기지개를 켰다.

"으그그, 죽는 줄 알았네."

소견은 오랜 기간 자신을 괴롭혀 왔던 본능적인 욕구를 해소해서인지 아주 개운한 모습이었다. 지난밤의 열기가 아직도 체내에 남아 있는지 발갛게 상기돼 있는 모습이 지독히도 색정적이었다.

그녀는 그의 탄탄한 가슴을 어루만지며 나직이 속삭였다.

"난 우리가 구만산 산채에서 자고 있는 줄 알았어. 돌이켜 보면 무향과 함께 지냈던 그 시절이 너무 즐겁고 행복했어."

"나도 그래. 내가 누구였는지 전혀 몰랐던 그때가 그립더라고. 복잡하게 골치 아플 일도 없었고 세상이 어찌 돌아가든 상관없었으니까."

"그래… 아마 우리한테 영원히 잊지 못할 추억이 될 거야."

백무향은 자세를 돌려 그녀의 잘록한 허리에 팔을 둘렀다.

"추억이 아니라 현실이 될 수 있어. 우리 당장 떠나자. 구만산으로 가서 다시 산채를 세워 졸개들을 몇 명 거느리자고. 예전처럼 사는 거다."

"무향, 모든 게 달라졌어. 과거는 흘러갔고 세월은 돌이킬 수 없는 거야."

"무슨 헛소리냐?"

백무향은 벌떡 일어나 앉았다.

"뭐가 달라져? 그래, 내가 기억의 일부를 되찾았고 네가 환희마궁의 궁주가 되었지만 그냥 집어던지면 돼. 네가 언제부터 마도의 계집이었다고 돌이킬 수 없다는 거냐?"

침상에서 내려선 소견은 한 겹 비단옷 대신 검은 망사의를 걸쳤다.

"무향, 난 구만산으로 갈 수 없어. 오행마단을 통합해 오행천을 재건해야 돼. 그것이 내 임무이며 운명이야."

백무향은 어이가 없는 듯 그녀의 손목을 잡아 홱 끌어당졌다.

"정신 차려! 넌 구만산 산채 백월림의 두령 소견이다. 환희 마궁 따위는 잊어!"

"무향……."

"알았어. 내가 환희마궁을 박살 내버리겠다. 그러면 네 기반도 없어질 테니 아무런 부담 없이 떠날 수 있을 거다."

이불을 밀치고 내려선 백무향이 주섬주섬 옷을 걸쳐 입었다. 그가 뇌천검을 손에 쥐고 밖으로 향했다.

"마녀들을 죄다 죽여 버리겠다. 누구도 널 붙잡지 못하게 만들어놓겠다."

등 뒤에서 소견의 무거운 탄식이 들려왔다.

"무향, 난 환희마궁의 궁주야. 네가 본 궁 제자들을 한 명이라도 해치면 난 너와 싸울 수밖에 없어."

"싸워? 나와 겨루겠다고?"

백무향은 천천히 몸을 돌렸다. 소견을 직시하는 그의 눈빛이 충격으로 물들었다.

소견은 새하얀 소수를 비스듬히 세워 들고 있었다. 소수에서 뿜어지는 차디찬 기운에 침실이 빙굴처럼 얼어붙었다.

"무향, 사부님은 널 색공으로 유혹해 이용하라고 지시하셨어. 하지만 난 절대 그럴 수 없었다. 넌 내게 있어 가장 소중한 사람이기에 이 싸움에 끌어들이고 싶지 않았어. 하지만 너무 보고 싶었고 혹시 마지막이 될 수도 있기에 너와 하룻밤을 보낸 거다."

"……."

"궁을 나서면 중원을 떠나. 내가 오행마단을 통합하면 오행천을 부활시켜 태백궁과 마정대전을 벌이게 된다. 마도천하를 이루는 게 내 최후의 목표야. 또한 돌아가신 사부님의 염원이기도 하지."

백무향은 엄청난 배신감에 심장이 부풀어 올랐다.

"마도천하? 그따위 게 다 뭐냐? 네가 날 사랑하고 소중한 사람으로 생각한다면 마도의 염원 따위가 무슨 필요 있어? 그래, 마공이 널 이렇게 만들었으니 네 무공을 없애주겠다. 그러면 넌 예전의 소견으로 돌아올 수 있어."

"무향, 우리가 다투지 않고 함께 행복해질 수 있는 방법도 있어."

"어떻게?"

"네가 대마황의 후계자가 되는 거다. 네가 오행마단의 주역이 되겠다면 난 기꺼이 네게 굴복하겠다. 환희마궁을 바치고 오행천의 일원이 되어 마도천하를 이룩하는 데 힘을 아끼지 않겠어. 결국 우리는 오행천의 일원으로 죽는 날까지 함께할 수 있지."

백무향은 물끄러미 그녀를 바라보다가 천천히 뇌천검을 뽑아 들었다.

파지직……!

검극에서 발출된 시퍼런 번갯불이 실타래처럼 흩어진다.

"소견, 너 내가 누구인 줄 알아? 네가 믿지 못하겠지만 난 이백 년 동안 잠들었다가 깨어난 전설적인 고수다. 내가 바로 뇌천검제의 현신이다. 이백 년 전 정파의 맹주로서 명성을 떨친 뇌천검제가 바로 나야. 이런 날보고 마도에 협력하란 말이냐?"

소견의 두 눈에 회색빛 어둠이 깃들었다.

"네가 풍운마제임을 자처한다는 얘기를 사부님한테 들었다. 사부님은 네가 마왕지상을 지녔다는 것을 알기에 가능성을 배제하지 않았지. 그러면서 두 가지 상황을 예상하셨다. 네가 마도를 선택하면 능히 파천마황의 후계자가 되겠지만, 만일 정파를 선택하면 우리 오행마단에게 있어 가장 강력한 위협이 된다고 우려하셨지. 한데 지금 상황으로 보면 네가 우리 오행마단에 협력할 것 같지가 않아 괴롭다."

백무향은 그녀의 몸에 깃든 마성을 피부로 느낄 수 있었다.

"소견, 지금은 어떤 얘기도 통하지 않을 것 같다. 하지만 널 포기하지 않겠다. 반드시 네 마성을 없애고 예전의 소견으로 돌아오게 만들어주겠다. 네게는 그 괴상한 망사 옷보다 소주산 비단으로 몸을 감싼 한 겹 옷이 더 어울려. 훨씬 더 예쁘고 말이다."

"……."

"환희마궁을 떠나고 싶다면 언제든 찾아와라. 너를 옭아맨 잘못된 운명을 모두 끊어줄 테니까.”

백무향은 홱 돌아서며 뇌천검을 내리그었다.

쩌어억—!

뻗어나가는 섬광에 침실서부터 대전까지 통째로 쪼개졌다.

그가 마후각을 나서자 환희마궁의 모든 제자들이 허리를 굽히며 공손히 예를 올렸다.

“귀빈의 방문을 언제든 환영하겠습니다”

백무향은 기가 막혀 말도 제대로 나오지 않았다. 소견과 하룻밤을 보내면서 그도 자연스럽게 오행마단의 일원으로 편입된 것이다.

“닥쳐!”

허공으로 숫구친 그가 양손 가득 폭염열화주를 형성했다.

“차아앗!”

힘찬 기합성과 함께 두 줄기 화염이 전각을 향해 뻗어나갔다.

콰— 쾅—!

엄청난 폭음과 함께 전각 두 채가 불길에 휩싸이며 순식간에 재로 화했다.

허공을 딛고 선 백무향이 환희마궁 제자들을 향해 외쳤다.

“분명히 경고하겠다! 세상 밖으로 뛰쳐나와 설쳐 댔다가는 모두 나한테 죽을 줄 알아!”

그는 도공답운비를 펼쳐 한 마리 새처럼 요지를 가로질렀다.

사화령이 급히 마후각으로 향했다. 그녀들로서는 백무향을 어떻게 대해야 할지 판단이 서지 않았다. 지난밤 내내 궁주와 어울려 욕정을 불사른 사내가 왜 이렇게 돌변했는지 당최 이해가 되지 않은 것이다.

소견은 서역산 거울 앞에 앉아 화장을 하고 있었다.

그녀의 화장이 평소답지 않게 강렬했다. 눈두덩에 금분을 뿌렸고 눈꼬리를 올려 세워 조금은 사납게 보였다. 분을 짙게 발라 하얀 얼굴이 창백할 만큼 희었고 입술에는 보랏빛 연지를 발라 섬뜩함이 느껴졌다.

"궁주……."

사화령이 예를 올리자 소견이 천천히 몸을 일으켰다. 그녀는 백무향이 뇌천검으로 베어버린 침실 천장을 올려다보았다.

"수리할 필요 없어요. 축융마곡을 병합하는 즉시 오행천의 부활을 선포하고 공개적으로 총단을 세울 겁니다."

"궁주, 너무 성급하신 결정입니다."

"누구도 해내지 못한 두 마단의 병합을 성사시킨 나예요. 오행마단은 오랜 세월 독자적으로 존속돼 있어요. 더 이상 방치하면 별개의 마단으로 성장하게 됩니다. 그리되면 오행천의 부활은 영원히 불가능해지지요."

소견은 바닥까지 끌리는 긴 바람막이를 이끌며 앞서 침실을 나섰다.

"사부님이 우리를 지켜주실 겁니다."

마후각을 나선 소견은 온통 검은색으로 칠해진 사당 앞에 이르렀다.

사당 앞에 이른 소견은 깊이 숨을 몰아쉬며 마음을 다졌다. 출사에 앞서 사당을 찾아 참배해 왔지만 사당에 들어설 때마다 굳은 각오가 필요했다.

"제자 소견이 사부님을 뵈옵니다."

정중히 아뢴 소견이 문을 열고 안으로 들어섰다.

음산한 냉기. 그리고 단상에 단정히 앉아 있는 소수마후의 시신이 보인다. 끔찍했다. 사람의 아니라 흉신악찰의 좌상(坐像)이었다.

주안술이 깨져 쭈글쭈글한 노파의 몰골이었으며 극렬한 화기에 살과 뼈가 눌어붙어 그 형상을 제대로 알아보기 힘들 정도였다. 부패를 막기 위해 약물 처리를 해두었기에 시신은 죽은 모습 그대로였다.

소수마후는 실로 독한 심성의 마녀였다.

오행마단을 통합해 마도천하를 이룩할 때까지 자신의 시신을 매장하지 말도록 유시를 내렸다. 자신의 참담한 모습을 통해 소견에게 자극을 주고 마성을 극대화시키려는 의도였던 것이다.

소견은 사부의 참혹한 시신을 볼 때마다 분노와 복수심에

사로잡힐 수밖에 없었다. 그녀가 사람의 심장을 뽑아 죽일 만큼 악독한 심성을 지니게 된 것도 사부인 소수마후의 원혼이 깃들었기 때문일 수 있었다.

소견을 향을 사르고 정중히 배례를 올렸다.

"사부님, 이제 원수 축융장왕의 심장을 영전에 바치겠습니다. 지켜봐 주십시오."

2

몇 개의 봉우리와 수림을 거쳤는지 모른다.

환희마궁을 나선 백무향은 분노를 젖어 무작정 달려갔다. 그 앞을 가로막는 벼랑이 세 곳이나 붕괴되었고 쪼개진 거목이 수백 그루는 되었다. 그렇게라도 분노를 쏟아내지 않으면 견딜 수가 없었다.

"독한 계집, 이 나쁜 년!"

백무향은 수백 년 수령의 거목을 냅다 가격했다.

우지끈―!

거목이 요란한 비명 소리와 함께 허리를 꺾었다.

"어떻게 그렇듯 변할 수 있는 거냐? 어떻게 나와 맞서겠다는 말을 할 수 있어?"

백무향은 분통을 터뜨리며 수림 속을 마구 헤집었다.

"그래, 마력 때문이야. 마도의 사악한 힘이 소견을 변모시킨 거다. 소견은 아무 잘못 없어. 소견이 마녀가 된 것은 마공 때문이다."

머리끝까지 솟구친 분노가 조금씩 가라앉으면서 그는 생각을 정리할 수 있었다.

"소견을 구하려면 오행마단을 모두 박살 내야 한다. 오행천을 재건할 기반이 사라졌는데 무슨 수로 마도천하를 이룩하겠어? 소견의 의지를 꺾어버려야 마성이 사라질 거다. 그래야 소견을 구할 수 있어!"

나름대로 판단을 내린 그가 뇌천검의 손잡이를 힘껏 쥐었다.

"그래, 이게 내 운명이로군. 내가 본래 마도를 격파하고 정파를 지킨 뇌천검제였잖아? 이백 년 전에도 그랬듯이 지금도 마찬가지야. 본성은 변할 수 없는 거다."

목표를 정하자 분노와 갈등으로 혼란스러웠던 정신이 비로소 맑아졌다.

"가만, 여기가 어디지?"

백무향은 천천히 주변을 두리번거렸다.

기이한 형상의 소나무 숲이 넓게 형성돼 있었다. 완만한 산자락으로 복숭아나무들이 군란을 이루고 있었는데 꽃이 한창 만발하여 그윽한 향기를 풍겼다.

백무향은 시장기와 갈증을 느끼며 복숭아 숲으로 향했다.

"복숭아나 몇 개 따먹어야겠군."

한데 그때 시원스런 물소리가 울려 퍼지는 나무숲 저편에서 여인의 해맑은 웃음소리가 들려왔다.

"……?"

백무향은 의아한 생각에 고개를 갸웃거리다가 조심스럽게 나뭇가지를 헤치고 나아갔다.

계곡 사이로 넓은 소가 형성돼 있었다.

"호호……!"

십여 명의 여인이 소에서 수욕을 하며 가볍게 물장구를 치고 있었다. 대부분 이십대 정도였으며 일부만 아직 나이가 어린 소녀였다.

몇몇 여인은 평석에 누워 따뜻한 햇살을 즐겼고 머리를 빗질했으며 칠현금을 탄주하기도 했다. 나이가 적든 많든 하나같이 용모가 출중해 마치 선녀들이 하강해 수욕을 하고 휴식을 취하는 듯한 광경이었다.

"와아……!"

백무향의 입에서 절로 탄성이 흘러나왔다.

아리따운 여인네들이 알몸이 되어 수욕을 하는 모습은 평생 보기 힘든 진귀한 장면이 아닐 수 없었다. 너무도 아름다운 광경이어서인지 본능적인 욕정은 전혀 느껴지지 않았다.

한데 그의 기척을 눈치 채서일까.

여인들이 갑자기 물 밖으로 나서며 급히 옷을 걸쳐 입었다. 이어 순식간에 사라져 버렸다.

백무향은 아름다운 볼거리가 사라졌다는 아쉬움에 자신의 부주의를 탓하며 나뭇가지를 헤치고 소로 다가섰다.

왠지 여인의 신선한 체향이 느껴지는 것 같았다. 바닥에 빛과 거울이며 화장 도구가 널려 있고, 나뭇가지에 겉옷이며 수건이 걸려 있는 것으로 미루어 자신이 보았던 광경이 결코 환상이 아님을 증명해 주었다.

그는 푸른 하늘을 올려다보았다.

"정말 선녀들이 내려와 잠시 수욕을 한 건가?"

즐거운 상상이지만 그것은 현실과 거리가 멀다. 그는 바닥에 놓인 빗을 집어 들었다. 옥으로 제작된 빗은 아주 정교했고 문양도 화려했다.

일순 예리한 파공성이 고막을 자극했다.

쐐에엑—!

백무향은 가볍게 소매를 휘저었다. 사방에서 날아들던 암기가 모두 그의 손으로 빨려 들어갔다. 살펴보니 암기는 모두 복숭아 꽃잎이나 나뭇잎이었다.

"적엽비화?"

백무향은 내심 놀라움을 금할 수 없었다.

수욕하던 여인들은 대부분 젊었고 방년에 이른 소녀도 서넛 되었다. 그만한 나이로 적엽비화와 같은 상승 절기를 펼쳐 냈다면 하나같이 일류고수인 것이다.

'평범한 계집들이 아니었군. 환희마궁과 같은 여인지문

인가?

　상대가 어떤 부류인지 몰라도 일단 남의 영역을 침범한 이상 그에게 잘못이 있었다. 더군다나 여인네들이 수욕하는 모습을 은밀하게 훔쳐보았으니 음적(淫敵)으로 몰린다 해도 변명의 여지가 없었다.

　그는 포권을 취하며 먼저 사과부터 했다.

　"정말 미안하게 되었소. 길을 잘못 들어 이곳까지 온 것일 뿐 낭자들을 훔쳐볼 생각은 추호도 없었소. 그만 이만 가겠소."

　한데 그가 한 걸음을 채 떼기도 전에 다시 적엽비화가 날아들었다. 백무향은 간단히 상대의 공격을 해소하고는 빗을 꺼내 들었다.

　"아, 내가 깜빡했군."

　그는 평석 위에 빗을 내려놓고는 다시 사과를 했다.

　"자, 아무것도 가져가지 않을 테니 이제 용서하시오."

　그러나 이번에도 세 걸음을 옮기기도 전에 꽃잎과 나뭇잎이 쏟아져 내렸다. 웬만한 고수들에게는 상당히 부담스런 공격이지만 백무향에게는 전혀 위협이 되지 않았다. 그래도 조금은 짜증이 났다.

　"이보시오. 내가 두 번씩이나 사과를 하지 않았소? 내 성격에 그 정도면 많이 참은 거요. 한 번 더 건드리면 가만있지 않겠소."

그는 분명한 경고를 외치고는 걸음을 옮겼다. 한데 세 번째 공격은 적엽비화가 아니었다.

휘리리링—!

나비 형상의 철호접을 비롯해 다양한 암기가 엄청난 기세로 날아들었다. 앞선 두 번의 적엽비화는 위협일 수 있지만 이번의 공세는 다분히 살의를 담고 있었다.

이미 경고까지 내뱉은 백무향으로서는 참을 수가 없었다.

"너희들 정말 혼나고 싶어?"

화르륵……!

폭염마공을 운기하자 그의 전신에서 불꽃이 피어올랐다. 그가 손을 휘두르자 무수한 암기들이 대번에 녹아버렸다.

"내가 하수였다면 꼼짝없이 죽을 뻔했잖아?"

그는 복숭아 숲을 향해 폭염열화주를 내던졌다. 극양 무공의 정화인 폭염열화주. 긴 꼬리를 이끌며 날아간 불덩이가 복숭아 숲을 강타했다.

콰아앙!

엄청난 폭음과 함께 산자락의 복숭아 숲 일부가 삽시간에 소멸돼 버렸다.

"보았냐? 너희들의 대단치 않은 몸뚱이를 좀 보았기로서니 날 죽이려고 해? 마지막 경고다. 한 번만 더 허튼수작 부렸다가는 이곳을 통째로 날려 버리겠다."

엄중한 경고에 주변의 공기가 싸늘하게 얼어붙었다.

백무향은 일부러 천천히 걸음을 내딛었다. 자신의 절세적인 무공을 분명하게 보여준 이상 저들이 공격해 오지 않을 것이라 확신했다. 과연 또 다른 암기는 날아들지 않았다. 대신 여인의 음성이 그의 걸음을 멈춰 세웠다.

"멈춰요!"

소의 수면 위로 한 여인이 내려섰다.

하얀 옷으로 전신을 둘렀다. 긴 소매로 손등을 가렸고 면사를 썼으며 머리에 두건까지 둘러 보이는 것은 초롱초롱한 두 눈뿐이었다. 백무향을 직시하는 여인의 눈에는 은은한 적개심까지 엿보였다.

"정체를 밝히세요."

백무향은 그녀를 훑어보다가 순순히 자신의 신분을 밝혔다.

"난 백무향이란 사람이다. 무림에서는 날 뇌천공자라고 하지. 한때 사해문 태상문주 직을 잠시 맡기도 했다. 내가 제법 명성을 떨치기는 했지만 너희가 이런 첩첩산중에 살고 있으니 내 이름을 들어봤는지 모르겠군."

"뇌천공자 백무향……?"

"그래, 내가 신분을 밝혔으니 너도 이름을 밝혀라."

"밝힐 수 없어요."

백무향은 상대의 냉랭한 태도가 고까웠다.

"호오, 너무 일방적이군. 남의 신분은 캐물으면서 자신의 정체에 대해서는 입을 다무니 말이다. 아, 내가 하대를 하는 것에 대해서는 이해해라. 네가 믿기 어렵겠지만 사실 내 나이가 조금 많다. 아마 네 할머니의 할머니의 할머니가 나를 연모했을지도 모르는 일이다, 하하.”

순간 유령처럼 다가선 면사여인이 백무향을 뺨을 후려쳤다. 워낙 빠른 몸놀림에 백무향은 싸대기를 맞을 뻔했다. 거울 허리를 틀어 피한 백무향이 여인의 손목을 쥐었다.

“너 죽고 싶냐? 어디서 감히 함부로 손을 놀려?”

순간 주변에서 은신해 있던 여인들이 일제히 날아들며 백무향의 전신으로 검을 들이댔다.

“음적, 당장 취운(翠雲) 사저의 몸에서 손을 떼라!”

그녀들 역시 취운이라 불린 여인처럼 면사를 썼고 장옷으로 몸을 감싸고 있었다. 백무향의 쏘아보는 눈빛에 살기가 등등했다.

여인들의 검을 두려워할 백무향이 아니었지만 남의 영역을 침범한 과오를 감안했다. 그는 취운을 제압한 손목을 놓아주며 화해적인 자세를 취해 보였다.

“진정들 해라. 난 너희와 싸울 마음이 전혀 없다.”

그가 취운을 놓아주자 여인들이 일제히 물러섰다. 움직임이 아주 절도있는 것으로 보아 오랜 수련을 거친 듯싶었다.

취운은 소매를 늘어뜨려 손을 감추고는 뒤로 물러섰다.

“상당한 고수군요. 하기는 웬만한 사람들이었다면 본 문을 감싸고 있는 진세를 통과할 수 없었을 겁니다.”

“그래? 진세가 펼쳐져 있는 줄은 몰랐다. 내가 너무 화가 나서 정신이 조금 없었거든. 참, 방금 본 문이라고 했던가? 이곳이 어떤 문파란 말이냐?”

“밝힐 수 없어요.”

“훗, 비밀도 많군. 자신의 이름도 밝힐 수 없고, 문파 이름도 밝힐 수 없으니 말이다. 하지만 네 이름이 취운인 것은 네 동료들이 말해주는 바람에 드러나고 말았다. 그렇지, 취운?”

취운은 곤혹스런 눈빛을 짓다가 주변의 동문들에게 지시를 내렸다.

“검을 거둬라.”

“예, 사저.”

동문들이 검을 거두고는 약간 물러섰다. 하지만 언제든 출수할 있게 경각심을 늦추지는 않았다.

취운이 소 쪽으로 시선을 돌렸다.

“본 문의 문규는 아주 엄격합니다. 제자들은 물론이며 외부인에 대해서도 엄한 규정이 적용됩니다. 규정을 적용한다면 눈을 멀게 하고 혀를 잘라 말을 할 수 없게 해야 합니다. 그래야 본 문에서 보고 들은 것을 외부에 밝힐 수 없으니까요.”

“허어, 엄격한 게 아니라 아주 혹독하군.”

“지금 문주님을 비롯해 영주 언니들이 출타 중이라 귀하를 어떻게 처리해야 할지 정말 난감합니다. 강제로 제압해 두기에 귀하는 무공이 너무 높군요."

"맞아. 내 자랑은 아니지만 세상에서 날 제압할 사람은 없다. 그러니 너희가 날 제압하지 못했다 하여 문책받을 일은 없을 거다. 너희는 몰라도 너희의 문주는 내가 어떤 사람인지 잘 알고 있을 테니까."

백무향은 호의적인 표정을 지으며 가볍게 포권을 취했다.

"맹세하겠다. 이곳에서 보고 들은 것을 전혀 외부에 발설하지 않겠다. 그러니 날 믿고 보내다오."

취운이 순간적으로 몸을 옮겨 그를 막아섰다.

"아직 얘기 끝나지 않았어요."

"취운, 내가 비밀을 지키겠다고 맹세하지 않았더냐?"

"귀하의 맹세는 믿을 수 없습니다. 문주님께서 돌아오실 때까지 기다렸다가 판결을 받으세요. 그래야 저희도 문책을 면할 수 있습니다."

백무향은 가소롭다는 듯 주변을 쓸어보았다.

"누가 감히 날 판결한다는 것이냐? 나보다 앞서 죽은 귀신이라면 모를까 살아 있는 사람들 중에서 날 판결한 사람은 없다."

그는 그대로 취운을 향해 다가섰다.

"내게 잘못을 묻겠다면 너희 문주한테 직접 날 찾아오라 전해라. 뇌천공자 백무향을 찾으면 된다."

일순 취운은 현란한 손 그림자를 전개하며 일수를 내질렀
다.

"난화섬수(蘭花閃手)!"

파공성 하나 들리지 않은 가운데 강력한 섬광이 날아들었
다.

"제법이군!"

백무향은 취운의 신묘한 절기에 탄성을 발했다. 일견해도
정심한 절기임을 알 수 있었다. 취운의 수강이 백무향을 정통
으로 강타했다.

퍼엉!

요란한 폭음에 소의 수면이 심하게 출렁이며 물기둥이 숏
구쳐 올랐다.

"흐윽……!"

답답한 신음과 함께 취운이 뒤로 미끄러졌다. 그녀의 절기
는 대단했지만 백무향의 호신강기를 격파하기에 공력이 너무
미흡했던 것이다.

"너희들 정말 재수 좋은 줄 알아. 내가 정말 나쁜 놈이었다
면 너희들의 알몸을 보는 순간 짐승처럼 덮쳤을 것이다."

백무향은 취운을 무시한 채 평석을 벗어났다. 순간 취운의
동문들이 일제히 검을 뽑아 들고 날아들었다.

"신녀출해(神女出海)!"

쐐에엑―!

복숭아꽃 같은 붉은 검화가 화려하게 피어올랐다. 아주 정교하면서도 무수한 변화가 깃든 검법이었다.

"이런 검법이 다 있었나?"

백무향은 연신 감탄을 발하며 천마환영보를 펼쳤다.

천마환영보는 마황진경의 절기답게 상대의 공세를 무력화시키는 마력을 지니고 있었다. 백무향은 순식간에 사라졌고 내력을 알 수 없는 신비지문 제자들의 검은 빈 허공만 갈랐다.

백무향은 행여 여인들이 다칠 것을 우려해 뇌천검을 뽑지 않았다.

본래 그가 관대한 사람이 아니었는데 이상하게도 이곳 여인들한테는 모질게 대할 수가 없었다. 물론 냉정하게 말하면 그가 무단 침입자요, 여인의 소중한 알몸을 훔쳐본 음적의 신세다. 그가 아무리 뻔뻔해도 최소한의 도리는 지켜야 했다.

"하하, 아직 미흡하구나. 검법 절기는 훌륭한데 수련이 부족해."

천마환영보로 검진을 벗어난 백무향이 소나무 숲으로 몸을 날렸다. 그러면서 주변으로 설치된 진법을 빠르게 살펴보았다. 벽라마원의 기환마진을 돌파하면서 그도 나름대로 진세를 파훼하는 능력을 지니게 되었기에 웬만한 진법은 두렵지 않았다.

신비지문의 여제자들이 날카롭게 외치며 추격해 왔지만

백무향의 신법에는 미치지 못했다.

퍼퍼펑—!

폭음과 함께 몇 그루의 나무가 뿌리째 뽑히며 쓰러졌다. 진세를 형성하기 위해 심어진 나무들이었다. 외곽의 진세를 파훼한 백무향이 수림 밖으로 나섰다.

그는 숲을 향해 호기롭게 외쳤다.

"너희들은 내 상대가 안 되니 따질 게 있으면 문주를 보내라! 이만 가겠다. 참, 다른 것은 몰라도 너희들의 몸매는 하나같이 매력적이더구나. 그것만은 인정하겠다. 하하핫!"

허공으로 솟구친 그가 한 마리 새처럼 수림 위를 비월했다. 광명신검이 전수해 준 도운답공비였다.

뒤늦게 당도한 신비지문의 여제자들은 발을 동동 굴렀다.

"아아, 어떻게 해! 침입자를 놓쳐 버렸어!"

"취운 사저, 우리는 이제 중벌을 면치 못할 거예요."

취운이 침통한 눈빛으로 하늘을 올려다보았다.

"문주님, 신녀문(神女門)이 이백 년 만에 다시 침범을 당했습니다."

제 37 장

거부할 수 없는 동행

1

*해*골 형상의 바위산.

위쪽으로 뻥 뚫린 두 개의 동굴에서 누런 연기가 피어오르고 있었다. 매큼한 냄새를 풍기는 누런 연기는 바로 유황을 제련할 때 나오는 연기였다.

해골의 입에 해당되는 아래쪽 동굴이 주 출입구였다. 동부를 지키는 자들은 맨몸에 철갑을 둘렀고 투구를 썼다. 강렬한 불길에 그을린 피부가 울긋불긋했고 유황의 독성 때문에 이목구비가 뒤틀려 멀쩡한 사람은 거의 없었다.

이곳이 바로 오대마단 중 축융마곡(祝融魔谷)의 본거지다.

축융마곡은 오대마신 중 축융마신이 창건한 마단으로 현

곡주는 축융장왕이다.

축융장왕은 가공할 위력의 화기를 개발했지만 제자들의 수효가 많지 않고 대부분 화기 제작에만 전념해 왔기에 패업에는 관심을 두지 않았다. 하기에 다른 네 마단이 패권 다툼을 벌이는 와중에도 별다른 침범을 당하지 않고 지내올 수 있었다.

물론 감히 축융마곡을 침범할 자들은 없다.

축융마곡 곳곳에는 지뢰가 매설돼 있고 무시무시한 위력의 화기들이 설치돼 있어 절세고수라도 침투가 불가능했다. 특히 십 장 이내를 초토화시키는 축융화탄 앞에서는 누구라도 공포에 젖고 만다.

이런 자부심 때문인지 해골 동부 앞을 지키는 보초들의 자세가 아주 나태했다.

이때 순찰을 나갔던 마인 둘이 관을 둘러메고 다가왔다.

보초 하나가 철퇴를 어깨에 걸쳤다.

"웬 관이냐?"

순찰무사가 심드렁하게 대꾸했다.

"환희마궁에서 보내왔다. 소수마후의 유해가 들어 있다고 했다."

"소후마후라고? 크흣, 장왕께서 평생을 연모하셨는데 시신이나마 차지하게 되었군."

보초들이 손짓을 보내자 순찰무사들이 관을 메고 안으로

들어갔다.

"이게 정녕… 소수마후의 유해란 말이냐?"

지하 광장으로 들어선 사람은 구 척에 달하는 거구였다. 가죽 갑옷 위에 쇠사슬을 두르고 있어 걸음을 옮길 때마다 쇳소리가 났다.

피부는 화상으로 짓물렀고 이목구비가 비틀려져 있어 아주 흉측했다. 머리카락은 모두 빠져 있었으며 얼굴 한쪽의 심한 화상이 머리 위까지 이어져 있었다.

그가 바로 축융마곡의 종주인 축융장왕이었다.

철겅철겅!

석대 위로 다가선 축융장왕은 허옇게 빙기가 서린 관을 어루만졌다.

"영영(玲玲), 결국… 이렇게 만나고 말았구려."

축융장왕은 애통함에 젖어 자책의 눈물을 흘렸다.

"지옥마존, 그놈을 믿지 말았어야 했소. 당신과 맺어주겠다는 말에 속아서 그만… 크으!"

축융오군(祝融五君) 중 혈화마군(血火魔君)이 아뢰었다.

"장왕, 우선 유해부터 확인해 보십시오."

"아, 그렇지."

축융장왕이 턱짓으로 지시를 내리자 두 마군이 관 뚜껑을 쥐었다. 관 뚜껑은 못질이 된 게 아니라 잠금 장치로 잠겨 있었다. 두 마군이 잠금 장치를 풀고 관 뚜껑을 열었다.

희뿌연 빙무가 뭉클뭉클 피어올랐다.

축융마곡의 마인들은 뜨거운 화기를 주로 다루기에 냉기에는 아주 약했다. 차디찬 냉기에 두 마군은 질색을 하며 뒤로 물러섰다.

축융장왕 역시 빙무를 피해 물러섰다가 조심스럽게 관으로 다가섰다.

수의 대신 검은 망사의를 걸친 여인이 관 속에 누워 있었다. 눈가며 입술의 화장이 아주 짙어 강렬한 인상을 주었다. 하지만 소수마후라고 생각하기에는 너무 젊었다.

"영영? 진정 영영의 유해란 말인가?"

그가 소수마후와 만나기도 이 년이 넘었다.

당시 오행마단의 종주들이 광명신검 태무건을 합공하기 위해 한자리에 모였다. 한데 소수마후는 면사로 얼굴을 가리고 있어 진면목을 대하지 못했다. 그녀의 진면목을 대한 지는 이십 년도 넘는다.

축융장왕은 불길에 문드러진 손으로 소수마후의 머리카락을 어루만졌다.

"영영, 당신이 더 젊어진 것이오? 아니, 더 아름다워졌군. 당신은 정녕 천하제일의 미인이오."

주변에서 지켜보던 축융오군 역시 소수마후의 매혹적인 용모에 감탄하고 말았다. 그들은 사람이 죽어서도 이렇듯 아름다울 수 있다는 것을 처음 알았다.

한데 소수마후를 살피던 혈화마군이 의아한 표정을 지었다.

"장왕, 마후께선 본래 백발이 아니었습니까?"

"그러했다. 영영은 젊었을 적부터 백발이었다. 소수마공을 수련한 탓이지."

"한데 이 유해는… 머리카락이 검소이다."

축융장왕은 붉은빛이 감도는 눈알을 굴리며 소수마후의 머리카락을 살폈다. 몸이 허연 빙기에 덮여 있지만 머리카락은 분명 새카만 흑발이었다.

잔뜩 미간을 찌푸리던 축융장왕이 웃음을 지었다.

"크흣, 이제야 생각이 나는군. 소수마공이 극한에 이르면 백발이 다시 검게 된다고 하였다. 마치 반로환동과 같은 현상이지. 그래서 영영이 더 아름다워진 것 같구나."

축융오군은 그제야 이해가 된 듯 고개를 끄덕였다.

"아, 그렇소이까?"

"정말 안타깝습니다, 장왕. 이렇듯 아름다운 소수마후께서 장왕과 맺어지지 못하고 타계하셨으니 말이외다."

축융장왕이 가슴을 치며 분통을 터뜨렸다.

"모두 지옥마존 그 흉악한 놈 때문이다! 놈에게 화기를 내주지 않았어야 했는데……!"

그러다 뭔가를 깨달은 듯 그의 눈이 왕방울처럼 부릅떠

졌다.

"가만, 소수마후가 폭멸적화통에 적중돼 타계했다고 하지 않았더냐?"

혈화마군이 정중하게 말을 받았다.

"그렇소이다, 장왕. 혈심마흉이 기습적으로 폭멸적화통을 발출해 소수마후가 치명상을 입었다 하였소이다. 그 바람에 주안술마저 깨졌다고……."

순간 축융장왕이 빙글 회전하며 몸에 두른 쇠사슬을 내던 졌다.

콰아앙!

쇠사슬에 적중된 관이 산산조각이 나며 희뿌연 빙무가 급속하게 확산되었다. 그 속에서 한줄기 핏빛 섬광이 피어오르더니 고통스런 비명이 흘러나왔다.

"크윽!"

갑작스런 변괴에 놀란 축융오군이 제각기 병기를 뽑아 들었다. 광장 주변에 있던 마인들도 화기를 갖춰 들고 중앙으로 몰려들었다.

이윽고 희뿌연 빙무가 사라지며 장내의 상황이 드러났다.

거구의 축융장왕이 어깨를 축 늘어뜨린 채 검붉은 피를 토하고 있었다. 흉물스런 얼굴이 충격과 고통으로 더욱 흉측하게 일그러져 있었다.

철그렁!

손에 쥔 쇠사슬이 바닥에 떨어졌다. 축융오군과 마인들은 비로소 장내의 정황을 똑똑히 헤아릴 수 있었다.

관 속에 누워 있던 소수마후는 시신이 아니었다. 그녀는 축융장왕의 가슴을 향해 손을 뻗고 있었다. 그녀의 손에는 파천마검이 쥐어져 있었는데 검신이 축융장왕의 심장 깊숙이 박힌 상태였다.

본래 축융장왕은 강력한 외문기공인 금종조를 연성해 도검불침의 몸이었다. 그러나 파천마검은 뇌천검과 함께 마정쌍검으로 불리는 전설적인 보검이기에 지극히 예리하다. 비록 동강 난 상태라 해도 축융장왕의 피부를 째고 파고들 만큼 여전히 강력한 위력을 지니고 있었던 것이다.

축융장왕이 털썩 무릎을 꿇었다.

"크으윽… 네년은……?"

소수마후로 위장한 여인은 물론 소견이었다. 소수마공을 펼쳐 빙기를 발출해 죽은 사람으로 행세한 것이다. 축융마곡과 정면으로 승부할 수 없기에 고안해 낸 무서운 계략이었다.

소견은 파천마검을 뽑아 들었다. 전설적인 마검답게 심장을 찔렀어도 피 한 방울 묻지 않았다.

"난 환희마후 소견이다. 네놈의 어리석음 때문에 타계하신 사부님의 복수를 하러 왔다."

"그, 그럼 네년이 천색요골……?"

"오냐, 이 흉측한 원수!"

소견은 소수마공을 운기해 냅다 일권을 내질렀다.

퍼억!

안면이 으스러진 축융장왕의 거대한 동체가 광장 바닥으로 미끄러졌다.

"장왕!"

"곡주님!"

축융오군과 마인들이 축융장왕의 주변으로 몰려들었다.

안면이 뭉개지고 심장이 관통된 축융장왕은 이미 싸늘한 시체로 변해 있었다. 오대마단 중 하나인 축융마곡의 종주로서 참으로 허무한 최후였다. 소견이 공언한 대로 축융장왕을 때려죽인 것이다.

축융오군과 마인들로서는 너무도 황당하고 갑작스런 사건이라 현실을 믿을 수가 없었다. 누구도 침범할 수 없다는 축융마곡 내부에서 축융장왕이 횡사했으니 하늘이 무너지는 충격이며 대지가 뒤집히는 혼란이었다.

"크으으, 장왕!"

혈화마군이 소견을 돌아보며 악을 써댔다.

"저년이 장왕을 죽였다!"

분노한 마인들과 축융오군이 소견을 에워쌌다. 마인들은 무서운 화기 폭멸적화통을 겨누었고 두 명의 마군은 가공할 위력의 축융화탄을 손에 쥐었다.

"네년을 뼛조각 하나 남기지 못하게 태워 죽이겠다!"

소견은 마인들의 위협 속에서도 눈썹 하나 까딱하지 않았다. 그녀는 매혹적인 미소를 지으며 한 손을 쳐들었다.

"호호, 원한다면 다 함께 죽여주겠다."

그녀의 손에 두 알의 검은빛 화탄이 쥐어져 있었다. 평소 축융장왕이 지니고 다니던 축융화탄이었는데 그녀가 기습을 벌이면서 탈취해 둔 것이다.

축융화탄을 대하자 마인들의 표정이 공포로 일그러졌다. 누구보다 그 위력을 잘 알기에 두려울 수밖에 없었다.

혈화마군이 애써 호기를 부렸다.

"흥, 네년이 축융화탄을 터뜨리기 전에 폭멸적화통으로 죽일 수 있다. 장왕의 복수를 위해서라면 죽음도 두렵지 않다."

"그래? 아주 충성스런 수하로군?"

소견은 가볍게 손가락을 튕겼다.

번—쩍!

한줄기 오색 기운이 번득이며 광장을 가로질렀다. 마인들이 섬광의 존재를 느끼고 고개를 돌렸을 때 이미 혈화마군의 미간은 관통된 상태였다.

마황삼보 중 하나인 오행마환이 발출되고 회수되기까지는 눈 깜빡일 시간밖에 걸리지 않았다.

소견은 손가락에 낀 오행마환을 내보이며 천천히 몸을 돌렸다.

"자, 다음은 누구냐? 황천길이 멀다 하니 한두 놈 정도 더

장왕을 수행토록 해주겠다.”

적염마군(赤炎魔君)은 자신에게 오행마환이 겨누어지자 손에 쥔 축융화탄을 바닥에 내려놓고 뒤로 물러섰다.

“나, 난 아니오.”

소견이 다시 흑사마군(黑死魔君)을 향해 오행마환을 겨누자 그 역시 축융화탄을 포기하고 양손을 쳐들었다.

“사, 살려주시오, 마후!”

소견은 섭물진기를 펼쳐 바닥에 놓인 두 알의 축융화탄을 끌어들였다. 네 알의 축융화탄이 소견의 수중에 들어가자 마인들의 공포는 극에 달했다.

이 순간 환희마궁의 정예들이 광장으로 뛰어들었다.

“으악!”

“크에엑!”

처절한 비명과 함께 서너 명의 마인이 쪼개졌다. 놀란 마인들이 포위망을 풀며 한쪽으로 운집했다.

환희마궁의 제자들은 소견 좌우로 늘어섰다.

상황은 역전되었다. 축융마곡 측은 곡주인 축융장왕과 두 마군이 살해되었고 전의마저 상실됐다. 더군다나 이제 상대는 혼자가 아니라 정예들까지 가세했다.

소견은 도도한 미소를 지으며 그들 앞으로 다가섰다.

“호호, 아직도 축융장왕의 황천길을 수행하고 싶은 놈이 있느냐?”

그녀가 앞자락을 열자 아슬아슬한 속옷만 걸친 알몸이 드러났다. 마법과도 같은 미안박심술이 펼쳐지자 마인들은 입을 헤벌리며 손을 늘어뜨렸다. 폭멸적화통을 비롯해 강력한 화기들이 우르르 바닥으로 떨어졌다.

소견은 요사한 웃음을 터뜨리며 마인들을 환각 속에 빠뜨렸다.

"이제 너희들의 주인은 나 환희마후다. 너희들에게 최고의 쾌락을 선사하겠다!"

그러자 환희마궁의 제자들이 병기를 던지고는 교태를 부리며 마인들에게 다가섰다.

"호호호!"

"자, 안아봐요."

여제자들이 알몸으로 안겨들자 마인들은 눈이 뒤집혔다. 축융장왕에 대한 복수는 까마득하게 잊었다. 그들은 안겨드는 여체의 향기에 취했고 웃음소리에 녹아들었다.

소견은 한바탕의 난교(亂交)를 쓸어보고는 광장 밖으로 나섰다.

'추악한 짐승들이지만 화기 제작을 위해 꼭 필요한 놈들이다. 화극금(火克金)! 가장 강력한 황금성을 제압하기 위해서는 축융마곡의 화기가 절실해.'

축융마곡의 병합.

이로써 소견은 지옥마궁에 이 축융마곡까지 호령하는 삼

대마단의 종주가 되었다.

그러나 그녀의 야망은 이제부터 시작이었다. 오행마단을 모두 통합해 오행천을 재건하는 것이 일차적인 목표다. 그리고 태백궁과 정파 무림을 격파해 사상 최초로 마도천하를 이룩하는 것이 최종 목표.

그녀의 피가 심장에서부터 퍼져 전신을 불태웠다. 그것은 천색요골의 태생만이 가질 수 있는 본연의 사악함이었다.

2

백 리에 걸친 무산협의 드센 물줄기는 파동(巴東)에 이르러 비로소 숨을 고른다. 대파산 협곡을 빠져나온 물줄기가 넓은 강폭으로 스며들어 유유하게 흘러가는 것이다.

파동에는 크고 작은 포구가 서른 개도 넘는다.

무산협의 드센 물결을 타고 무사히 내려온 선박들이 쉬어가는 성시가 파동이며, 무산협을 거슬러 오르기 위해 단단히 준비를 하는 성시가 역시 파동이다. 하기에 파동은 장강 상류의 최대 교역 성시답게 포구마다 수십 척의 배들이 정박해 있었고 객잔과 시장은 사람들로 붐볐다.

철썩철썩.

완만하게 흐르는 물결이 포구의 방파제를 훑고 지나간다.

한 청년이 방파제에 걸터앉아 혼자 술을 마시고 있었다. 안주는 생선찜이었지만 거의 손도 대지 않았다.

"젠장, 그냥 강제로라도 끌고 올 것을 그랬나?"

청년은 다름 아닌 백무향이었다.

우연치 않게 신비의 여인지문을 거쳐 무산협으로 되돌아 왔다가 파동에 이른 것이다.

백무향은 자신을 직시하는 소견의 눈빛을 잊을 수가 없었다. 예전의 순수하면서도 다정스런 그런 눈빛이 아니었다. 싸늘한 냉기로 가득한 두 눈에는 잔혹한 마성이 깃들어 있었다. 그가 정나미가 떨어져 소견을 놔둔 채 환희마궁을 나선 것은 엄청난 배신감 때문이었다.

소견이 자신을 이렇게 대할 줄 몰랐으며 그녀의 변모한 모습은 크나큰 충격이 아닐 수 없었다. 그녀가 아무리 무서운 마공을 수련했다 해도 예전의 품성마저 잊었다는 것이 이해가 되지 않았다.

"소견이 그런 마녀가 되었을 줄이야… 제기, 아무리 마녀가 되었어도 내 말을 거부하다니. 널 상대해 줄 사내는 세상에 나뿐인데 감히 날 거부했어. 바보 같은 계집!"

백무향은 술을 벌컥벌컥 들이켜고는 만경창파와 같은 강 줄기를 바라보았다.

한동안 유유히 흐르는 강물을 바라보자 복잡했던 심사가 조금은 씻겨지는 듯했다. 돌이켜 보면 그의 행보는 급변의 연속이었다. 집착과 욕심없이 바람과 구름처럼 유유자적하게

살려는 그의 의도와는 다르게 운명은 한시도 그를 가만 내버
려 두지 않았다.

몽산파의 침공, 혈번취왕과의 대결, 갑작스럽게 소수마후
에 의해 납치된 소견, 지옥마부에서의 혈투, 혈사성과의 충
돌, 태옥교의 유혹, 자신을 사이에 둔 황금성과 벽라마원의
다툼, 소수마후의 죽음, 천패무광의 만남, 그리고 소견의 배
신.

그가 구만산에서 깨어난 날짜를 헤아리면 일 년이 조금 넘
는다. 불과 일 년여 세월 동안 그 숱한 사건을 두루 겪었으니
일일이 손에 꼽기도 어지러울 정도였다.

백무향은 술병을 마저 비우고는 길게 한숨을 내쉬었다.

"어쨌거나 소견을 저렇게 내버려 둘 수는 없어. 마공을 제
거하든 나처럼 과거를 잊어버리게 만들어서라도 반드시 데려
와야 돼. 이백 년 만에 깨어나 만난 운명적인 여인인데 나 몰
라라 할 수는 없다. 소견은 내 정혼녀야. 난 소견을 보살펴 줄
의무가 있는 몸이다."

나름대로 결정을 내리자 격앙되었던 심정이 다소 가라앉
았다.

그는 일단 반사곡으로 행선지를 잡았다. 반사귀선이라면
소견의 마성을 씻어줄 처방을 알고 있으리라 확신했다.

"그래, 반사곡으로 다시 돌아가자. 소엽이 지금쯤 깨어났
을 테니 얼굴이라도 봐야지."

이때 등 뒤에서 다소 경박한 음성이 들려왔다.

"헤헷, 손오공이 부처님 손바닥을 벗어날 수 없듯이 귀하 또한 내 테두리 안에서 벗어날 수 없구려. 한데 세상을 오시 하던 뇌천공자께서 어찌 실연당한 서생처럼 비루한 몰골이 오?"

고개를 돌려 상대를 알아본 백무향이 벌떡 일어섰다.

"너, 이 자식!"

까까머리에 도사복을 걸친 괴이한 복장의 앳된 청년은 뜻 밖에도 무을 도승이었다. 일전에 그와 십 초 대결을 벌이다 마 지막 일 초를 뒤로 미루고 도주한 그가 다시 나타난 것이다.

무을은 공손히 합장을 하며 유화적인 웃음을 띠었다.

"아미타불, 무량수불. 이런 외진 곳에서 다시 만나게 되다 니, 형님과 소제는 역시 인연이 깊은가 봅니다."

"형님?"

백무향이 의아한 표정을 짓자 무을이 넉살 좋게 대꾸했다.

"그렇소, 형님. 아직 십 초 대결을 매듭짓지 못했지만 솔직 히 형님을 이길 자신이 없소. 공연히 형님한테 패해 종이 되 는 것보다 차라리 동생이 되는 게 낫다고 생각했소. 부디 빈 도를 동생으로 받아주시오."

상대가 자존심을 굽히고 간곡하게 청하자 백무향도 굳이 싸움을 재개하고 싶지 않았다.

일전에 벌인 무을과의 대결은 그로서도 쉽지 않았다. 무을이 그동안 새로운 절기를 터득했다면 이번 역시 만만치 않을 대결이 될 것이다. 서로 간에 특별한 원한이 없는 상황이라 또다시 목숨을 건 대결을 벌어야 할 이유가 없었다. 게다가 상대가 동생임을 자처한다면 심리적으로 그가 승자일 수 있었다.

"좋아, 네가 나를 형으로 섬기겠다면 기꺼이 수락하겠다. 하지만 배신은 용납하지 않겠다. 만일 내 뒤통수를 쳤다가는 그날로 넌 죽음이다."

"헤헤, 한 번 형님은 영원한 형님이오. 출가인인 소제가 어찌 한입으로 두말을 하겠소?"

"글쎄, 주둥이는 번드르르 하지만 어째 네 말에는 신빙성이 없어서 말이다."

무을은 백무향을 향해 넙죽 절을 올렸다.

"형님, 소제의 절을 받아주시오."

상대가 이렇게까지 나오자 백무향도 의구심을 떨치고 마음을 열었다.

"알겠다, 무을. 네가 날 형으로 섬기겠다면 나 또한 친동생으로 생각하겠다. 자, 일어나라."

백무향이 그를 부축해 일으키자 무을은 덥석 끌어안았다.

"고맙소, 형님. 소제가 친인 한 명 없는 외로운 신세였는데 이제 든든한 형이 생겼소."

"징그럽다, 녀석아. 어서 떨어져."

"헤헤, 너무 기뻐서 말이오."

무을은 술병을 집어 들었다.

"이렇게 기쁜 날 어찌 술이 없어서야… 이런, 모두 비었잖아?"

그는 백무향의 소매를 잡아끌었다.

"가십시다, 형님. 우리 두 사람이 형제가 되었는데 어찌 흔쾌하게 취하지 않겠소?"

"무을, 너 정말 승려이자 도사 맞아? 출가한 몸으로 이래도 되는 거냐?"

"아미타불, 무량수불. 술이란 그저 목을 축여주는 곡차에 불과할 뿐이오. 계율이며 금기는 아직 수련이 미흡한 제자들을 경계하기 위함에 지나지 않소."

"내가 보기에는 너도 한참 미흡해."

무을은 그의 면박에도 눈 하나 끔쩍하지 않았다.

"헤헤, 부처님 눈에는 부처님만 보이고 개 눈에는 개만 보인다고 합디다."

"뭐, 뭐야?"

백무향이 발끈하자 무을은 특유의 웃음을 터뜨리며 너스레를 떨었다.

"소제가 세상에서 가장 존경하는 형님! 근사하게 한턱내겠소."

포구 뒤편의 골목은 뱃사람들이며 선객들을 위한 유흥가

였다. 아직 해가 지기 전인데도 골목은 벌써부터 북적거렸고 속살이 내비치는 옷을 입은 유녀들이 연신 추파를 던지며 오가는 사람들을 유혹하고 있었다.

무을이 유녀들을 훑어보다가 목소리를 낮추었다.

"형님, 혹시 기루에 가보셨소?"

"기루?"

"소제가 꼭 한 번 가보고 싶은데 혼자서는 도저히 용기가 나지 않았소. 중도 아니고 도사도 아닌 이런 모습이 조금은 부끄럽기만 합디다."

"아직 수련이 부족하구나. 무애(無涯)에 이른 고인만이 속세의 형식을 무시할 수 있는 법이지."

"헤헤, 역시 형님은 소제보다 한 수 위요."

이때 그윽한 향기와 함께 그들 옆으로 한 여인이 다가섰다.

망사천이 둘러진 방갓을 쓰고 있어 용모는 알 수 없었지만 몸매는 정말 환상적이었다. 앞자락이 깊이 패어 육봉이 절반쯤 드러나 있는데 금세라도 옷을 헤집고 드러날 만큼 팽팽했다. 보석으로 치장된 허리띠를 두른 허리는 잘록해 펑퍼짐한 둔부가 더욱 돋보였다.

"호호, 소첩과 함께 가시지요."

노골적인 유혹으로 미루어 유곽의 여인으로 보였다. 특별히 교태를 부리지 않아도 관능적인 몸매만으로 뭇 사내를 매혹하기에 충분했다.

특히 고막을 부드럽게 자극하는 음성이 환상적이었다. 여인의 감미로운 목소리를 듣는 것만으로 오금이 저릴 정도였다.

백무향은 여인의 육감적인 몸매에 본능적인 욕구가 치밀었지만 귀에 익은 음성 때문에 조금은 경계했다. 반면 무을은 벌써부터 매혹돼 마른침을 꿀걱 삼켰다.

"혀, 형님, 다른 데는 알아볼 것도 없소. 어서 갑시다."

백무향은 방갓 주변으로 둘러진 망사를 직시하며 물었다.

"어디 몸매만큼이나 얼굴도 매력적인지 볼까?"

"부끄러운 얼굴입니다."

여인은 슬쩍 망사를 들어올렸다. 순간 백무향은 안색이 홱 변하며 무을을 잡아끌었다.

"가자!"

"형님, 왜 그러시오? 언뜻 보기에 얼굴이 뽀얗고 푸른 눈망울로 미루어 이국의 미인 같았소."

"너무 나이가 많아. 난 나이 많은 계집은 질색이다."

백무향은 연신 뒤를 돌아보는 무을을 강제로 잡아끌었다. 한데 그의 귓속으로 감미로운 전음성이 파고들었다.

"호호. 백무향, 이 자리에서 주문 한번 외워볼까?"

백무향은 이를 질끈 깨물며 걸음을 멈추었다.

'젠장, 저 마녀는 왜 또 나타난 거야?'

무을은 그가 생각을 바꾸었다 생각해 여인에게 다가가서

는 흥정을 벌였다.

"이보시오, 비용은 신경 쓰지 마시오. 오늘 나와 형님이 형제지연을 맺은 경사스런 날이니 마음껏 쓰겠소."

"어마, 그러시다면 소첩이 더욱 정성을 다해 섬겨야겠군요. 어서 형님을 모셔오세요."

"알았소."

무을은 여인에게 가까이 다가서며 수작을 부렸다.

"참, 형님한테는 어리고 싱싱한 계집을 안겨주시오. 하지만 난 그대면 충분하오."

말을 마친 무을이 백무향의 소매를 잡아끌었다.

"가십시다, 형님. 얘기 끝냈소."

"무을, 넌 빠져라. 나 혼자 가겠다."

"그런 법이 어디 있소? 그게 어디 형제지연을 맺은 형님으로서 할 소리요? 흥정은 내가 했는데 재미는 형님이 보겠다는 것 아니오?"

무을이 아무것도 모르고 격분하자 백무향은 그가 안쓰러웠다.

"인마, 저 여자는 평범한 유녀가 아니다."

"유녀가 아니면?"

"마녀다. 그것도 아주 무서운 마녀지."

무을은 그 말을 곡해하고 연신 키득거렸다.

"헤헤, 무슨 말인지 알겠소. 풍문에 듣기로 하룻밤 사이에

사내 여럿을 죽이는 색녀를 마녀라 합디다. 그런 마녀라면 반
드시 품어보아야겠소.”
　“이런, 진짜 마녀라니까!”
　“아, 됐소. 어서 갑시다.”
　무을이 허리춤을 잡아끌자 백무향도 더는 거부하지 않았
다. 아니, 거부할 수가 없었다. 주문 몇 마디로 자신을 죽일
수 있는 상대이기에 그로서는 달아날 수도 없었던 것이다.
　백무향은 무을의 빤질빤질한 머리통을 어루만졌다.
　“무을 아우, 넌 정말 큰 실수를 한 거다.”

　포구 외곽에 세워진 기루는 작고 아담했다.
　기방으로 들어선 무을은 다소 흥분된 모습으로 기방을 두
루 살폈다.
　“야아, 기방이 이렇게 생겼군요? 헤헤, 저 요상한 그림을
보시오. 남녀가 저런 자세로 교합할 수도 있는 거요?”
　백무향은 원탁 앞에 앉아 차를 한 모금 들이켰다.
　“무을, 너 어떻게 날 찾아온 것이냐?”
　“그게 무슨 말이오?”
　“우연이라고 말하지 마. 넌 내가 있는 곳을 알고 의도적으
로 접근해 온 게 분명해. 세상에 이런 우연은 없다.”
　무을은 잠시 눈알을 굴리다가 원탁을 사이에 두고 백무향
과 마주 앉았다.

“사실 태백궁의 도움을 받았소. 저들의 정보 수집 능력은 아주 뛰어나 형님이 족적을 남긴 곳을 죄다 파악하고 있더군요.”

백무향은 자신이 어디에 있든 찾아와 태옥교의 지시 사항을 전달해 준 태백궁 제자들을 떠올렸다.

“한데 네가 언제부터 태옥교의 종이 되었느냐?”

“종이라니오? 말씀이 지나치시오, 형님. 소제는 정파 최고의 기인인 도불쌍절의 후예요. 태백궁 대공녀와 절친한 것은 당연한 일이오.”

“그럼 네가 태옥교의 지시를 받고 의도적으로 내게 접근했다는 것이냐?”

무을은 아주 억울하다는 표정을 지었다.

“의도적이라는 말은 마시오. 내가 하산한 이유는 오로지 두 사부의 유명 때문이오. 흉악한 오행마단을 제거해 강호의 혈란을 미연에 막는 것이 내 사명이라 했소.”

“한데 왜 나를 뒤쫓은 거냐?”

“형님만큼 오행마단을 잘 알고 있는 사람이 어디 있소? 대공녀도 형님이 오행마단과 깊은 인연이 있다고 했소.”

“인마, 인연이 아니라 악연이야. 네가 아니더라도 오행마단의 마귀들을 내가 용서치 않을 거다.”

무을은 비로소 오해가 풀렸다 싶어 밝은 표정을 지었다.

“헤헤, 형님과 제가 손을 잡으면 능히 오행마단을 격파할 수 있을 것이오. 형님은 명성을 얻고 이 아우는 대공녀를 얻고……."

"대공녀를 얻어?"

백무향이 직시하자 무을은 갑자기 시무룩해져 고개를 떨구었다.

"형님, 소제는 대공녀를 보는 순간 가슴이 타는 것 같았소. 하지만 대공녀는 세상의 영웅이 아니면 시집을 가지 않겠다고 하였소. 특히 형님을 연모하는 것 같았소."

"나를?"

"형님, 세상에 여자도 많은데 대공녀는 이 아우한테 양보해 주시오. 간절히 부탁드리겠소."

"녀석, 갑자기 나를 형님으로 칭한 꿍꿍이가 있었군?"

무을은 몸을 일으켜 공손히 합장했다.

"용서하시오. 형님은 모든 면에서 나를 능가하지 않소? 엄청난 무공이며 사내다운 풍모는 내가 도저히 따라갈 수 없소. 그저 내가 형님보다 훨씬 젊다는 게 유일하게 내세울 장점일 뿐이오."

"훨씬 젊다고?"

백무향이 검미를 한껏 치켜세웠다.

"그렇다면 태옥교가 날 전대의 마정쌍제 중 한 사람으로 인정한다는 것이냐?"

"가능성은 높다고 하였소. 하지만 전례가 없는 대사건이라 확신은 어렵다고 합디다.”

“그래?”

백무향은 차를 한 모금 마시고는 골똘히 생각에 잠겼다.

태옥교는 세상에서 가장 현명한 사람 중 하나다. 그녀가 인정하고 반사귀선이 보증한다면 아마 세상 사람들도 자신이 마정쌍제의 현신임을 믿지 않을 수 없을 것이다.

‘그래서 내게 과거를 떠올리지 못하게 하는 약을 먹인 것일까? 하지만 반사귀선은 내가 뇌천검제의 현신에 가깝다고 했다. 뇌천검제는 과거 정파의 맹주였기에 태옥교가 이를 숨길 이유가 없다. 그렇다면 내가 설마 풍운마제의 현신?’

생각이 여기에 미치자 갑자기 심한 두통이 엄습해 왔다. 오랫동안 잊었던 기억이 단편적으로 교차되면서 머릿속에서 섬광과 폭음이 울려 퍼졌다.

“젠장!”

그가 머리를 감싸 쥐며 괴로워하자 무을이 눈을 휘둥그레 떴다.

“형님? 왜 그러시오?”

백무향은 경혈을 눌러 두통을 가라앉히며 의도적으로 현재 상황만 생각했다. 그러자 머릿속을 칼로 베는 듯한 두통이 겨우 가라앉았다.

그는 한숨을 쉬고 한 잔의 차를 비우고는 무을을 직시했다.

“잘 들어, 무을. 네가 내 동생이 되었으니 형으로서 충고하겠다. 태옥교가 매력적인 여인이기는 해도 순결한 여인이 아닐 수 있다. 이 점을 감안해 태옥교와 사귀어라.”

무을의 표정이 심각하게 굳어졌다.

“서, 설마 형님이 벌써 대공녀와……?”

“아니다. 절대 그런 일 없었다.”

“후우, 그렇다면 다행이오. 만일 형님이 벌써 대공녀를 범했다면 목숨을 걸고 싸워야 할 뻔했소.”

백무향은 태옥교를 향해 무을의 치정이 조금은 우려되었다.

무을이 다소 교활하고 오만하지만 악당이라고는 생각되지 않았다. 도불쌍절과 같은 백도의 기인들이 제자로 삼았다면 그만한 역량이 있기 때문이라 생각됐다. 그러한 그가 행여 태옥교의 계책에 이용되는 것이 조금은 안타까웠다.

백무향이 태옥교와 깨끗한 사이임을 확인해서인지 무을은 몹시 기분이 좋아졌다.

“아니, 왜 여태 술을 내오지 않는 거야?”

그가 탁자를 치며 재촉하자 이내 문이 열리며 시비들이 술상을 내왔다. 팔진미가 고루 갖춰진 진귀한 요리가 상을 가득 채웠다.

시비들은 두 사람의 잔에 술을 한 잔씩 따라주고는 기방을 나갔다.

백무향은 그윽한 향기를 발하는 술잔을 집어 들고는 즐거운 표정을 지었다.

"흐음, 울금향이로구나. 얼마 만에 맛보는 울금향인지 모르겠다."

그는 술을 한 모금 마시고는 감동에 젖었다.

"좋군. 울금향 중에서도 상품이다."

무을도 술을 한 모금 들이켜고는 엄지를 치켜세웠다.

"으와, 대단해. 세상에 이런 술이 있는지 몰랐소."

"그래, 좋기는 한데 어쩌면 이게 이승을 하직하는 마지막 술인지도 모르겠다."

"헤헤, 형님도 참. 왜 그리 재수없는 말씀을 하는 거요?"

"그래, 네 말대로 재수가 없으면 너 또한 황천길 동무가 될지도 모르겠다."

술잔을 내린 무을의 표정이 묘하게 일그러졌다.

"어째 농담 같지가 않소?"

"물론이다."

백무향은 문을 열고 들어서는 여인 쪽으로 시선을 돌렸다.

"네가 사명감을 갖고 죽여야 할 악도들이 바로 이 마녀이니까."

산뜻한 녹의에 검은 바람막이를 두른 여인은 화려한 금발에 푸른 눈망울의 소유자였다. 한족과 달리 큼지막한 이목구비가 조각상처럼 또렷했기에 보기에도 시원했다.

바로 벽라마원의 원주인 암흑상아 혈훼였다. 방갓을 쓰고 백무향과 무을에게 호객 행위를 하던 유녀가 바로 혈훼였던 것이다.

무을은 아직까지도 상황 파악을 못하고 혈훼의 빼어난 용모에 쏙 빠져 있었다.

"와아, 천문상인 사부의 말이 역시 틀리지 않았어. 계집은 나이가 들수록 향기 깊다고 했는데 그 말이 진리야. 그대는 여인이 갖춰야 할 모든 것을 지니고 있소. 용모와 몸매, 음성과 적당한 색기, 그리고 조금은 어울리지 않지만 도도한 기품까지 말이오."

무을은 소매로 자신 옆의 의자를 열심히 닦고는 자리를 권했다.

"자, 어서 앉으시오."

"고마워요."

혈훼는 묘한 미소를 지으며 무을 옆에 앉았다.

무을은 힐끗 백무향 쪽을 보고는 목소리를 낮추었다.

"한데 왜 그대 혼자요? 이 기루에는 달리 기녀가 없소?"

"그래요. 기녀는 없습니다. 하지만 아리따운 시녀들이 있으니 원한다면 불러 드리지요."

"헤헤, 나야 그대만 있으면 충분하지만 내 형님이 너무 적적할 것 같아서 말이오."

백무향이 정색을 지으며 손을 내저었다.

"무을 아우야, 너나 실컷 즐겨라. 난 울금향만 있으면 만족한다.”

“형님도 참, 그래도 술은 계집이 따라줘야 제 맛이 나는 법이오. 시녀들이 제법 얼굴이 반반했소. 둘 모두를 불러 드릴 테니 좌우에 끼고 질펀하게 놀아봅시다.”

무을은 슬며시 손을 뻗어 혈훼의 고운 손을 쥐었다.

“헤헤, 피부가 장난이 아니군. 어째 사람의 피부가 아니라 선녀의 손처럼 옥처럼 곱고 매끄럽소.”

그는 혈훼의 풍만한 가슴에 시선을 고정시키며 물었다.

“한데 내 형님이 왜 그대를 자꾸 마녀라 하는 거요? 세상에 어떻게 그대처럼 아름다운 마녀가 존재할 수 있겠소? 아무래도 오해를 한 것이 틀림없소. 그렇지 않소?”

혈훼는 그의 손을 떨쳐 내고는 도도한 미소를 머금었다.

“뇌천공자의 말이 사실입니다, 무을 도승. 난 벽라마원의 주인인 암흑상아 혈훼예요.”

무을의 웃음 띤 표정은 바뀌지 않았다. 하지만 웃은 상태로 딱딱하게 굳어져 있어 아주 어색해 보였다.

“정말 대마녀란 말이냐?”

무을은 냅다 항룡금나수를 전개해 혈훼의 손목을 쥐었다. 항룡금나수는 소림칠십이종 절기 중 하나로 절세고수도 제압할 수 있는 독특한 금나수법이었다.

혈훼는 항룡금나수에 제압되었지만 조금도 위축되지 않았다.

“호호, 어리석은 녀석. 도불쌍절은 네 뛰어난 근골만 보았을 뿐 심성은 전혀 고려하지 않았나 보구나. 오욕(五慾)으로 가득한 네게 도사복을 입히고 머리를 깎으면 너의 탐욕스런 근성이 사라질 것이라 생각했겠지만 정말 큰 실수를 했다. 도불쌍절의 후예로 정파를 지키기에 네놈은 너무 한심해.”

무을은 혈훼의 완맥을 단단히 거머쥐고 있기에 자신감이 대단했다.

“흥, 항룡금나수에 제압된 이상 네년은 이제 죽었다. 역시 대공녀의 판단이 틀리지 않았어. 형님과 오대마단은 깊이 연관돼 있기에 형님 옆에만 있으면 마도의 무리들을 접할 수 있다고 했지. 하지만 이런 거물을 생포할 수 있게 될 줄은 몰랐다. 죽이기에는 조금 아깝지만 어쩔 수 없다. 너희 오대마단을 박살 내야 내가 자유롭게 살 수 있으니 말이다.”

“무을, 자유롭게 살고 싶다면 그냥 네가 원하는 대로 살면 되지 않느냐? 이미 해골이 된 도불쌍절의 유명을 굳이 고수할 이유도 없는데 말이다.”

“그게 바로 정과 마의 차이다. 난 두 사부 앞에서 오대마단의 마귀들을 모두 죽이겠다는 맹세를 했다. 내 입으로 내뱉은 맹세는 반드시 지켜야 한다. 그게 정파 사람으로서의 도리다.”

무을의 당당한 태도에 백무향은 그를 다시 보게 되었다.

‘이 자식이 그래도 제 할 일이 무엇인지는 확실히 알고 있

군. 조금은 천박스럽고 탐욕스런 녀석이지만 심지는 굳건해. 역시 도불쌍절의 제자로서 손색이 없군.'

혈훼는 금나수에 제압된 손목을 아주 간단하게 빼냈다.

"호호, 네 사부들도 해내지 못한 일을 네가 어찌 감당할 수 있겠느냐?"

"어엇?"

깜짝 놀란 무을은 안색을 굳히며 탄지신통을 날렸다.

"흥, 어림없다!"

순간 기방이 암흑으로 뒤덮이며 혈훼가 유령처럼 사라졌다.

백무향은 혈훼의 기환마공을 익히 경험했기에 여전히 자리를 지킨 채 태연하게 술을 마셨다. 그러나 기환마공을 처음 접한 무을은 바싹 긴장한 채 진기를 운기했다.

"사술 따위는 내게 통하지 않는다!"

그는 두 손을 높이 쳐들며 힘차게 외쳤다.

"태상노군이시여, 사악한 마도를 물리칠 힘을 주소서!"

그의 두 손 사이에서 태극 도형과 유사한 원반 강기가 형성되었다. 무당 최고의 절학인 태청강기였다.

"가랏!"

그가 태청강기를 내던지자 웅후한 파공성이 들려왔다. 이어 둔탁한 폭음과 함께 검은 천 조각이 우수수 쏟아져 내리며 주변의 어둠이 씻은 듯 사라졌다. 정순한 도력(道力)으로 기환마공을 깨뜨린 것이다.

백무향은 내심 놀라움을 금치 못했다.

'이 녀석 봐라? 혈훼의 기환마공을 간단히 격파했잖아? 마공과 극성인 도불의 무공 때문인가?'

무을은 어둠 속에서 벗어나자 한껏 위세를 떨쳤다.

"헤헷, 나한테 사술이나 마법 따위는 통하지 않는다. 부처님과 태상노군께서 지켜주시는데 날 어찌 이길 수 있겠느냐?"

검을 뽑아 든 무을이 소림의 달마삼검을 전개했다.

"여래의 법문(法文)이 서쪽에서 들려오는도다, 서래범음(西來梵音)!"

혈훼가 문을 밀치고 나서며 빠르게 외쳤다.

"백무향, 왜 보고만 있는 거냐?!"

그러자 줄곧 술잔을 비우던 백무향이 짜증스런 표정으로 무을을 만류했다.

"그만 해라, 무을."

"무슨 소리요? 벽라마원의 대마녀를 제압하면 당대의 최고 영웅이 될 수 있소."

"그전에 네가 죽어. 아무렴 일문의 지존이 혼자서 행차했겠냐?"

백무향의 예상은 조금도 틀리지 않았다.

암흑쌍존이 혈훼 좌우로 내려섰고 벽라마원의 마인들 수

십 명이 전각 주변을 에워쌌다.

무을은 빠르게 눈알을 굴리고는 백무향 옆으로 바싹 붙어 섰다.

"함께 싸웁시다, 형님. 우리 둘이 합세하면 오행마단이 모두 몰려와도 상대할 수 있소."

"소란 피우지 말고 앉기나 해."

백무향이 무을의 소매를 끌어 자리에 앉혔다.

"혈훼가 죽여야 할 마녀이지만 지금은 아니다. 죽여도 내가 죽일 거다. 그러니 넌 잠자코 앉아 술이나 마셔."

"형님, 이런 상황에서 술이 목구멍으로 넘어가오?"

"그럼 술을 입으로 마시지 코로 마시냐?"

"이거야 원."

무을은 이해가 되지 않는 듯 연신 고개를 저었다.

백무향이 문밖을 향해 외쳤다.

"이제 됐어!"

무을이 진정되자 혈훼가 다시 기방으로 들어섰다. 그녀가 의자를 끌어다 앉자 암흑쌍존이 좌우에서 시립했다.

무을은 얼굴색으로만 구별할 수 있는 암흑쌍존을 번갈아 보며 잔뜩 경각심을 높였다.

"저, 저 괴상한 늙은이들은 뭐요?"

"암흑쌍존으로 불리는 자들이다. 벽라마원 최고의 고수라 할 수 있지."

“그렇다면 대마두가 아니오? 어떻게 우리가 이런 대마두들과 한자리에 앉아 있을 수 있단 말이오? 자칫 우리까지 마기에 오염될 수 있소.”

“이 녀석아, 넌 도불쌍절의 후예잖아? 차라리 네 도력과 불력으로 저들을 교화시킬 생각이나 해.”

백무향은 그의 잔소리를 일축하고는 혈훼에게 시선을 돌렸다.

“의도가 뭐야? 대체 무슨 의도로 기녀 흉내를 내면서까지 우리를 끌어들인 거냐?”

혈훼는 아주 호의적인 미소를 지어 보였다.

“백무향, 세상에 영원한 적은 없다. 경우에 따라서는 적이 동료가 될 수도 있는 거야.”

“난 너 같은 마녀와 동료가 되고 싶은 마음이 없다.”

“우선 환희마후를 만난 얘기부터 들어볼까? 오랜만에 회포는 풀었겠지?”

“답변하고 싶지 않다.”

“호호, 몹시 실망한 눈치로군. 아마 배신감에 몹시 가슴이 아팠을 것이다, 과거의 소견이 아니었을 테니까. 결국 반사곡에서 맺은 세 번째 협상은 무의미하게 되었군. 나한테 줄 것이 아무것도 없으니 말이다.”

백무향이 퉁명스럽게 말을 받았다.

“너의 일방적인 요구였을 뿐이다. 내가 네 요구를 들어줘야 할 의무는 없어."

"이러면 곤란한데? 존엄한 마황진경을 함부로 천패무광에게 준 것만으로도 넌 죽을죄를 지었다. 게다가 난 소엽까지 양보했다. 내가 두 가지를 양보했으니 한 가지 정도는 네가 날 위해 해주어야 도리가 아니겠느냐?"

"좋아, 소엽을 양보한 대가는 치러주겠다. 네 말대로 소견의 마성이 짙어 설득이 불가능했다. 그렇다고 내가 소견과 싸울 수는 없는 일이다. 일단 반사귀선을 만나 상의해 보겠다. 소견의 마성을 씻어낼 방도를 찾아 다시 환희마궁을 찾아가 소견을 데려올 것이다. 그러면 되겠지?"

혈훼가 손가락을 놀리자 술병이 둥실 떠오르며 백무향의 빈 잔에 술을 채웠다.

"수고스럽게 반사곡까지 찾아갈 필요는 없다. 소견이 왜 그토록 무서운 마성을 지니게 되었는지 내가 잘 아니까. 물론 그 마성을 씻어내는 방법도 알고 있다."

"정말이냐?"

"후후, 소견이 변모한 것은 단지 소수마공을 터득했기 때문이 아니다. 소수마후가 펼쳐 놓은 특별한 대법 때문에 강렬한 마성이 심어진 것이다. 오직 나만이 그 대법을 해소할 수 있다."

백무향은 눈까풀 한 번 깜빡이지 않고 그녀를 직시했다.

워낙 교활한 마녀이기에 속임수로 자신을 이용하려는 의

도인지를 확인해야 했다. 혈훼는 그의 강렬한 시선을 피하지 않고 마주 대했다. 사악한 마녀라 해도 푸른 눈망울은 참으로 아름다웠다.

백무향은 혈훼의 속내를 파악하지 못했지만 왠지 거짓말을 하고 있다는 생각은 들지 않았다.

'소수마후가 펼친 대법 때문이라고? 이 교활한 마녀가 날 여러 가지로 옭아매는군. 사령독고 하나만으로도 머리가 터질 지경인데 이제 소견의 운명으로 또 엮이게 되었다.'

무을은 혈훼의 정체를 알고서부터는 술과 요리에 손도 대지 않았다. 마녀가 차려준 술상이기에 믿을 수 없었기 때문이다. 그러다 술과 요리를 먹고도 끄떡없는 백무향을 보고는 넌지시 물었다.

"형님, 괜찮소?"

"괜찮지 않으면?"

"독이 들어 있을 수도 있지 않소? 상대는 마녀 중에서도 대마녀요."

"독은 없으니까 너도 걱정 말고 먹어. 너까지 함께 끌어들인 것으로 미루어 달리 부탁할 게 있는 것 같구나. 아마 쉽지 않은 일일 테니 든든히 먹어둬라."

"미쳤소? 마녀의 부탁 따위를 왜 들어준단 말이오? 그랬다가는 도불쌍절의 제자인 내가 변절했다는 비난을 받게 될 것이오. 이는 명백한 배신이오. 난 절대 동조할 수 없소."

무을이 단호하게 말하자 혈훼가 매혹적인 미소를 건넸다.

"호호, 백무향뿐만 아니라 너 역시 거절하지 못할 것이다. 도불쌍절의 지엄한 유명을 따르는 길이니까."

자리에서 일어선 혈훼가 팔짱을 끼고는 천천히 실내를 걸었다.

"소견이 지옥마부를 병합한 지 얼마 되지 않았는데 이번에는 축융마곡까지 굴복시켰다. 그 과정을 들으니 실로 대담한 모험이며 계책이 아닐 수 없었다. 그만한 지략과 무공이라면 능히 오행마단을 통합할 자격이 있다."

"그렇다면 이제 오행마단이 아니라 삼행마단이로군?"

"맞아. 황금성과 환희마궁, 그리고 우리 벽라마원 세 마단의 대결 구도라 할 수 있지. 두 마단을 병합한 환희마궁도 이제 황금성이나 벽라마원과 어깨를 나란히 하게 되었다. 솥발처럼 세 마단이 팽팽하게 대치하게 되었으니 아주 긴박한 상태라고 할 수 있다."

무을이 환한 표정으로 너스레를 떨었다.

"형님, 우리가 애쓰지 않아도 오행마단이 지들끼리 싸우다 자멸할 것 같소. 조금 있으면 삼 개 마단이 이 개 마단이 될 것이고 결국 통합을 위해 최후의 대결을 벌일 것이 아니겠소? 저들이 양패구상을 이룰 때 공격하면 한꺼번에 쓸어버릴 수 있소. 이 좋은 방법을 왜 여태 생각해 내지 못했는지 정말 안타까울 뿐이오."

"이 한심한 중생아, 그 기막힌 묘안을 마녀 앞에서 까발려
놓고 어떻게 하자는 거냐?"

일순 무을은 잔뜩 울상이 되어 자신의 머리를 쥐어박았다.

"이, 이런 젠장, 너무 흥분하는 바람에 그만 천기를 누설하
고 말았소."

혈훼는 눈을 가늘게 뜨며 무을을 쏘아보았다.

"흐음, 이거 뜻밖이군. 세상 물정을 전혀 모르는 철부지인
줄 알았는데 의외로 생각이 깊어. 이제 보니 아주 현명한 사
람이었어. 다만 그 속내를 숨기기 위해 덜떨어진 것처럼 행동
했었던 게 분명해."

백무향은 힐끗 무을을 보았지만 그렇듯 깊은 심기의 소유
자로는 생각되지 않았다. 자신이 눈으로도 능히 헤아릴 수 있
는 잔머리의 소유자라면 납득이 갔다.

무을은 여전히 자신의 묘책을 발설한 사실을 아쉬워하며
온갖 표정을 다 짓고 있었다.

백무향은 다시 혈훼 쪽으로 시선을 돌렸다.

"혈훼, 난 길고 복잡한 얘기는 아주 싫어하니 어서 본론을
말해라. 네가 원하는 게 뭐냐?"

"오행마단이 대통합을 이루기 위해서는 삼 개 마단도 많
다. 두 개의 마단으로 병합한 상태에서 대결을 벌여야 과거의
오행천을 재건할 수 있다."

이때 무을이 손뼉을 치며 그녀의 말을 끊었다.

“것 보시오, 형님. 내 말대로 세 개가 두 개가 되면서 싸움을 벌인다 하지 않았소? 우리는 절호의 기회를 놓친 거요.”

백무향이 무을의 말을 무시한 채 혈훼의 얘기에 귀를 귀울였다.

“황금성의 금강마존은 아주 무서운 자다. 재력이며 규모로 논한다면 사실 오행천 통합에 가장 접근한 게 사실이다. 하지만 금강마존은 성격이 너무 냉혹하고 잔인하다. 만일 금강마존에 의해 오행천이 재건되면 백 년 전보다 더한 혈겁으로 인해 세상은 시산혈해로 변할 것이다. 나는 물론이고 소견 또한 살아남지 못하게 된다.”

“흥, 자신을 아주 착한 마녀처럼 말하는군?”

“착한 마(魔)는 없다. 마도라 해도 파괴와 살육만 일삼으면 그것은 마가 아니라 악(惡)이다. 악과 마는 분명히 구별이 되지. 나는 마도를 추구할 뿐 악도는 원치 않는다.”

“그렇다면 너희들이 추종하는 파천마황은 어떤 부류냐? 엄청난 혈겁을 일으켰으니 네 분류대로라면 분명 악이겠지?”

혈훼는 조금도 주저하지 않고 말을 받았다.

“파천마황께서는 극마(極魔)의 길을 걸으신 분이셨다. 천하를 압도할 강력한 힘을 지니셨지만 백도를 멸하지 않고 공존을 원하셨지. 그 바람에 삼성과 백도연합의 합공을 받아 오행천이 와해된 것이다.”

“내가 듣기에는 아주 포악한 살인마였다는데?”

“그것은 사실이 아니다. 역사는 승자의 전유물이지. 정파인들이 자신들의 공적을 과장하고 삼성의 위업을 기리기 위해 대마황을 아주 사악한 살인마로 매도한 것이다.”

“초록은 동색이니 네가 오행천의 후예로서 당연히 파천마황을 변론하고 싶겠지. 하지만 나한테까지 억지로 믿으라고 강요하지 마라.”

그러자 줄곧 관망하고 있던 암흑쌍존이 처음으로 입을 열었다.

“원주의 말씀이 사실이다. 만일 세간의 풍문대로 대마황께서 잔인무도한 살인마였다면 소림과 무당을 비롯한 구파일방은 모두 와해되었을 것이다. 오대세가는 물론이고 정파로 자처하는 문파는 씨가 말랐어야 당연하다. 하지만 오행천의 십년 치세 동안에도 백도의 문파며, 무림세가 중에서 멸문지화를 당한 문파는 없었다. 그것은 네가 충분히 확인해 볼 수 있다.”

백파존에 이어 묵영존이 말을 이었다.

“또한 대마황께서는 단신으로 삼성과 맞섰으며 의연하게 최후를 맞이하셨다. 대마황께서는 평생 단 한 번 패하셨지만 삼 대 일의 대결이기에 사실상 패하신 것은 아니다. 오히려 무림의 성자로 추존되는 삼성이 부끄러운 합공을 펼친 것이다.”

암흑쌍존의 엄숙한 어조와 정연한 논리에 백무향과 무을

은 할 말을 잃었다. 암흑쌍존의 말이 사실이라면 파천마황에 대한 평가는 되짚어볼 필요가 있었다.

잠시의 침묵은 혈훼의 매력적인 음성에 의해 깨졌다.

"너희에게 대마황을 재평가해 달라는 부탁은 아니니 너무 마음에 둘 것 없다. 다만 대마황께서 세상에 전해진 것만큼 포악한 살인마가 아니었다는 사실만 기억하면 된다. 이제 용건을 말하겠다."

혈훼는 한 모금의 술로 입술을 축이고는 목소리를 다소 낮추었다.

"우리 벽라마원을 중심으로 오행마단이 통합되는 게 가장 이상적이다. 그러기 위해서는 반드시 금강마존을 죽여야 한다. 벽라마원과 황금성이 병합되면 세 마단으로 병합된 환희마궁도 이내 규합될 것이다. 백 년에 걸친 분란과 반목이 마침내 해소되는 것이지."

"금강마존만 죽이면 된단 말이냐?"

"그래. 연후 네가 소견의 마성을 해소해 주면 된다. 너는 소견을 얻고 나는 오행대마후로서 오행천을 얻는다. 서로에게 가장 중요한 것을 얻게 되는 것이지."

무을이 가볍게 탁자를 쳤다.

"이봐, 나는 잃을 것도 없고 얻을 것도 없는 사람이야. 난 사명을 완수해야 하니 당장 나가서 겨루자."

혈훼가 매혹적인 미소를 머금으며 반박했다.

"호호, 네가 금강마존을 죽이면 구천에서 지켜볼 네 사부들도 크게 기뻐할 것이다. 넌 당대 최고의 의협으로 추앙될 것이며, 더불어 태옥교를 차지할 수 있다."

무을이 눈을 동그랗게 뜨며 혈훼를 직시했다.

"내가 대공녀를……?"

혈훼는 무형진기를 일으켜 세 개의 술잔에 술을 채웠다.

"물론 이번 한 번만 손을 잡는 거다. 어차피 마정은 길이 다르니 종내에는 대결을 피할 수 없을 것이다. 그것은 우리의 운명이다."

백무향이 신중한 모습으로 물었다.

"금강마존은 내가 상대해 본 최강의 고수다. 죽이기가 쉽지 않을 텐데?"

"물론 워낙 무공이 높고 심기가 싶어 계책을 펼치기도 쉽지 않다. 그래서 오랜 세월 동안 구상을 했고 마침내 방도를 찾아냈다. 하지만 나 혼자 힘으로는 불가능하다. 오행상극 때문에 벽라마원의 절기로는 황금성을 이길 수 없지. 그래서 너희들의 힘이 필요한 것이다."

"쌍존은 가세하지 않는 거냐?"

"이번 싸움에 쌍존은 나설 수 없다. 그 연유는 가면서 설명해 주겠다."

혈훼가 잔을 집어 들었다.

"이의는 없겠지?"

백무향은 소견을 위해서라도 혈훼의 계책에 따를 수밖에 없었다. 문제는 무을이었다. 한데 무을도 쾌히 술잔을 부딪쳤다.

"형님, 마녀든 마왕이든 내 손으로 죽여야만 내가 자유로운 삶을 살 수 있소. 물론 대공녀를 차지할 수 있다는 게 최고의 소득이지만."

"그래, 무을이 협조한다면 금강마존이라도 살아남지 못할 거다."

잔을 마주친 세 사람이 단숨에 술잔을 비웠다.

백무향은 다소 복잡한 심정이 깃든 눈빛으로 혈훼를 바라보았다.

"금강마존이 죽게 되면 다음은… 혈훼인가?"

혈훼는 의미심장한 미소를 머금었다.

"후후, 과연 누가 먼저 죽게 될까? 솔직히 나도 그게 궁금해."

제 38 장

대마두의 최후

1

金빛 찬란한 황금성.

가파른 산비탈에 계단식으로 형성된 전각들이 황금의 숲을 이루고 있었다. 무술 수련을 위해 다져진 몇 곳의 평지 외에 전각들 대부분이 허공에 걸려 있어 몹시 위태로워 보인다.

전각이 허공에 걸려 있다는 말은 산비탈에 쇠기둥을 박고 그 위에 판자를 간 후 전각을 세웠기 때문이다. 굳이 비탈면을 파서 바닥을 다지지 않아도 되기에 건축물을 세우기가 수월하다.

금마동은 황금성 내에서 출입이 통제된 금지 구역이다.

고금 최강이라는 오행천이 금마동에서 비롯되었기에 마도

인들의 성지이기도 하다. 세상에서 가장 강력한 마력이 깃들었기에 공포와 신비로 가득한 금마동.

금룡포를 걸친 중년인이 금마동의 황금철문을 바라보고 있었다.

중년인은 틀어 올린 상투에 작은 금관을 썼고 붉은 옥대를 둘러 흡사 군왕을 방불케 했다. 옷차림만 화려한 것이 아니라 전신에 서린 신위 또한 범상치 않았다. 특히 철판이라도 꿰뚫을 듯한 강렬한 눈빛은 천하를 압도하기에 충분했다.

바로 황금성주인 금강마존 율지환이다.

그는 두터운 황금철문을 사이에 두고도 금마동에서 전해지는 마기의 파동을 감지하고 있었다.

"너무 기대가 큰 탓일까? 사군의 성취가 예상보다 더디군."

그는 금마동을 열고 들어간 제자 현사군의 출관을 기다리고 있었다.

천랑성의 정기를 받고 태어난 현사군은 그조차 터득하지 못한 역천혈류마겁공을 연성해 그를 기쁘게 했다. 역천혈류마겁공은 파천마황을 상징하는 절기이기에 오행천 재건을 위해 반드시 성취해야 할 마공이었던 것이다.

율지환은 현사군의 빠른 성장을 위해 금마동에 들여보냈다.

금마동은 과거 오대마신이 태어난 곳이며 수천 마인들의

원한과 분노가 서린 곳이다. 절대적인 마공을 터득하기 위해 서는 그곳의 마력을 흡수해야 성취가 빠르다.

율지환은 뒷짐을 진 채 천천히 돌아섰다.

'너무 초조해할 것 없다. 오행천이라는 백 년 대업이 나에 의해 성사되는 순간이다. 이미 사십여 년을 기다려 왔는데 몇 달을 더 못 기다리겠는가?'

그는 애써 느긋한 마음을 끌어내며 잠마곡을 나섰다.

계곡 입구에는 세 명의 노인이 대기하고 있었다. 세 사람 모두 금포 차림이며 백발이 성성했다. 그들이 바로 황금성의 수뇌들인 황금삼상(黃金三相)이다.

삼상은 성주를 경호하는 금상(禁相), 정예 돌격대를 관장하 는 혈상(血相), 그리고 황금성의 대소사를 주관하는 총상(總 相)으로 구분된다. 이들은 금강마존의 사숙뻘에 해당되는 높 은 신분이기도 하다.

총상은 황금성의 제이인자로 지략과 무공만 논하다면 금 강마존에 버금간다.

"성주, 혈훼가 삼백여 리까지 접근해 왔소이다."

율지환은 가볍게 고개를 끄덕였다.

"교활한 계집이 이렇듯 적극적으로 나섰다면 마음이 꽤나 급했나 보군."

"당연하오. 최근 들어 지옥마부와 축융마곡이 연이어 환희 마궁에 병합되었으니 상당한 위기를 느꼈을 것이오."

“총상, 차라리 환희마후를 지원해 벽라마원을 와해시키는 것이 낫지 않겠소? 두 계집의 대결이 아주 볼 만할 것이오.”

“환희마후를 너무 가벼이 생각지 마시오. 천색요골의 태생이라면 능히 극마지체에 오를 자질을 갖춘 재녀외다. 만일 환희마후가 벽라마원까지 병합한다면 자칫 본 성까지 와해될 수 있소.”

율지환은 느긋한 미소를 지으며 걸음을 옮겼다.

“후후, 천색요골이라……. 하지만 우리에게도 절대적인 병기가 숨겨져 있지 않소? 현사군의 존재는 혈훼조차 알지 못하오. 사군이 금마동을 나서는 날 오행마단이 대통합을 이루어 오행천으로 재건될 것이오.”

“그런 상황이라면 굳이 혈훼와 대면할 이유가 없소. 워낙 교활한 계집이라 흉계를 꾸밀 수도 있소이다.”

율지환은 고개를 쳐들며 당당한 웃음을 터뜨렸다.

“하하, 혈훼 따위를 두려워한다면 어찌 오행제일 황금성의 성주라 할 수 있겠소?”

황금 탁자가 놓인 의사청.

탁자 위에는 붉은빛이 감도는 옥갑이 놓여 있다. 율지환과 황금삼상이 옥갑을 향해 정중히 예를 올리고는 탁자에 둘러앉았다.

“진행 과정을 보고하시오, 금상.”

“예, 성주. 혈훼는 중경 파서에 잠시 머물러 있소이다. 벽라마원의 쌍존은 본 성의 통제를 받아야 하며 당분간 파서를 떠날 수 없소이다. 혈훼는 일부 호위들만 대동해 백 리 밖 벽죽림(碧竹林)에서 성주를 기다리게 될 것이외다. 성주께서도 네 명의 황금무장만 대동해야 하오이다. 마황진경은 반드시 진본이어야 하며 필사본일 경우 거래는 파기되오이다.”

“그렇소. 반드시 진본이어야 하지. 필사본일 경우 구결을 고의로 누락시킬 수도 있으니까.”

율지환은 눈을 가늘게 뜨며 황금 술잔을 입으로 가져갔다.

마환진경의 교환!

이것은 혈훼가 전격적으로 제안한 중대한 사안이었다.

마환진경은 반으로 나뉘어져 황금성과 벽라마원에 전해져 내려왔다. 그 절반의 마황진경만으로 두 마단이 다른 세 마단을 압도할 수 있었던 게 사실이다.

문제는 환희마궁의 무서운 급성장이었다.

지옥마부와 축융마곡이 백일도 안 되는 사이에 환희마궁에 병합되었다는 것은 엄청난 위협이 아닐 수 없었다. 이에 혈훼는 서찰을 보내 양측이 지닌 반 권의 마황진경을 교환하자는 제안을 내놓았다.

마황진경이 교환되면 황금성이나 벽라마원은 완벽한 마황진경의 실체를 알 수 있게 된다. 두 마단은 새로운 마공절기를 통해 더욱 성장할 수 있으며 환희마궁의 도전을 두려워하지 않을 수 있다는 게 혈훼의 주장이었다.

율지환은 처음엔 그녀의 제안을 일축했다.

현사군이 금마동에서 출관하면 우선적으로 벽라마원부터 병합할 예정이었다. 하지만 다시 생각해 보니 굳이 혈훼의 제안을 거절할 이유가 없었다.

서로가 지닌 반 권의 마황진경을 교환해 완벽한 마황진경을 만들어놓으면 현사군을 진정한 대마황으로 키울 수 있기 때문이다. 혈훼가 자칫 반 권의 마황진경을 훼손할 경우 대마황의 절기가 단절될 수 있음도 우려해야 할 문제였다.

결국 율지환은 마황진경의 교환을 수락했다.

그러면서 혈훼가 직접 황금성 영역으로 와야 하며 호위들은 최소한으로 할 것을 조건으로 걸었다.

마황진경은 두 마단의 운명이 걸린 중대한 비급이기에 행여 어느 한쪽이 일방적으로 빼앗길 수 있음을 감안해야 했다. 자신은 자존심 때문이라도 약속을 지키려 하겠지만 혈훼의 교활함은 믿을 수 없었던 것이다.

율지환은 삼상과 더불어 마황진경 교환에 대한 사안을 숙의하고는 자리에서 일어섰다.

붉은 옥갑을 열자 다소 빛바랜 양피지 책자가 모습을 드러냈다. 검붉은 필체로 씌어진 책자가 바로 마황진경이었다. 사람의 피로 씌어졌다는 최강의 마공 비급 마황진경.

율지환은 마환진경을 품속에 챙겨 넣고는 의사청을 나섰다.

금상이 그를 수행하며 공손히 아뢰었다.

"성주, 혈훼는 믿을 계집이 못 되오. 노신이 금위대를 이끌고 경호하겠소."

"그럴 필요 없소. 혈훼가 약속을 지켜 쌍존을 대동하지 않았으니 나 역시 약속을 지켜야 하오."

율지환은 황금무장들이 대기시켜 놓은 쌍두마차에 올랐다. 경주용처럼 일인용 어자석만 있는 마차였다. 마차를 이끄는 두 필의 말은 대완산 명마로 머리서부터 꼬리까지 잡티 하나 없는 백마였다. 약한 바람에도 나부끼는 하얀 갈기가 눈부시다.

어자석에 올라앉은 율지환은 황금 채찍을 말아 허리춤에 걸었다.

"총상은 혈훼가 마황진경 교환을 마치고 무사히 귀환할 수 있도록 조치해 주시오. 본 성의 영역에서 불미스런 사건이 발생한다는 건 내 자존심이 허락지 않소."

함부로 정예들을 출동시켜 혈훼를 공격하지 말라는 경고였다.

총상은 씁쓸한 미소를 지으며 예를 올렸다.

"명심하겠소이다, 성주."

금상과 혈상도 정중히 포권을 취했다.

"멀리 배웅치 않겠소이다, 성주."

율지환은 답례로 황금 채찍을 슬쩍 들어 보였다.

"그럼 다녀오리다."

다각다각!

두 필의 백설준총이 이끄는 마차가 가파른 산길을 따라 내려갔다. 워낙 경사가 심해 위태로운 길이었지만 대완산 명마한테는 평지와 다를 바 없었다.

황금삼상은 마차가 능선 너머로 사라질 때까지 지켜보다가 몸을 돌렸다.

"총상, 이 좋은 기회에 혈훼를 놓아줄 생각이시오? 확실히 죽일 수 있는 기회외다."

혈상이 불만을 토로하자 금상도 동조했다.

"그렇소, 총상. 혈훼만 죽이면 힘겨운 대결 구도는 피할 수 있소. 연후 암흑쌍존을 회유하면 벽라마원의 전력을 고스란히 흡수할 수 있소."

총상은 풍성한 삼각 수염을 쓸어내렸다.

"성주의 지엄한 영을 어찌 거역하겠는가? 만일 임의로 황금전사들을 출동시켜 혈훼를 죽이면 성주께서 우리를 용서치 않을 것이네."

율지환의 냉혹한 성격을 잘 알기에 혈상과 금상도 더는 목소리를 높이지 못했다.

총상은 회색 구름이 몰려드는 하늘 저편으로 시선을 돌렸다.

"완벽한 마황진경을 지니게 되면 본 성이 훨씬 유리한 입장이 될 것이네. 우리 황금성에는 마황진경의 모든 절기를 터득할 수 있는 소성주가 있지 않은가?"

2

쏴아아.

곡우를 넘어선 절기답게 내리는 빗줄기가 세차다.

사천성은 대나무의 고장이기에 어디를 가든 대나무가 숲을 이루고 있었다. 대나무 중에서 푸른빛이 감도는 벽죽을 보물로 치는데, 벽죽은 수만 그루 중에 하나 찾을 수 있을 만큼 귀하다. 한데 이곳의 대나무는 온통 푸르기에 신비롭기까지 하다.

빗줄기를 뚫고 다섯 사람이 벽죽림으로 날아왔다.

두 명의 장년인과 두 명의 여인은 먼 길을 달려오느라 비에 흠뻑 젖어 있었다. 반면 이들을 인솔해 온 금발의 여인은 머리카락이며 옷에 약간의 물방울만 묻어 있을 뿐이었다.

이들 일행은 바로 벽라마원주 혈훼와 사대시위였다. 혈훼는 워낙 심후한 내공을 지니고 있어 자연스럽게 호신강기가 발출돼 빗물을 튕겨내는 것이다.

벽죽림 앞에 이른 혈훼 일행은 신법을 중단하고 바닥으로 내려섰다.

쏴아아아!

두 명의 시위가 우산 대신 바람막이를 혈훼의 머리 위로 펼쳐 빗물을 막아주었다. 그들은 예리하게 주변을 살피며 벽죽림 안으로 들어섰다.

넓은 공터 위로 하나의 정자가 세워져 있었다. 기둥서부터 지붕까지 온통 대나무로 만들어진 정자였다.

"여기서 기다려라."

혈훼는 사대시위를 남겨두고 정자 안으로 올라섰다.

대나무 탁자 위로 다기(茶器)가 갖춰져 있었고 화로 위에 올려진 주전자에선 물이 끓고 있었다. 정자 안에는 이미 한 사람이 들어서 있는데 바로 금강마존 율지환이었다.

난간에 서서 비를 감상하던 율지환이 천천히 돌아섰다.

"오랜만이오."

혈훼는 공손히 손을 모으며 교태로운 미소를 띠었다.

"늦어서 송구해요, 마존."

"앉으시오. 먼 길을 오느라 고생이 많았소."

율지환은 손수 차를 따라주었다.

혈훼는 옷에 묻은 빗물을 털어내고는 찻잔을 들어 향기부터 감상했다.

"흐음, 좋군요."

"혈훼가 몸소 온다기에 준비해 두었소."

"감격했어요. 만일 수욕을 마친 후 마셨다면 더욱 감미로웠을 겁니다."

"황금성이 멀지 않소. 혈훼가 원한다면 황금 욕조에서 수욕을 즐길 수 있소."

"호호, 상상만 해도 황홀하군요. 하지만 지금은 황금성을 방문할 수 없어요. 내게는 아직 벽라마원이 아늑한 보금자리입니다."

"아쉽군, 혈훼를 위해 별도로 전각을 지어두라고 명해두었는데."

어조는 다정했지만 율지환의 표정에는 별 변화가 없었다.

차 한 잔을 비우자 혈훼가 본론을 제기했다.

"마존이 요구한 대로 쌍존은 수백 리 밖에 머물러 있습니다. 더군다나 이곳은 황금성의 영역이라 몹시 불안하군요. 어서 거래를 마쳤으면 좋겠어요."

"그런 우려는 하지 마시오. 내가 속임수를 쓰는 옹졸한 사람이 아님을 당신도 잘 알 것이오. 사실 일전에 광명신검을 유인해 제압하자는 계책도 혈훼의 머리에서 나온 것이 아니오?"

"좋아요. 마존의 명예를 믿고 마음을 놓겠어요."

혈훼는 비로소 긴장을 풀고는 즐겁게 차를 따랐다.

"마존도 환희마후 소견에 대해 들으셨겠죠?"

"그렇소."

"소수마후가 정말 무서운 제자를 키워놓았어요. 이러다 한갓 환희마궁에 우리 두 마단마저 병합되는 것은 아닌지 모르겠군요."

"벽라마원은 충분히 그럴 수 있겠지만 황금성이 와해되는 일은 없을 거요. 조만간 환희마후가 본좌 앞에 무릎을 꿇게 될 것이오."

혈훼는 사르르 눈웃음을 쳤다.

"호호, 언제나 자신만만하시군요. 사실 나도 황금성에 의해 대통합이 이루어지기를 내심 바라고 있어요. 마존이라면 날 살려줄 수 있겠지만 소견이라는 계집은 어디 면식이라도 있었어야죠. 지옥마부와 축융마곡의 수뇌들을 가차없이 죽인 독한 심성으로 미루어 나 또한 죽이려 할 겁니다."

"패배의 대가는 죽음이오. 자신의 문파를 지키지 못한 종주는 죽는 게 당연하오."

"그 말씀은⋯ 마존 역시 날 살려두지 않겠다는 것처럼 들리는군요?"

민감한 물음이었지만 율지환은 답변을 회피하지 않았다.

"대결에서 패한다면 살려줄 수 없지만 당신 스스로 복속하겠다면 얘기가 다르지. 난 기꺼이 당신과 함께 마도천하를 공유할 것이오."

"아주 감동적이군요. 깊이 생각해 보겠어요."

혈훼는 품속에서 비단으로 감싼 책자를 꺼내 들었다. 빛바랜 양피지 책자는 바로 반 권의 마황진경이었다. 율지환 역시 반 권의 마황진경을 꺼내 탁자 위에 내려놓았다.

백 년 만에 한 몸이 된 마황진경.

율지환은 자신이 가져온 마황진경을 먼저 혈훼 쪽으로 밀어주었다.

"확인해 보시오."

"그러죠."

혈훼는 마황진경을 들고 꼼꼼하게 살폈다. 재질과 필체를 확인하고 누락된 부분은 없는지 한 장 한 장 책장을 넘기며 검토했다.

"확실하군요."

혈훼가 흡족한 미소를 지으며 고개를 끄덕이자 이번에는 율지환이 혈훼가 가져온 마황진경을 집어 들고 검토했다. 그의 검토는 혈훼보다 비교적 빨랐다.

"분명 진본이군."

거래가 무사히 성사되자 두 사람은 자리에서 일어서며 예를 표했다.

"멀리 배웅하지 않겠소."

"거래에 응해주서서 고마워요, 마존."

"그럼 이만."

율지환이 대나무 계단을 밟고 정자에서 내려섰다. 그의 몸 주변으로 금빛 휘광이 피어오르며 쏟아지는 빗방울을 튕겨냈다.

한데 그때 혈훼가 난간으로 다가서며 불러 세웠다.

"율지환, 내가 가져온 마황진경은 벽라마원의 보물입니다. 내 사부님께서 물려주신 대마황의 마경이니 돌려주셔야겠어요."

어조는 공손했지만 말 한마디 한마디에 살기가 배어 있었다. 앞서와 달리 마존이라 칭하지 않고 이름을 직접 부른 것만으로도 노골적인 도전이었다.

율지환은 워낙 심기가 깊어 혈훼의 변심에도 불구하고 전혀 감정을 드러내지 않았다.

"혈훼, 네가 죽기를 자처하는구나. 암흑쌍존의 지원도 받지 못할 상황에서 본좌와 겨루겠다는 거냐?"

혈훼는 검은 바람막이를 감싸 쥐며 도도한 웃음을 터뜨렸다.

"호호호, 본 원에 어찌 암흑쌍존만이 있겠느냐? 너를 죽여 줄 고수는 따로 있다."

그녀가 허공으로 솟구치는 순간 사위가 칠흑으로 뒤덮였다. 그녀의 독문절기인 기환마공이 펼쳐진 것이다.

율지환은 황금 채찍을 풀어 손에 쥐고는 네 명의 황금무장을 호출했다.

"사대무장은 본좌를 경호하라!"

한데 어둠 속에서 연이은 섬광과 함께 소란스런 외침이 들려왔다.

"태상노군이시여, 사마를 멸할 힘을 주소서!"

"인마, 주문 그만 읊고 어서 태청강기나 날려!"

허공을 가르는 예리한 파공성에 이어 엄청난 폭음이 울려 퍼졌다.

퍼― 퍼퍼펑―!

답답한 신음이 이어지며 네 명의 황금무장이 율지환의 발 앞으로 굴러왔다. 무쇠처럼 단단한 몸을 지녀 팔다리가 절단되지는 않았지만 상당한 부상을 입은 듯했다.

율지환은 가볍게 미간을 찌푸렸다.

'대체 누가……?'

황금무장은 황금성이 탄생시킨 무적의 병기다. 약물과 대법으로 단련된 그들은 금강불괴지신에 가까워 어떤 무공으로도 격파되지 않는다. 그런 그들을 쓰러뜨린 자들의 무공이라면 가히 절세 급이라 할 수 있었다.

"차앗!"

율지환은 어두운 암공을 향해 채찍을 휘둘렀다. 일단은 벽라기환술을 벗어나야 했다. 혈훼의 기환마진 내에서는 그의 마공이 제 위력을 발휘할 수 없다.

한데 어둠 속에서 한 자루 검이 날아들었다. 검극에서 시퍼런 번갯불을 피워내는 검은 바로 뇌천검이었다.

"엇?"

율지환이 경호성을 발하는 순간, 황금 채찍과 뇌천검이 충돌했다.

콰아앙!

엄청난 폭음과 함께 두 사람이 뒤로 밀려났다.

기환마진 속의 공간은 무한대로 넓다. 사람의 형체 외에는 아무것도 보이지 않으며 어떤 은폐물도 없다. 딛고 선 바닥도 기환술에 의해 형성되었기에 발끝에 걸릴 돌부리 하나 박혀 있지 않았다.

일초의 격돌을 통해 백무향은 들끓는 기혈을 가라앉히느라 깊이 숨을 들이켰다.

"오랜만이다, 금강마존."

율지환은 무심한 눈빛으로 백무향을 직시했다.

"네가 언제부터 벽라마원의 수하가 되었느냐?"

"당당한 뇌천검제가 어떻게 마도에 물들겠느냐? 대마두인 널 죽이기 위해 이번 한 번만 협조하기로 했다."

"너 혼자가 아니로구나?"

"물론이다."

백무향은 뇌천검을 비껴 들었다.

"나보다는 내 아우가 널 더 죽이고 싶어한다."

그러자 어둠 속에서 다소 경박스런 웃음소리가 들려왔다.

"헤헤, 천하의 사마들은 이 도승께서 멸할 것이다."

휘리링―!

커다란 원반 강기가 맹렬하게 회전하며 날아들었다. 태극

도형의 형상을 갖춘 강기였다.

"태청강기?"

율지환이 금빛 눈썹을 꿈틀거리며 빙글 회전했다. 길게 뻗어나간 황금 채찍이 선회하며 강력한 방어벽을 형성했다.

콰― 콰쾅―!

격렬한 굉음에 암흑 공간 전체가 심하게 요동쳤다.

"에고, 지독한 마공이다."

장난스런 비명 소리와 함께 무을이 백무향 옆으로 내려섰다. 그는 몇 군데 찢어진 도사복을 살펴고는 눈알을 데굴데굴 굴렸다.

"형님, 역시 대마두답게 단독 대결로는 어렵겠소. 합공을 펼칩시다."

"마공을 상대하는 데에는 도문이나 불문 무공이 더 효과적이다. 네가 앞장서라. 내가 지원하겠다."

"무, 무슨 말씀을 하는 거요? 형님은 전설의 뇌천검제가 아니시오? 사실 내가 개입하는 것만도 형님의 명성에 누가 되는 일이오. 난 그저 지켜볼 테니 형님이 싸우시오."

"뭐야, 나 혼자 싸우라고?"

무을은 그의 귀에 대고 속삭였다.

"그게 아니오. 내가 마두의 배후를 기습하겠소."

백무향은 짜증스런 표정으로 그를 밀쳤다.

"이 녀석아, 작전을 구사하려면 전음으로 말했어야지? 상대한테 다 들리도록 떠들어대 놓고 기습을 노린단 말이냐?"

두 사람의 실랑이를 바라보던 율지환이 건조한 음성으로 물었다.

"강호에 도불쌍절의 제자가 출도했다고 들었는데 바로 네가 무을 도승이냐?"

무을이 눈치를 살피며 백무향에게 물었다.

"형님, 내 신분을 밝혀도 되는 거요? 이러면 황금성의 마귀들이 날 죽이려고 쫓아오지 않겠소?"

"넌 명성을 얻고 싶다면서? 그런 녀석이 신분을 숨기려 들면 되겠냐?"

"아, 그렇군."

무을은 가슴을 펴고는 당당히 대꾸했다.

"오냐, 내가 바로 무을 도승이다. 향후 사마악도들은 나 무을의 이름만 들어도 백 리 밖으로 달아날 것이다."

"네 사부 도불쌍절은 오랜 세월 우리 오대마단을 추적하면서 무던히도 괴롭혔다. 쌍절을 대신해 네놈이 속죄를 하러 왔구나."

"헤헤, 당신 말이야, 귀가 아주 나쁘군. 속죄를 할 사람은 내가 아니라 바로 너희 같은 마귀들이다."

"어차피 죽여야 할 놈들인데 한꺼번에 죽이게 되어 오히려 본좌의 수고를 덜어주는구나. 자, 어서 덤벼라."

무을이 다소 주눅이 들어 백무향에게 물었다.

"형님, 어째 달아나려는 기미가 전혀 없소? 이 대 일의 승부인데 전혀 겁먹지 않는 것 같소."

"솔직히 쉽지 않은 상대다. 일전에 잠깐 겨뤄보았는데 이길 자신이 없었다. 물론 그동안 내가 무공이 크게 증진되었지만 지금도 장담할 수 없다."

"그 얘기를 왜 이제야 하는 거요? 난 형님처럼 목숨을 걸고 싸워야 할 이유가 없소."

"우는소리 그만 해. 네가 도불쌍절의 제자인 이상 오대마단과 싸우는 것은 숙명이다. 네가 피하려 해도 저들이 가만두지 않을 테니까."

백무향은 뇌천진기를 운기하며 율지환을 향해 뇌천검을 겨누었다.

"율지환, 지난번에는 내가 미약 때문에 제 실력을 발휘하지 못했다. 오늘은 확실하게 보여주겠다."

"네놈은 정말 불행하다. 당시 간악한 혈훼에게 끌려간 것이 첫 번째 불행이며, 이번에 혈훼의 꼬임에 넘어가 감히 본좌와 겨루려 하는 것이 두 번째 불행이다. 무엇보다 가장 큰 불행은 마왕지상을 지닌 네가 운명을 거부했다는 점이다."

허공으로 치솟은 율지환이 황금 채찍을 휘둘렀다.

"마극참(魔極斬)!"

위이잉—!

웅후한 파공성과 함께 화려한 금빛 기운이 암흑 공간을 뒤덮었다.

퍼— 퍼퍼펑—!

잇단 폭음과 함께 어둠이 찢어지며 환한 빛과 함께 빗방울이 쏟아져 내렸다. 기환마진이 깨진 것이다.

혈훼가 백무향 옆으로 내려서며 차갑게 외쳤다.

"왜 막지 않은 것이냐? 어서 합공을 펼쳐라. 다시 기환마진을 펼치겠다."

"그만둬. 너의 기환마진 속에서는 나도 힘을 제대로 쓰지 못하겠다."

"좋아, 어서 서둘러. 황금무장 하나가 죽으면서 황금폭죽을 터뜨렸다. 오래지 않아 황금성 정예들이 들이닥칠 것이다."

혈훼는 무을에게 눈짓을 보내고는 율지환의 좌측으로 이동했다.

품(品) 자형 진세.

백무향이 율지환과 마주 섰고 혈훼와 무을이 율지환의 좌우를 노렸다. 네 사람 모두가 세상을 진동시킬 절세고수들. 그들 넷이 대치해 서자 빗방울이 허공에서 으스러지고 대나무가 저절로 쪼개졌다.

율지환이 아무리 천하의 대마두라 해도 백무향과 혈훼, 무을의 합공은 감당할 수 없다. 하건만 심각한 위기 속에서도 그의 표정에는 전혀 변화가 없었다.

백무향은 그의 당당한 자부심과 의연함에 내심 감탄하고 말았다.

'과연 오행제일이라 자부할 만한 대마두로군. 과거 파천마황이 삼성의 합공 속에서도 도주하지 않고 장렬한 최후를 맞이했다던데 율지환 역시 달아날 자가 아니다.'

죽음에 무관심한 상대와의 대결은 부담스러울 수밖에 없다. 목숨에 연연하는 사람은 전력을 다해 싸우는 상대와 달리 삼 푼의 힘을 남겨 자신의 목숨을 지켜야 하기 때문이다.

백무향이 좀처럼 공세를 펼치자 않자 혈훼가 먼저 선공에 나섰다.

"귀겁난환(鬼劫亂幻)!"

그녀의 패환마검이 전개되자 귀신의 울음소리가 울려 퍼졌다. 마치 유계에서 들려오는 듯한 섬뜩한 파공성이었다. 이어 무을이 무당의 태청검법으로 율지환의 우측을 공격했다.

"천해도광(天海韜光)!"

청아한 검음은 확실히 혈훼의 마검법과 비교되었다. 두 명이 좌우에서 공격을 펼쳤건만 율지환은 여전히 반응을 보이지 않았다. 백무향을 직시하는 그의 눈빛이 이렇게 말하는 것 같았다.

너도 어서 합세해라!

백무향은 바닥을 박차고 허공으로 솟구쳐 올랐다.

“천뢰광류섬!”

파지직—!

빗줄기에 섞인 시퍼런 섬전이 연속적으로 내리꽂혔다. 동시에 쏟아지는 세 절세고수의 공세는 가히 하늘과 땅을 뒤바꿀 정도였다.

율지환이 비로소 반응을 보였다.

“금류도천파(金流度天破)!”

이 장 길이의 황금 채찍이 마치 여의봉처럼 꼿꼿하게 뻗어나가며 급격하게 사위로 확산되었다.

일순 강렬한 황금마공에 백무향은 너무도 눈이 부셔 제대로 검초를 유지할 수가 없었다. 그뿐만 아니라 혈훼와 무을도 마찬가지였다. 그들의 공세가 주춤하는 사이 율지환이 힘찬 기합성을 외치며 무을을 향해 수평으로 황금 채찍을 휘둘렀다.

“에고!”

무을은 놀란 비명을 발하며 급히 뒤로 물러섰다. 하지만 그를 노렸던 율지환의 공세는 허초였다. 율지환의 표적은 애초부터 혈훼였기에 황금 채찍이 급선회하며 혈훼의 머리 위로 내리꽂혔다.

혈훼는 급히 패환마검을 휘둘렀다.

차차창—!

날카로운 금속성이 터지며 혈훼가 신음을 흘리며 뒤로 미끄러졌다. 일초 격돌로 내상을 입은 듯 입술을 비집고 가늘 핏줄기가 흘러나왔다.

"간악한 계집! 너부터 죽여주겠다!"

율지환의 황금 채찍이 엄청난 파공성을 발하며 날아들었다. 혈훼는 마치 산악이 무너지는 듯한 압박감에 맞설 엄두가 나지 않았다.

이 순간 백무향이 허공을 밟고 날아들며 뇌천검을 휘둘렀다.

"마두, 네 상대는 나다!"

제칠초 야뢰비류섬이 전개되자 사위의 빛이 차단되며 온통 번갯불로 번득였다. 상당한 위협을 느낀 율지환이 급히 몸을 뒤집으며 황금 채찍을 빠르게 회전시켰다.

콰― 콰콰쾅!

귓청을 찢는 폭음에 수천 그루의 대나무가 동시에 터지며 허리를 꺾었다. 그러나 소중한 벽죽림의 참상은 이제부터가 시작이었다.

삼 대 일로 시작된 대결은 율지환과 백무향의 맞대결로 변모되었다. 혈훼가 간혹 패환마검으로 지원했고 무을이 태청강기를 날렸지만 전력을 다하는 모습은 아니었다.

백무향은 뇌천검법과 더불어 폭염마공까지 구사했지만 율지환의 황금 채찍과 황금마공을 상대하기가 쉽지 않았다. 더군다나 율지환은 죽음을 도외시한 공세를 펼쳤기에 백무향으로서는 조금씩 뒤로 밀릴 수밖에 없었다.

"젠장, 보고만 있을 거냐?"

백무향이 사납게 질책하자 도을이 허공 높이 솟구쳐 올랐다.

"대마두는 태상노군의 노여움을 받으라!"

허공을 딛고 선 도을은 연속적으로 태청강기를 내던졌다. 동시에 혈훼가 벽라기환술을 전개하자 사위가 칠흑 같은 암공으로 화했다.

"혈훼, 어서 기환마진을 거둬라!"

백무향이 짜증스럽게 외쳤지만 혈훼는 진세를 그대로 유지했다. 다른 사람은 몰라도 기환마진이 펼쳐지면 자신은 절대적으로 안전하기 때문이다.

"시간이 없다. 최후 합공을 펼치자!"

그녀의 벽라기환술이 최고조에 이르자 암흑 공간이 비틀리며 세 사람은 심한 현기증과 압박감에 시달렸다. 분명 똑바로 선 것 같은데 몸이 자꾸 한쪽으로 기울어지고 보이지 않는 암경이 어깨를 짓눌렀다.

무을은 한 구절 불경을 외우고는 힘껏 쌍장을 내뻗었다.

"반야바라밀다신공!"

소림 최고의 무상 절기였다. 불문의 절기답게 마력을 제압하는 신비로운 기운이 담겨 있었다.

율지환의 황금마공이 급속도로 위축되었다. 그가 처음으

로 빈틈을 보이자 백무향은 뇌천검을 두 손으로 감싸 쥐었다.

"초범무뢰섬!"

일순 한줄기 섬광이 하늘과 땅을 갈랐다.

번—쩍—!

세상의 모든 빛과 소음이 사라진 가운데 한 자루 검이 불꽃을 발하며 날아들었다. 빛과 불꽃에 휩싸인 검만 보일 뿐 사람의 모습은 보이지 않았다.

바로 뇌천검법 제십일초인 신검합일이었다.

율지환은 빛이 되어 날아드는 뇌천검을 직시하며 비로소 자신의 최후를 예감했다. 신검합일은 그가 대비하고 있는 상황에서도 가장 감당하기 힘든 초상승 절기다. 한데 벽라기환술과 반야바라밀다신공으로 인해 그의 황금마공이 급격하게 위축된 상태였다.

그는 반격을 포기한 듯 두 팔을 가슴 앞에 교차하며 극한의 호신강기를 발출했다.

콰아앙!

어마어마한 굉음이 터지며 어둠의 장막이 갈가리 찢겨졌다. 충돌의 여파에 벽라기환술이 깨진 것이다.

반탄력에 튕긴 뇌천검이 허공 높이 치솟았다가 곤두박질쳤다. 신검합일이 해소되며 모습을 드러낸 백무향이 검을 쥐고 바닥으로 내려섰다.

상당한 내상을 입은 듯 그의 안색이 해쓱했다. 입가를 타고 피가 흘러내렸다.

물론 율지환은 더한 치명상을 입고 말았다. 호신강기를 꿰뚫은 뇌천검이 순간적으로 그의 심장을 관통한 것이다. 그의 화려한 금룡포가 붉게 물들었다. 심장 부위에서 배어 나온 붉은 피가 빗물을 타고 이내 바닥까지 적셨다.

"네 목은 내가 베겠다!"

무을이 회심의 미소를 지으며 날아들었다. 한데 거의 절명한 듯 보였던 율지환이 빙글 회전하며 황금 채찍을 휘둘렀다.

퍼엉—!

"악!"

방심한 상태에서 일격을 맞은 무을이 사색이 되어 부르르 떨었다.

"이, 이럴 수가? 설마 불사지체란 말인가?"

혈훼가 눈알을 굴리다가 득의의 미소를 머금었다.

"아니다, 율지환은 이미 죽은 몸이다. 다만 마교의 대법으로 잠시 목숨을 연장하고 있을 뿐이다."

한데 이때였다. 죽림 저편에서 연이은 폭음이 울려 퍼지며 긴 장소성이 들려왔다.

"우우우—!"

혈훼의 표정이 해쓱하게 변했다.

"어서 피해! 황금전사들이다!"

무을이 고깝다는 표정을 지었다.

“대마두가 죽었는데 무슨 걱정이야? 졸개들마저 모조리 죽이면 황금성도 현판을 내리게 되겠지.”

“미친 소리 마라. 황금성에는 아직 삼상이 건재하다. 그들의 무공 또한 율지환에 못지않다. 황금삼상이 당도하기 전에 피해야 한다.”

혈훼가 앞서 몸을 날리려 하자 백무향이 그녀를 가로막았다.

“이제 밝혀라. 어떻게 해야 소견의 마성을 씻어낼 수 있는 거냐?”

“그게 급한 게 아니잖아? 일단 최대한 멀리 피신해야 돼.”

“입 닥치고 어서 얘기나 해!”

백무향의 강경한 태도에 혈훼가 나직이 한숨을 쉬었다.

“소수마후는 죽었지만 무덤에 묻히지 않았다. 좌화된 상태로 사당에 안치돼 있다고 들었다.”

“그런데?”

“과거 악마교의 마공 중에 죽어서도 원혼을 자신의 얼굴에 새겨둘 수 있는 무서운 대법이 있다. 사흔마령심법(死痕魔靈心法)이라고 알고 있다. 하기에 소견은 소수마후의 시신을 대할 때마다 마성에 깊이 빠져들 수밖에 없다.”

“그렇다면 소수마후의 시신을 파괴해야겠군. 그러면 소견이 깨어날 수 있는 것이냐?”

“가능하다.”

혈훼는 짤막하게 대꾸하고는 서둘러 경공술을 펼쳤다.

백무향은 소견을 회복시킬 방도를 들었기에 더는 가로막지 않았다. 한데 백여 장 밖으로 멀어진 혈훼가 전음을 보내왔다.

"아, 한 가지 잊은 게 있다. 소수마후의 시신을 파괴하면 소견은 광기를 일으켜 참혹하게 죽게 된다. 그러니 함부로 소수마후의 시신을 훼손하면 안 된다."

분통이 터진 백무향은 혈훼가 사라진 죽림으로 뛰어들었다.

"거기 서, 이 간사한 마녀야!"

한데 혈훼의 감미로운 전음이 다시 들려왔다.

"백무향, 오늘 고마웠다. 그리고 금강마존을 죽인 네 검법은 정말 훌륭했다. 앞으로 사령독고를 발작시키는 일은 삼가야 할 것 같구나. 너희도 어서 피해라."

휘청거리는 대나무 가지 끝을 밟고 선 백무향은 이를 부득부득 갈았다. 혈훼의 교활한 속임수에 넘어가 공연히 금강마존과 사투를 벌이게 되었으니 피가 끓지 않을 수 없었다.

"눈깔 시퍼런 마녀야, 내 손에 걸리기만 해! 내 분이 풀릴 때까지 때려죽일 테니까!"

제 39 장

노형은 좋은 사람

1

황금성주 금강마존이 사망한 것으로 추정됨.

단 한 줄의 전서통문에는 전후 사정에 대해 전혀 설명이 없었다. 아마도 워낙 중대한 사안이었기에 사천성의 정보 수집소에 지급으로 발송한 듯했다.

태옥교 역시 너무도 충격적인 소식에 한동안 머릿속이 멍해졌다. 이것이 꿈은 아닌지 그녀답지 않게 자신의 볼을 꼬집어보기도 했다.

황금성주가 누구이던가.

스스로 오행제일임을 자부하던 대마두이다. 만일 오행마

단의 통합이 이루어진다면 그 주역이 바로 금강마존임을 누구도 의심치 않았다.

그는 오대마신 중 최강인 황금마신의 후계자이지만 일설에 의하면 파천마황의 환생이라 할 만큼 많은 부분에서 일치한다고 하였다.

좀처럼 감정을 드러내지 않는 무심한 용모와 냉철한 판단력, 그리고 절대 물러서지 않는 자부심은 살아생전의 파천마황을 빼닮았다고 하였다. 다만 한 가지 결정적으로 부족한 점은 체질과 근골이었다. 하기에 전설적인 마왕지상을 지닌 파천마황에 절대 미칠 수 없는 것이다.

태옥교는 창문을 활짝 열었다.

완연한 봄날이기에 훈훈한 공기가 흘러들어 왔다. 제철을 맞아 활짝 핀 꽃의 향기가 달콤하다.

과거 혈사성의 본거지였던 곳이지만 그녀가 점령한 이후 태백별궁으로 바뀌면서 전체적인 조경도 여산 태백궁과 유사하게 변모되었다. 아직 여러 면에서 부족함이 많지만 그녀는 태백별궁에 남다른 애정을 쏟았다.

여산 태백궁은 훌륭한 전망을 지녔지만 강남에 위치한 데다 접근로가 수월치 않아 다수의 문파와 교류하는 데 어려움이 많았다. 이는 물론 그녀의 부친인 광명신검이 천하인들의 우려를 잠재우기 위해 일부러 무림계에서 외진 곳을 선택한 탓이었다.

여산에 비하면 낙양에 위치한 태백별궁은 위치상 대륙의 중심이기에 무림계를 관장하기에 훨씬 유리했다.

가까이에는 소림이 있고 무당과 화산과도 멀지 않다. 무엇보다 사통팔달의 관도가 이어져 세상 끝까지도 통한다. 하기에 그녀는 향후 여산 태백궁을 낙양으로 통째로 옮길 엄청난 계획까지 세워두고 있었다. 물론 그녀의 부친인 광명신검이 생존해 있는 한 불가능한 일이겠지만.

'금강마존 율지환이 죽었다. 물론 추정이기에 아직 확인되지는 않았다. 하지만 이런 중대 사안을 지급으로 보내왔다면 정보를 접한 분소장이 나름대로 판단을 했기 때문이다.'

그녀는 설레는 가슴을 억누르며 골똘히 생각에 잠겼다.

'최근 들어 오행마단의 행보가 지나치게 드러나 있다. 자칫 왜곡된 정보일 수 있으니 지레짐작해서는 안 돼.'

천하 각처에서 날아든 전서통문은 매 시진 문서철로 정리돼 그녀에게 올라온다. 정리되는 와중에 각 전각으로 분배되지만 중대 사안은 반드시 그녀의 검토를 거쳐야 한다.

한 시진이 그렇듯 길게 느껴지기도 드문 일이었다.

시비가 새로운 문서철을 집무실로 들여왔다. 전서통문으로 꾸며진 문서철은 홍색과 황색으로 구분돼 있다. 홍색은 긴급히 보고되어야 할 정보를 뜻한다. 한동안 그녀의 부친에 관한 정보는 금색으로 분류되었는데 이제 금색은 폐지된 상태다.

　태옥교는 차갑게 식은 차를 한 모금 마시고는 천천히 문서
철을 열었다. 그녀의 하얀 손이 절로 떨린다.

　금강마존의 사망은 아직 확인되지 않았음. 하지만 사망했을
가능성이 아주 높음. 금강마존을 쓰러뜨린 영웅은 뇌천공자와
무을 도승으로 사료됨.

　앞서보다 많은 내용을 담고 있었다.
　불행하게도 금강마존이 죽지 않았을 가능성이 높아졌지만
두 사람의 존재가 언급되었다는 사실에 태옥교는 심장이 세
차게 뛰었다.
　“뇌천공자와 무을 도승이 금강마존과 격돌했단 말인가?”
　그 내용이 사실이라면 잘못된 정보일 가능성은 희박하다.
　태옥교는 오행마단과 잦은 접촉을 가져온 백무향에 대해
눈여겨보고 있었다. 태백궁의 수십 개 정보 수집소보다 더 귀
중한 정보를 제공해 준 사람이 백무향이었다.
　그녀가 무을 도승을 자극해 백무향을 따르도록 부추긴 것
도 오행마단의 동향을 좀 더 상세하게 파악하기 위함이었다.
한데 무을이 백무향과 협력해 대마두 금강마존과 격돌했다는
것은 상상을 넘어서는 성과가 아닐 수 없었다.
　태옥교는 재차 문서철의 전서통문을 한 글자 한 글자 분석
하고는 고개를 끄덕였다.

"현 무림에서 금강마존을 상대할 수 있는 고수는 뇌천공자와 무을 도승뿐이다. 그들이 협력했다면 금강마존도 쓰러뜨릴 수 있지. 실로 엄청난 공적을 세운 거야."

그녀는 가슴으로 젖어드는 희열과 통쾌함에 성적인 흥분마저 느꼈다. 만일 무을 도승이 눈앞에 있다면 마음껏 안아주고 싶을 정도로.

"마침내 대마두가 쓰러졌다. 죽지 않았다 해도 치명상을 입었다면 황금성은 급속도로 위축될 수밖에 없어."

그녀가 이렇듯 금강마존에 대해 집착하는 이유는 부친이 귀환한 후 일러준 경고 때문이었다.

"오행마단의 종주들은 하나같이 뛰어난 마공의 소유자들이었다. 비교적 무공이 약한 지옥마존이라 해도 무상인 벽력도왕이 나서야 상대할 수 있을 것이다. 축융화탄을 지닌 축융장왕은 지략으로 상대해야 할 자이기에 제외한다 하더라도 다른 삼 개 마단의 종주들은 실로 위협적이다. 소수마후의 소수마공은 아비도 감당하기가 쉽지 않았으면 암흑상아의 벽라기환술은 마공이라기보다 마법에 가깝다. 그러나 무엇보다 두려운 존재는 황금성주인 금강마존이다. 그자는 아비와 단독 대결을 펼치고도 패하지 않았다. 만일 그에 의해 오행마단이 통합된다면 오행천의 혈겁을 막을 수가 없을 것이다."

태옥교는 부친의 경고를 되새기고는 안도의 한숨을 내쉬
었다.

'아버님, 이제 안심하십시오. 금강마존이 쓰러졌습니다.
또한 지옥마존과 축융장왕도 저들의 내분 속에서 죽었습니
다. 이제 소녀가 상대해야 할 자들은 두 마녀뿐입니다.'

그녀가 거론하는 두 마녀는 물론 암흑상아 혈훼와 환희마
후 소견이다.

두 마단을 병합한 소견이 절대마녀로 새롭게 부각되었지
만 백무향과의 각별한 관계임을 감안한다면 의외로 쉽게 해
결될 가능성이 있었다. 만일 기적적으로 환희마궁이 와해된
다면 오행마단의 공포는 벽라마원 하나에 지나지 않는다.

'아, 어쩌면 백 년 동안 이어져 내려온 오행마단의 공포가
내 대에서 정리될 것 같아. 벽라마원 정도라면 태백궁만으로
도 충분히 감당할 수 있다. 이로써 아버님과 나 이대에 걸친
영광이 유지될 수 있어.'

태옥교는 행복한 상상에 춤이라도 추고 싶은 심정이었다.

그녀의 나이 불과 일곱 살 때부터 오행마단의 위협에 대해
알게 되었다. 워낙 총명한 그녀는 태백궁 혼자의 힘으로 오행
마단을 감당하기 어렵다 판단해 현사군 부자를 이용하여 사
파 세력을 결집시켰다. 그것이 바로 혈사성이다.

그러나 안타깝게도 현사군은 그녀의 고충을 이해하지 못
해 적이 되었고 결국은 그녀 손에 제거될 수밖에 없었다. 그

녀 일생에 처음 겪는 좌절이며 아픔이었다.

한데 그녀에게 새로운 희망이 찾아왔다.

과거를 기억하지 못하는 절세고수 백무향. 영외에서 중원으로 건너온 그와의 만남은 충격이며 경악이었다. 절대 수긍할 수 없지만 그가 이백 년 전의 마정쌍제 중 한 사람일 가능성을 부인하지 못한 것이다.

백무향의 출현으로 오행마단의 판도가 급변했다.

부친 광명신검이 구출되는 와중에 지옥마부의 정체가 드러났고, 백무향을 차지하기 위한 황금성과 벽라마원의 대결도 전개되었다. 인정하고 싶지 않지만 과거에 태백궁을 중심으로 돌아가던 천하가 이제 백무향을 중심으로 움직이는 것 같았다.

태옥교는 한때 자신이 움켜쥘 뻔했다가 놓쳐 버린 백무향을 떠올리며 깊이 숨을 들이켰다.

'생각해 보니 진정 무서운 존재가 남아 있었군. 만일 그가 자신의 기억을 회복하고 과거의 비밀을 밝혀낸다면 오행천의 혈겁이 재현될 수 있다. 그는 마왕지상의 소유자라 오행마단이 그에 의해 규합될 수 있음을 감안해야 돼.'

그녀의 계속된 고민은 새로운 문서철을 가져온 시비에 의해 깨어졌다.

또다시 올라온 문서철.

태옥교는 찻물이 끓는 동안 잠시 기다렸다가 따뜻한 차를 마신 후에야 문서철을 열었다. 역시 금강마존에 대한 전서통문이 첫 번째로 게재돼 있었다.

무을 도승이 금강마존의 죽음을 직접 공포하였음. 자신이 금강마존을 살해했으며 뇌천공자가 협력했다고 실토. 자신이 금강마존을 찾아낸 것은 대공녀의 도움을 받았기 때문이라며 태백궁의 지원이 있었음을 인정하였음.

태옥교는 피식 실소를 지었다.

"아마 사실과 다를 거야. 뇌천공자가 금강마존과 대결했고 무을 도승이 조금 협력했겠지. 무을 도승의 무공으로는 절대 금강마존을 죽일 수 없는 상황이다."

매 시진 올라온 세 건의 전서통문을 통해 태옥교는 이번 사건의 전모를 충분히 파악할 수 있었다.

두 사람이 어떻게 금강마존을 만났는진 몰라도 의기투합을 한 것은 확실했다. 둘 모두 강호정기를 수호하는 대의(大義)와는 조금 거리가 먼 사람이라 해도 굳이 구분하자면 백색에 가깝다. 그들이 협력했다는 것은 무림천하를 위해서라도 진정 다행한 일이 아닐 수 없었다.

그녀는 의미심장한 미소를 머금었다.

'자세한 내막은 무을 도승을 만나면 알게 되겠군. 엄청난 공을 세웠으니 득달같이 날 만나러 올 거야. 나한테 자신의

공적을 자랑하고 싶을 테니까. 충분히 인정할 공적이니… 한 번쯤 안아줘 볼까?'

그러다 여산 태백궁에 생각이 미치자 표정이 심각해졌다.

'가만, 자칫 황금성 마인들이 태백궁을 급습할 수도 있다. 무을 도승의 공포 때문에 내가 두 사람을 배후에서 조종한 것으로 오인할 소지가 분명해.'

이곳 별궁보다 여산 태백궁의 경계가 철저해 웬만한 침공은 우려하지 않아도 된다. 하지만 분노한 마인들이기에 눈이 뒤집혀 수단과 방법을 가리지 않는다면 엄청난 피해를 입을 수도 있는 일이었다.

'그래, 그동안 태백궁을 떠나온 지 너무 오래되었어. 혈사성 잔당들까지 소탕되었으니 당분간 강호에 분란은 없을 거다. 태백궁으로 가봐야겠다.'

태백궁을 떠올리자 태백 연공실에서 폐관 수련에 전념하고 있을 부친의 영상이 가슴으로 파고들었다.

'아버님……'

그녀는 두 손을 모으며 간절하게 기원했다.

'아버님, 제발 존체를 보중하십시오. 더 이상 오행마단의 저주로 인해 우려하지 않으셔도 됩니다. 그저 아버님께서 존재하시는 것만으로도 천하는 안정될 수 있습니다. 무리한 연공을 그치시고 제발 출관하시기를 원하옵니다.'

2

반사곡 앞 병자들도 이제 그를 알아보고 아무도 접근하지 않았다. 공연히 아쉬운 소리를 해봤자 호통밖에 돌아오는 것이 없고 자칫 내쫓길 수도 있다는 두려움까지 느끼고 있었다. 이미 수차례나 반사곡을 출입했기에 병자들은 모두 그를 반사귀선의 친인으로 인정하였다.

병자들 사이를 지나치는 청년은 물론 백무향이었다.

그는 금강마존과 일전을 벌인 후 곧바로 황산 반사곡으로 달려왔다. 워낙 빠른 행보였기에 그는 무을이 떠벌린 풍문을 아직 듣지 못한 상태였다.

병자들이 자신을 소 닭 보듯 쳐다보기만 하자 백무향은 슬며시 장난기가 발동했다.

"병을 치료하고 싶지 않은 건가? 왜 부탁하는 사람 한 명 없어?"

그러다 병자들이 우르르 몰려들자 그는 부리나케 반사곡 입구로 달아났다.

"내 몸에 손가락 하나 대지 마! 가만두지 않을 테니까!"

곡구에 설치된 반사몽환진의 출입 방법을 알아두었기에 그는 전처럼 반사귀선을 소리쳐 부르지 않아도 되었다.

여인의 안색은 다소 파리했지만 미소가 해맑았다. 병들고 상처 입은 짐승들을 돌보는 손길이 따뜻했고 상처가 치유된 짐승들과 마주치는 눈길이 정겹다.

"그래, 이제 잘 뛰어다니네. 앞으로 덫에 걸리지 않게 조심해야 돼, 알았지?"

한데 그녀의 손을 핥아주던 고라니가 기겁을 하며 달아났다. 고라니뿐만 아니라 그녀 주변에서 뛰놀던 짐승들까지 늑대를 만나 염소 떼처럼 사방으로 흩어졌다.

곡구 쪽을 돌아본 여인이 상기된 모습으로 달려갔다.

"공자님!"

그러했다. 미소가 해맑은 여인은 바로 소엽이었다.

"소엽!"

백무향은 반색을 지으며 양팔을 벌렸다. 한데 소엽은 그 앞에 이르러 옷깃을 여미며 큰절을 올렸다.

"공자님께 또 한 번 큰 은혜를 입었습니다."

"뭐 하는 거야? 내가 사해문 태상문주로 있었을 때도 이따위 격식을 금한 나야. 어서 일어서지 못해?"

백무향이 소엽을 부축해 일으키곤 와락 끌어안았다.

"깨어났구나. 정말 다행이다, 소엽."

"모두 공자님 덕분입니다. 공자님께서 귀한 용담을 구해오신 덕분에 제가 깨어나게 되었습니다."

백무향은 포옹을 풀고는 짐짓 엄한 표정을 지었다.

"한데 너 말이야, 누구 허락받고 함부로 짐독을 마셨나?"

“공자님……”

“네 목숨이 너 하나의 것이 아닌 것을 잘 알잖아? 자칫 나까지 비명횡사할 뻔했어. 너도 알고 있지?”

“송구합니다. 하지만 짐독은 자연적인 죽음과 가깝기에 사령독고가 발작하지 않는다고 들었습니다. 설사 제가 죽는다 해도 공자님은……”

“멍청한 아가씨, 내 말을 정말 못 알아듣는군. 나 죽는 게 두려워서가 아니라 소엽을 걱정해서 하는 소리야. 마굴을 벗어나 밝은 세상에서 살게 되었는데 왜 죽으려고 해? 다시는 그런 짓 하지 마. 알겠어?”

소엽은 감동에 젖어 눈물을 글썽거린다.

“예… 공자님.”

“이런, 또 울려 하는군. 남들이 보면 내가 매번 너를 야단치는 줄 알겠다.”

“흑, 송구합니다.”

“자, 도란도란 얘기나 해볼까?”

백무향이 나무 의자에 앉자 소엽이 차를 내왔다.

“어째 조용하군. 귀선 노형은 안 계시냐?”

“예, 약재를 구하신다면서 잠시 출타하셨어요.”

“그래?”

눈빛을 반짝인 백무향은 마시던 차를 내려놓고는 소엽을 번쩍 안아 들었다.

초옥으로 들어선 백무향은 소엽을 침상 위에 눕혔다.

"그러고 보니 소엽을 안아본 지도 오래된 것 같군."

소엽의 얼굴이 발갛게 물들었다. 그녀는 부끄러운 심정에 두 손으로 얼굴을 가렸다.

"공자님, 아직 환한 대낮입니다."

"그게 무슨 상관이냐? 중요한 건 상황이다. 장소와 시간은 전혀 중요하지 않아."

백무향은 소엽의 앞자락을 열고 그녀의 부드러운 피부에 볼을 비볐다.

"흐음, 좋군. 소엽은 너무 부드러워 솜털 같아. 꼭 끌어안아도 바람처럼 빠져나갈 것만 같으니 말이다."

그의 손이 젖가슴 가리개 아래쪽으로 파고들자 소엽은 눈을 질끈 감았다. 벽라마원에서 그와 몇 번 살을 섞기는 했지만 이런 흥분과 짜릿함은 처음이었다.

벽라마원 내에서는 누군가 지켜보고 있을 거라는 생각에 말 한마디 행동 하나에도 주의를 기울여야 했지만 반사곡에 서는 아무도 지켜보는 사람이 없다. 더군다나 사부까지 외출한 상황이기에 둘만의 세상.

백무향이 그녀의 젖가슴을 부드럽게 애무하면서 입을 맞추었다. 창백한 안색과 달리 그녀의 입술은 의외로 뜨거웠다. 그가 벽라마원 같은 마굴에서 소엽을 신뢰한 것도 이렇듯 뜨거운 입술을 지녔기 때문이었다.

다소 긴장이 풀린 소엽이 입술을 벌리며 그의 목을 끌어안았다. 뜨거운 입맞춤으로 소엽의 몸이 달아오르자 백무향은 천천히 그녀의 옷을 벗겼다. 워낙 여린 심성의 여인이기에 조심스럽게 다뤄야 했다.

한데 이때였다. 멀리서 청아한 새 울음소리가 들려왔다.

"어머나!"

깜짝 놀란 소엽이 그를 밀치며 급히 옷자락을 여몄다.

"붕새의 울음소리예요. 사부님께서 돌아오셨나 봐요."

소엽은 멋쩍은 미소를 짓고는 초옥을 나갔다.

빈 침상에 벌렁 누운 백무향은 절로 욕설이 터져 나왔다.

"염병, 눈치없는 늙은이. 나중에 오던가 아니면 진작부터 있던가 할 것이지 왜 하필 지금이야?"

매실로 담근 술이 아주 향기로웠다.

백무향은 매실주를 한 모금 마시고는 혀로 입가를 핥았다.

"흐음, 향이 깊은 것으로 미루어 족히 십수 년은 묵은 술 같군. 이 좋은 술을 여태 숨겨두고 있었단 말이오?"

"좋은 술은 좋은 친구를 만나야 제 향기를 발하는 법일세."

"하하, 그 말은 이제 나를 인정한다는 뜻이로군."

반사귀선은 담담한 미소를 머금었다.

"그렇게 생각해도 무방하네. 이번에 자네가 엄청난 공을 세웠더군. 내가 강호의 분란에는 개입하지 않지만 그래도 혈겁은 피하고 싶네. 노제 덕분에 무림계의 근심이 하나 사라진 셈일세."

"지금 무슨 얘기를 하는 거요?"

"황금성주를 자네와 무을이 제거했다고 하더군."

백무향이 의아한 표정으로 물었다.

"아니, 어떻게 그 소문이 퍼진 거요? 그렇게 소문이 날 상황이 아니었는데?"

"무을이 자신의 공을 자랑하기 위해 떠들고 다녔다고 하네. 풍문에 의하면 무을이 대마두 금강마존을 죽였고 노제가 조금 도왔다고 하더군. 금강마존의 소재는 태옥교가 알려주었다 했으니 태백궁에서도 지원한 셈이지."

백무향이 탁자를 치며 화를 냈다.

"하여간 그 자식, 주둥이부터 꿰매놓아야 돼. 중도 아니고 도사도 아닌 놈이 명성은 엄청 밝혀요. 그리고 세상에 알릴 거면 사실대로 말해야지 왜 거짓말을 하는 거야?"

"그럼 무을의 말이 사실이 아니란 말인가?"

"전혀 아니오. 금강마존을 죽인 사람은 나요. 뭐, 목숨이 완전히 끊어진 것은 못 보았지만 신검합일에 관통되었으니 죽기는 했을 거요. 무을 녀석은 거의 구경만 하다가 반야신공으로 조금 지원을 하였소. 그리고 모든 계책을 꾸민 사람은 태옥교가 아니라 혈훼요."

혈훼라는 이름이 거론되자 소엽의 얼굴이 해쓱하게 변했

다. 그녀에게 있어서는 혈훼가 아직도 공포의 존재였다.

반사귀선은 주름으로 쭈글쭈글한 얼굴을 문질렀다.

"것참. 무을 녀석이 왜 헛소리를 떠들어댔나 모르겠군. 오행마단이 어떻게 나올지 모르기에 아직은 잠자코 있어야 할 상황인데 말일세."

"태백궁의 반응은 어떻소?"

"무을과 노제의 공을 높이 평가한다는 말 외에는 별다른 입장 표명을 하지 않았다고 들었네."

"하긴, 금강마존의 죽음과 무관한 태옥교로서는 공연히 공치사를 받는 것 같아 부끄러웠을 거요."

백무향은 술잔을 비우고는 화제를 바꾸었다.

"노형, 정말 사령독고를 제거해 주지 않을 거요?"

"약속은 약속이니까."

"마녀와의 약속은 지키지 않아도 되오. 이번에도 혈훼 그 교활한 계집한테 속아 생각지도 않게 금강마존과 혈투를 벌여야 했소. 꼭 죽여야겠는데 내 몸속의 사령독고 때문에 죽일 수가 없었소. 제발 다시 생각해 보시오."

백무향이 간곡하게 청했지만 반사귀선은 전혀 고려하지 않았다.

"내가 죽은 후에야 사령독고를 제거할 수 있을 것이네."

"말도 안 되는 소리 마시오. 세상에서 사령독고를 제거할 수 있는 신의는 노형뿐이지 않소? 노형이 죽으면 어떻게 사령독고를 제거할 수 있단 말이오?”

“히힛, 그렇게 되나?”

반사귀선은 기괴한 웃음을 흘리며 술을 홀짝거렸다.

백무향은 문득 떠오르는 바가 있어 힐끗 소엽에게 눈길을 던졌다.

“혹시 소엽이 그 시술법을…….”

소엽이 정색을 지으며 고개를 흔들었다.

“저, 저는 몰라요, 공자님. 이제 겨우 탕약을 끓이는 수련을 받는 중인걸요.”

백무향은 쓴 입맛을 다시며 복숭아를 으적으적 씹었다.

“제기, 결국 죽을 때까지 사령독고를 몸에 심은 채 살아야겠군.”

그는 저물어가는 하늘색을 보고는 넌지시 한마디 던졌다.

“노형, 혹시 약재를 빠뜨린 것은 없소?”

“없네. 웬만한 약재는 산에서 구할 수 있지.”

“그럼 새로 구입해야 할 물품이라도 있을 것 아니오?”

“없네. 이가 없으면 잇몸으로 대신하면 되니까.”

능청스런 대꾸에 백무향이 탁자를 치며 일어섰다.

“쳇, 차라리 내가 소엽과 함께 산책이라도 다녀와야겠군.”

반사귀선이 피식 실소를 지으며 몸을 일으켰다.

“허헛, 피 끓는 자네의 심정을 왜 모르겠는가?”

그는 뒤뚱뒤뚱 자신의 초옥으로 걸음을 옮겼다.

"요즘 내가 죽을 때가 되어서인지 잠이 아주 많아졌네. 초저녁에 한번 잠이 들면 다음날 해가 뜰 때까지 정신없이 잠이 든다네. 그 정도면 만리장성을 쌓기에 충분한 시간이겠지. 허헛."

백무향은 비로소 자신의 짧은 생각을 깨닫고는 그의 등을 향해 외쳤다.

"고맙소. 노형은 정말 좋은 사람이오!"

반사귀선이 자신의 초옥으로 들어가자 백무향은 소엽의 어깨에 팔을 두르며 눈을 찡긋했다. 소엽은 수줍은 듯 눈길을 내리깔며 그의 가슴에 얼굴을 묻었다.

반사곡의 아침은 싱그럽다.

창문 틈새로 스며드는 아침 햇살에 눈이 부셔 잠에서 깬 백무향은 옆자리를 더듬었다. 소엽은 벌써 일어났는지 자리가 비어 있었다.

그는 길게 기지개를 켜고는 일어나 앉았다.

"흐음, 역시 소엽과의 잠자리는 편안해."

소견과 비해 확실히 싱거웠지만 그 또한 색다른 교합이었다. 소견과의 교합은 어떨 때는 격투기에 가깝기에 하룻밤 새고 나면 멍이 들 때도 많았다.

그는 문득 환희마궁에서 만났던 소견을 떠올렸다. 격렬한 정사를 끝낸 다음날 아침에 보여준 그녀의 냉담함이 아직도 눈에 선했다.

'일단 귀선 노형한테 마교의 대법을 해소하는 방법을 알아
보자. 약을 처방해서 마성을 씻어낼 수도 있으니 말이야.'

소견을 구해야 한다는 마음은 책임감이자 의지였다. 그녀
를 구할 수 있다면 세상과의 전쟁도 마다하지 않을 그였다.

그는 옷을 걸치고는 초옥을 나섰다.

반사귀선은 탁자에 늘어놓은 약재의 채집 과정과 효능에
대해 설명해 주고 있었다. 소엽은 사부의 강론을 들으면서 서
첩에다 열심히 기록하였다.

백무향이 어슬렁어슬렁 다가서자 반사귀선이 강론을 중단
했다.

"일어났는가?"

소엽이 자리에서 일어서며 그를 맞이했다.

"아침 드셔야지요?"

백무향은 의자에 걸터앉으며 손을 흔들었다.

"아침은 됐고, 목욕물이나 좀 끓여라. 모처럼 묵은 때를 벗
겨야겠다."

"예, 공자님."

소엽이 초옥 뒤편으로 향하자 반사귀선이 잔뜩 불편한 표
정을 지었다.

"노제, 연약한 소엽에게 너무하는 것 아닌가? 벽라마원에
서는 자네의 시녀로 배정받았는지 몰라도 이제 소엽은 자유

인일세. 자네의 여인인데 어떻게 계속 시녀처럼 부려먹는 것인가?"

"그러니까 노형의 제자를 내가 부려먹는 게 화가 난다는 말이오?"

"사실일세."

"노형, 내가 아주 생각이 없는 놈은 아니오. 한 가지 긴히 물어볼 게 있어 잠시 소엽을 보낸 것이오."

"그런가?"

반사귀선의 표정이 다소 풀어지자 백무향이 목소리를 낮추며 말했다.

"이번에 환희마궁을 찾아가 소견을 만나게 되었소. 얼마나 반가웠는지… 오후 나절부터 다음날 아침까지 몇 번이나 교합을 가졌는지 모르겠소."

"노제가 지금 나를 놀리는 겐가?"

반사귀선이 고개를 홱 돌리자 백무향이 너스레를 떨었다.

"하하, 얘기가 또 그렇게 되는 건가? 하여간 횟수는 생각지 마시오."

"어서 얘기해 보게나."

"문제는 소견이 아침에 홱 달라졌다는 것이오. 예전 같으면 나와 함께 떠나는 데 주저하지 않았을 소견이 내 간곡한 부탁에도 꿈쩍하지 않았소. 사부인 소수마후를 거론하며 오행천을 통합하고 마도천하를 이루는 게 자신의 목표라 하였

소. 내가 강제로 끌고 가려 했더니 싸우겠다고 하였소. 나와
싸우겠다니… 난 너무도 화가 나고 실망해서 그냥 환희마궁
을 나올 수밖에 없었소.”

“흐음, 약물에 의해 성격이 바뀌었거나 마도의 대법으로
인해 강렬한 마성을 지니게 된 것 같군.”

백무향은 씁쓸한 차로 입을 적시고는 말을 계속했다.

“혈훼도 그런 말을 했소. 한데 자신이 소견의 마성을 씻는
방도를 안다고 합디다. 그 바람에 무을과 혈훼, 나 셋이서 합
공을 펼쳐 금강마존과 대결하게 된 것이오. 금강마존을 쓰러
뜨린 후 혈훼에게 즉각 마성을 씻어내는 방도를 물었소. 한데
혈훼 그 교활한 계집이 뭐라고 했는 줄 아시오?”

“뭐라고 했는가?”

“소견이 악마교의 사혼마령심법에 의해 소수마후의 원혼
이 깃들어 있다고 하였소. 소수마후가 무덤에 묻히지 않고 자
신의 시신을 안치해 놓고 소견의 마성을 강화시켰다는 것이
었소.”

반사귀선이 신중한 모습으로 고개를 끄덕였다.

“흐음, 사혼마령심법이 정확히 어떤 대법인지는 잘 모르겠
지만 그런 사악한 대법이 있다는 얘기는 들었네. 악마교의 대
법이라면 능히 사람의 성격을 바꾸고 마성을 깃들게 할 수 있
지.”

“글쎄, 거기까지는 나도 이해가 되었소. 그렇다면 소수마

후의 시신을 박살 내면 되는 것 아니겠소? 저주 걸린 시신이 사라지면 소견도 마성에서 벗어나게 되니 말이오. 그런데 그게 아니었소. 혈훼 말로는 원혼이 깃든 시신을 파괴하면 소견 또한 광증에 시달려 처참하게 죽는다고 하였소. 이런 빌어먹을 경우가 다 있냔 말이오!"

백무향이 격분하여 탁자를 내려치자 우지끈 박살이 나고 말았다.

"이, 이런, 미안하게 됐소."

"괜찮네. 탁자야 수리하면 되니까."

반사귀선은 바닥에 흩어진 약재를 주워 담으며 난감한 표정을 지었다.

"약물 복용에 의해 성격이 개조되었다면 내가 치료할 수 있겠지만 마도의 사악한 대법이라면 나도 방도가 없네."

"무광 노형이 있지 않소? 명색이 무광이니 웬만한 마도 대법도 알고 있을 것이오. 노형은 어디에 있소?"

"지금쯤 영외를 유람하고 있을 것이네."

"영외라면… 멀리 남쪽 지방이 아니오? 이번에는 용담이 아니라 다른 약재를 구하러 보냈소?"

반사귀선은 잠시 고심하다가 솔직하게 털어놓았다.

"사실 자네의 흔적을 찾아보라고 내가 시킨 것일세."

"내 흔적이라니?"

"사람이든 짐승이든 세상에 태어났으면 그 흔적이 남아 있게 마련일세. 노제의 경우는 태어난 것이 아니라 이백 년 만에 깨어난 것이기에 아주 특별한 흔적이 남았다고 생각되네. 아직 그 흔적이 남아 있다면 노제의 과거를 분명하게 확인할 수 있을 것이네."

"내 흔적이라……."

백무향은 회상에 젖은 눈빛을 지었다.

"사실 나도 꼭 한 번 찾아가 보고 싶었소. 만일 소견이 순순히 나를 따라 환희마궁을 떠나왔다면 아마 지금쯤 계림을 유람하고 있었을 거요. 정말 풍광이 멋진 곳이었소. 그곳에서 소견이 재수없게 소수마후를 만나 실종되지만 않았어도 이렇 듯 복잡한 사건에 연루되지 않았을 거요."

"어찌하겠는가, 그것이 노제와 소견의 운명인 것을. 전설에 의하면 마왕지상과 천색요골은 운명적으로 만나는데 그 결말이 비극이라 하더군."

백무향은 자신을 빗대서 하는 말 같아 공연히 심사가 틀어졌다.

"가급적 불쾌한 얘기는 하지 맙시다. 뭐, 둘이 만나서 백년해로했다는 즐거운 전설은 없소? 전설이야 꾸미기 나름이니 말이오."

그는 성큼성큼 초옥의 뒷마당으로 향했다. 그러다 막 초옥을 돌아 나온 소엽과 만나게 되었다.

"다녀올 데가 있다. 조금 걸릴 거야."

“예에? 어제 돌아오셨잖아요?”

“물 데워지면 너나 따뜻하게 수욕해.”

백무향은 소엽을 가볍게 포옹하며 나직이 속삭였다.

“네 사부가 아무리 나이가 들었다지만 그래도 사내야. 훔쳐보지 않게 조심하고.”

“공자님도 참.”

“그럼 간다.”

백무향은 간단히 작별 인사를 하고는 반사귀선 앞으로 다가섰다.

“한 가지만 더 물읍시다.”

“뭘 말인가?”

“무광 노형한테 내가 회생한 흔적을 없애라는 말을 하지는 않았소?”

“그게 무슨 말인가? 내가 왜……?”

“아니오. 그냥 노파심에서 물어본 것뿐이오. 혹시 내 흔적을 없애 내 과거를 지우려 한 것은 아닌가 싶어서 말이오.”

“……”

“노형은 내가 뇌천검제의 현신일 가능성이 높다지만 왠지 내가 풍운마제라는 생각이 자꾸 들어서 말이오. 하여간 이번에 내 흔적을 찾아내면 더 이상 헷갈리지 않게 살 것이오.”

백무향은 반사귀선의 어깨를 다정하게 다독였다.

“혹시 내가 풍운마제의 현신이라 해도 노형의 잘못된 진단을 탓하진 않겠소. 같이 늙어가는 처지에 그럴 수도 있지 않겠소? 그나마 친구처럼 지낼 수 있는 사람은 노형과 천패무광뿐이니 말이오. 하하하.”

낭랑한 웃음소리가 끝나기 무섭게 그는 반사곡 밖으로 날아갔다.

반사귀선은 복잡한 심경이 얽힌 눈빛으로 곡구를 바라보았다. 백 년을 살아온 고인이었지만 아득한 하늘 수를 헤아리기에 그의 능력에는 한계가 있었다.

‘허어, 대체 하늘은 어찌 이백 년 전의 전설을 되살렸단 말인가?

공포의 살수 집단, 은사회(隱死會)

1

다각다각!

한 필의 준마가 좁은 관도를 따라 질주하고 있었다. 길은 다소 험하지만 지름길이기에 수백 리를 단축할 수 있다. 물론 뱃길을 이용하면 여산까지 보다 편하게 갈 수 있지만 시일이 많이 걸린다는 점이 문제였다.

챙이 좁은 방갓을 쓴 채 준마를 몰고 있는 사람은 다름 아 닌 태옥교였다.

그녀는 낙양의 별궁을 떠나 오랜만에 여산 태백궁으로 귀 환하는 중이었다. 그녀의 신분상 호위를 대동해야 했지만 공 연히 남의 이목을 끌 수 있기에 단독행을 고집했다. 물론 그녀는 혼자가 아니었다. 그녀를 그림자처럼 따라다니는 호위 잠혼이 있기에 안심할 수 있었다.

그녀는 행여 있을 미행이나 추적을 감안해 때로는 말을 타고 때로는 배를 탔으며 때로는 경공을 펼쳐 이동하기도 했다.

그녀는 생각이 깊은 만큼 의심도 많은 여인이었다.

특히 오행마단의 마인들을 어렸을 적부터 가슴속에 담아 왔기에 항상 위협적인 존재로 생각하였다. 두 해 전 그녀의 부친이 실종된 이후 그녀의 위기의식은 보다 높아졌다. 다행히 백무향 덕분에 부친이 구출돼 생환했지만 무신과도 같은 부친을 제압한 저들의 가공함은 공포가 아닐 수 없었다.

그녀는 호북성을 관통하면서 정보를 통해 몇 가지 새로운 사실을 알게 되었다.

백무향과 무을이 금강마존과 대결한 배경에 벽라마원이 개입되었음을 확인했다. 정확한 내막을 알 수 없어 답답했지만 그녀는 두 마단의 대결에 내심 기꺼워했다.

'오행마단 중 가장 위협적인 존재는 황금성과 벽라마원이다. 한데 암흑상아가 황금성주의 목숨을 노렸으니 그들 사이에 혈전이 전개될 것이다. 통합을 위한 대결이 아니라 무서운 복수전이 될 테니 양측 모두 엄청난 피해를 입게 된다. 누가 살아남든 위협적인 존재는 될 수 없다.'

그녀는 악몽처럼 생각되던 고충이 너무도 쉽게 해결되는 바람에 조금은 아쉬웠다.

오행마단이 자중지란으로 와해된다면 태백궁의 존재가 희미해진다. 그리되면 부친에 이어 또 한 번 혁혁한 공적을 세워 위대한 태씨 가문의 입지를 굳히려는 그녀의 계획에 차질을 빚을 수 있다.

'역시 세상일은 뜻대로 이루어지지 않는군. 천하를 위해 다행한 일이 반드시 내게 좋지만은 않으니 말이야. 태백궁의 영광을 위해 또 다른 혈사성을 탄생시켜야 할지도 모르겠군.'

또 다른 혈사성.

이것은 그녀가 품고 있는 끔찍한 계략이었다.

이 순간 본능적으로 위기를 감지한 그녀가 질주하는 준마의 안장에서 그대로 치솟아올랐다.

이히히힝!

준마가 급살을 맞은 듯 구슬픈 비명을 토하고는 그대로 고꾸라졌다. 외상은 전혀 없는데 오공으로 붉은 피를 토하는 것으로 미루어 무형강기에 적중된 듯싶었다.

'누가?'

바닥으로 내려선 그녀가 허리춤에서 연검을 뽑아 들었다. 맑은 음향과 함께 연검이 뽑히며 서릿발 같은 예기를 발했다.

이때 바닥에서 예리한 칼날이 연이어 솟구쳐 올랐다.

츄리릭!

태옥교가 둥실 떠오르자 칼날도 따라서 솟구쳤다. 손에 칼날을 쥔 자들은 온통 검은색으로 두른 자들이었다.

'살수?'

태옥교는 본능적으로 상대의 정체를 파악할 수 있었다.

"천세무진(千世無盡)!"

쐐에엑—!

연검이 화려한 변화를 일으키며 자객들의 기습을 차단했다. 한데 튕겨진 살수들은 신형을 바로잡기도 전에 허공에서 연이어 동강 나고 말았다.

잠혼이었다. 패왕도로 단숨에 살수들을 베어버린 그가 태옥교 앞을 가로막았다.

태옥교가 그의 어깨에 손을 얹었다.

"은사회의 자객들입니다. 부디 조심해요, 잠혼."

은사회란 말에 잠혼의 두 눈에 드물게 분노가 피어올랐다.

살수 집단 은사회.

태백궁에 의해 괴멸된 삼회칠문 중 하나다. 살수 집단은 무림계에서 필요악이지만 방대한 규모의 살수 집단은 무림계를 위협하는 공포가 아닐 수 없었다. 결국 태무건은 토벌을 결정하고 은사회를 공격했다.

은사회는 특이하게 두 부류의 살수들을 보유하고 있었다. 하나는 모든 수련 과정을 정식으로 통과한 전문 살수들이며, 다른 하나는 수련생 과정에서 탈락한 예비 살수들이다.

예비 살수들은 본래 죽어야 하지만 혀가 베어지는 형벌을 감수하면 한 번 더 기회가 주어진다.

비록 목숨은 건졌지만 이들의 삶은 실로 끔찍했다. 대부분 위험한 살인 청부에 소모품처럼 투입돼 허무하게 죽어간다. 전문 살수들의 살인 청부를 지원하다가 죽는 게 이들의 임무였던 것이다.

혀가 베어졌으니 이들을 잡아 문초해도 아무런 비밀도 알아낼 수 없다. 또한 죽어도 비명 소리조차 지르지 않기에 더 이상 사람이 아니라 살아 있는 흉기일 뿐이다.

은사회 토벌 과정에서 대부분의 전문 살수들이 살해되었고 수감돼 있던 예비 살수들 몇 명이 구출되었다.

잠혼은 당시 구출된 예비 살수들 중 한 명이었다.

태무건은 잠혼을 가엾게 생각해 태백궁으로 데려왔는데 태옥교가 자신의 호위로 삼겠다며 옥봉각으로 데려갔다. 그녀는 잠혼에게 살수의 과정을 수련시켜 자신의 비밀 호위로 삼았다.

물론 잠혼의 존재는 태백궁 내에서도 최고 수뇌들만이 아는 비밀이었다. 무림의 태양과도 같은 존재인 태백궁 안에 흉악한 살수 집단 출신의 살수가 있다는 것은 논란의 소지가 있기 때문이다.

쐐에엑—!

섬뜩한 파공성과 함께 살수들이 사방에서 달려들었다. 죽음을 도외시한 그들의 돌격은 하나의 공포였다. 죽어도 비명

한마디 지르지 않기에 마치 유령과의 싸움을 방불케 한다.

차차창―!

패왕도의 위력에 살수들의 병기가 대번에 박살 났다. 잠혼은 살수들 사이로 뛰어들어 가차없이 살식을 전개했다. 살수 대 살수들의 대결답게 그들의 혈투는 아주 간결했다. 서로가 쾌를 위주로 하는 살식만 전개하기에 병기가 부딪치는 경우도 많지 않았다.

대대적인 토벌 이후 은사회가 강호에서 사라진 것으로 알려졌지만 그들은 와해된 것이 아니었다. 동원된 살수가 오십여 명에 이르는 것으로 미루어보아 그동안 세력을 키워왔음을 짐작할 수 있었다.

검은 복장의 살수들이 겹겹이 에워싸는 바람에 잠혼과 태옥교는 갈라지게 되었다. 이 또한 은사회의 전형적인 살인 수법이었다. 다수의 예비 살수들을 동원해 호위들을 떼어놓은 후 전문 살수가 뛰어들어 표적을 제거하는 것이다.

태옥교는 네 명의 전문 살수에 의해 포위되었다.

붉은 복면을 뒤집어쓴 그들의 눈빛은 칙칙한 회색이었다. 오욕칠정이 말살된 그런 눈빛. 세상에서 가장 가련한 여인을 대하고도 가차없이 목을 벨 살수들이 바로 그들이다.

쐐에엑―!

단조롭지만 지독히 빠른 쾌초였다. 태옥교 역시 쾌검을 연마했지만 전문 살수들보다 빠를 수는 없었다.

차차창—!

쾌검식이 교차되는 와중에 태옥교가 일권을 내질렀다.

"광명멸사!"

벼락처럼 뻗어나간 권공에 살수의 머리가 으스러졌다. 그러나 동료의 죽음에는 무관심한 살수이기에 재차 전개되는 살식은 여전히 독랄했다.

"흐윽!"

등 뒤를 찔러온 한 자루의 칼이 태옥교의 어깨를 스쳤다. 만일 태옥교가 반사적으로 고개를 돌리지 않았다면 목이 베어졌을 것이다.

"자명무섬(刺冥無閃)!"

태옥교는 팽그르르 회전하며 강력한 검기를 발출했다. 또 한 명의 살수가 쪼개졌다. 전문 살수들은 혀가 베어지지 않았지만 역시 비명을 지르지 않는다. 어떤 고통에도 비명을 내뱉을 수 없는 것이 은사회의 혹독한 율법이었다.

남은 전문 살수는 두 명.

그러나 얼마나 더 살수들이 대기하고 있을지 판단할 수가 없었다. 태옥교는 힐끗 잠혼을 돌아봤다.

잠혼은 수십 명의 예비 살수들과 혈투를 벌이고 있었다. 그는 태옥교를 보호하기 위해 다가서려 했지만 예비 살수들의 저돌적인 공세에 접근이 어려웠다. 그의 패왕도가 번득일 때마다 어김없이 한 명 이상이 쪼개졌지만 워낙 방어를 등한시한 탓으로 그도 조금씩 부상을 입어갔다.

태옥교는 암담했다. 세상을 뒤덮을 지략을 지닌 그녀였지만 현 상황에서는 방도가 없었다.

'대체 어떻게 이들이 내 행보를 알고 잠복해 있었단 말인가?'

은사회의 보복은 어느 정도 예상하고 있었지만 이렇듯 엄청난 규모는 전혀 뜻밖이었다. 과거 은사회 전력의 절반에 해당될 만큼 대대적인 살수가 동원된 것이다.

'끝까지 대결했다가는 참혹한 죽음만 있을 뿐이다. 어떻게든 잠혼과 함께 탈출해야 돼. 이대로 죽을 수는 없어!'

태옥교는 마음을 독하게 먹으며 입술을 질끈 깨물었다.

그 순간 두 명의 전문 살수가 좌우에서 공격을 펼쳐 왔다. 동시에 펼쳐진 살식이라 상대하기가 까다로웠다. 그러나 진정한 살식은 숨겨져 있었다.

"앗!"

그녀가 배후의 기습을 감지하며 급히 강기를 발출했지만 무형의 공세가 보다 빨랐다.

퍼엉!

어깨 한쪽을 강타당한 태옥교가 울컥 피를 쏟으며 비틀거렸다. 광명신법을 터득한 덕분에 자연적으로 호신강기가 발출돼 치명상을 면했지만 부상이 아주 심했다. 뼈와 근육이 손상돼 왼팔을 전혀 쓸 수가 없었다.

"이, 이것은……?"

태옥교는 믿을 수 없는 눈빛으로 턱을 달달 떨었다.

핏빛 장포를 걸친 살수가 태옥교 앞으로 내려섰다. 여느 살수처럼 복면을 쓰고 있지 않아 분명한 모습을 볼 수 있었다.

얼굴이 무수한 칼자국으로 도배된 초로의 노인이었다. 살수답지 않게 게슴츠레한 눈빛이 유별났다. 그는 한 자루 활을 손에 쥐고 있었는데, 놀랍게도 예사천궁이었다. 그녀가 훗날을 위해 백병철기보에 맡겨두었는데 은사회 살수들이 탈취해 간 것이다.

앞서 준마가 외상도 없이 쓰러진 것이며 잠시 전의 공격도 바로 예사천궁에 의한 무형강기 때문이었다. 단지 활시위를 튕기는 것만으로 발출되는 무형강기는 화살처럼 빠르기에 방어하기가 지극히 어렵다.

초로의 노인의 삭막한 어조로 내뱉었다.

"태옥교, 본래 죽여야 할 원수는 네 아비 광명신검이지만 그가 태백궁에 처박혀 있으니 죽일 방법이 없다. 네 아비 대신 죽는 것이니 너무 원통해 말아라."

태옥교는 깊이 숨을 들이켰다.

"당신이 바로 단혼치살(斷魂痴殺)?"

초로의 노인이 게슴츠레한 눈빛으로 태옥교를 직시했다.

"그렇다."

당대 최고의 살수로 불리는 단혼치살. 그가 치살(痴殺)로 불리게 된 것은 백치처럼 보이는 게슴츠레한 눈빛 때문이었다.

태옥교는 떨리는 가슴을 주체할 수가 없었다.

단혼치살은 은사회 토벌 당시 그녀의 부친과 삼 초 대결을 벌인 후 도주한 대살수였다. 과연 당금 천하에서 광명신검과 삼 초를 교환할 수 있는 절세고수가 몇 명이나 되겠는가. 그 하나만으로도 단혼치살은 대살수를 넘어선 절세고수로 인정을 받게 되었다.

그런 대살수가 절대신병인 예사천궁마저 쥐고 있으니 태옥교는 절망할 수밖에 없었다.

단혼치살은 태옥교를 겨냥하며 활시위를 당겼다.

"네 목은 태백궁에 보내주겠다. 네 아비가 네 목을 보아야 연공실에서 뛰쳐나올 테니까."

태옥교는 절로 눈물이 솟아올랐다.

앞서 적중된 부상으로 왼팔은 물론이며 반신이 마비돼 진기마저 제대로 운기되지 않았다. 이대로 죽을 수밖에 없는 현실이 원통했다. 자신의 죽음으로 인해 단절될 가문을 생각하니 죽어도 눈을 감을 수 없을 것 같았다.

쐐기형 섬광이 발출되었다.

태옥교는 차마 죽음을 직시할 용기가 나지 않아 눈을 질끈 감으며 고개를 돌렸다.

'흑, 아버님!'

한데 둔탁한 폭음이 그녀의 몸 앞에서 울려 퍼졌다.

퍼억!

잠혼이었다. 필사적으로 예비 살수들의 포위망을 뚫고 날아온 그가 방패가 되어 태옥교를 지켜준 것이다. 예사천궁의 무형 강기가 가슴에 적중되면서 복면으로 가린 입 주위가 붉게 물들었다.

"잠혼!"

태옥교가 그를 부둥켜안으며 눈물을 쏟았다.

"안 돼, 죽으면 안 돼!"

잠혼은 꺼져 가는 눈빛으로 그녀를 바라보았다.

상전이자 비밀스런 연인을 바라보는 그의 눈빛이 무겁다. 자신의 죽음보다 태옥교를 지키지 못한 죄책감에 그녀의 어깨를 쥔 손이 부들부들 떨린다.

태옥교는 피투성이가 되어 죽어가는 그를 끌어안은 채 주저앉았다.

"흑흑, 잠혼!"

살수 출신이며 한갓 호위에 불과했지만 그는 그녀에게 있어 절대적인 충성을 바쳐온 사람이었다. 그녀의 부친을 구하기 위해 스스로 가슴을 찔렀고, 현사군의 대결에서도 목숨을 걸고 그녀를 지원했다. 한데 이번에도 그녀를 위해 몸을 던진 것이다.

단혼치살은 두 사람을 물끄러미 바라보다가 또다시 활시

위를 당겼다.

"배신자와 원수의 딸. 너희 두 연놈을 함께 죽여주겠다."

태옥교는 모든 것을 체념한 채 그를 직시했다.

"나의 복수는 아버님이 해주실 것이다. 너희 은사회는 철저하게 괴멸될 것이며 다시는 살아날 수 없을 것이다!"

단혼치살이 삭막한 음성으로 말을 받았다.

"은사회가 와해돼도 살수들은 계속 존재한다. 하지만 무너진 태백궁은 다시 세워지지 못한다. 그것이 바로 무림의 법칙이다."

그는 한껏 당겼던 활시위를 놓았다.

빛살처럼 날아드는 쐐기형 섬광. 죽음을 선사하기엔 너무도 아름다운 빛이다.

태옥교는 눈을 감지 않았다.

광명신검의 딸로서 의연하게 최후를 맞이하고 싶었다. 아무런 두려움 없이 죽음을 직시하고 싶었다. 두렵고 원통하지만 그래도 혼자가 아니기에 견딜 수 있었다. 품에 안고 있는 잠혼의 몸은 아직 따뜻했다. 그와 함께라면 머나먼 황천길도 두렵지 않을 것 같았다.

한데 이 순간 참으로 생각지 못한 기적이 일어났다.

퍼엉!

그녀를 향해 날아들던 쐐기형 섬광이 산산이 부서지며 그녀의 주변으로 비산되었다.

죽음에서의 회귀.

그것은 결코 꿈이 아니라 현실이었다. 정말 예상치 않게 구원자가 출현한 것이다.

〈제5권으로 계속〉

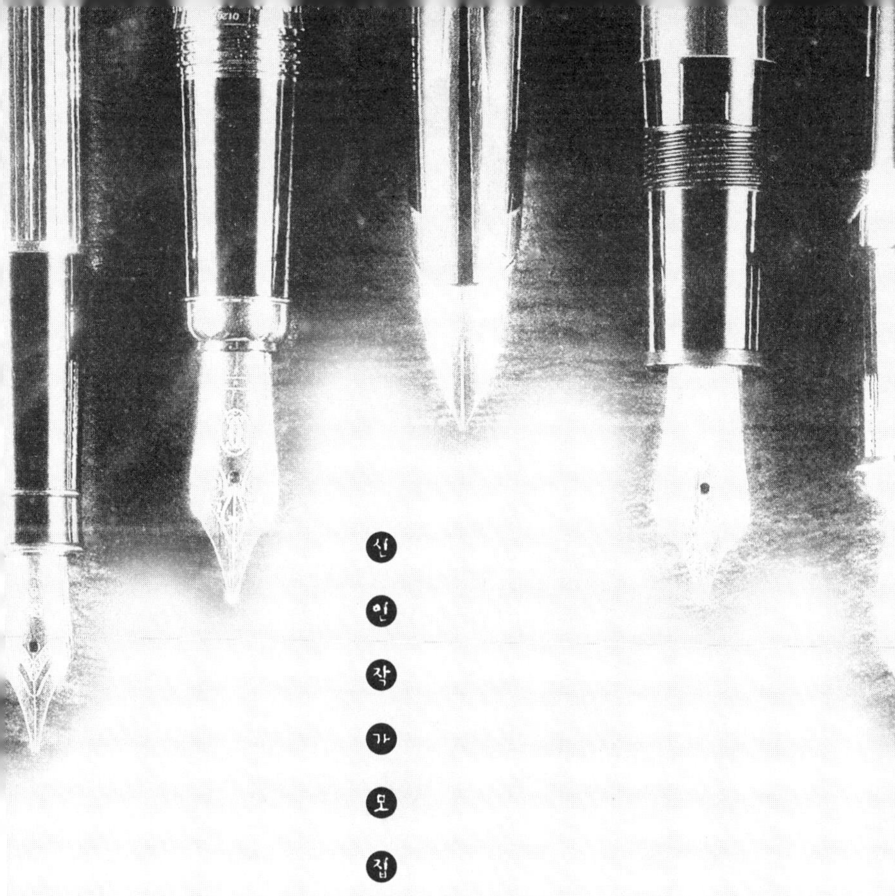

신
인
작
가
모
집

시작이 반이라고 했습니다.
작가의 길에 대한 보이지 않는 벽을 과감히 깨뜨리십시오!
청어람은 작가 지망생 여러분들의
멋진 방향타가 되어드리겠습니다.

저희 도서출판 청어람에서는
소설 신인 작가분들을 모집합니다.
판타지와 무협을 사랑하시는 분들의 많은 참여를 바랍니다.
소정의 원고(A4용지 150매)를 메일이나 우편으로 보내주시면
검토 후 출판 여부를 알려드리겠습니다.

주소:경기도 부천시 원미구 심곡1동 350-1 남성B/D 3F 우편번호420-011
TEL:032-656-4452 · FAX:032-656-4453
http://www.chungeoram.com
e-mail:chungeoram@chungeoram.com

FANTASTIC
ORIENTAL
HEROES

지금 유전자가 말하는 사랑과 성의 관한 솔직 대담한 진실이 펼쳐집니다!

남편의 후광을 등에 업는 것은 까마귀와 인간뿐…

모두에게 바보 취급받던 독신 암컷이 단번에 인생대역전을 해서
서열 1위인 수컷의 아내 자리를 차지하게 될 수도 있다는 말입니다.
모든 여성이 이상형의 남자와 결혼할 수 있는 것은 아닙니다.
적당한 선에서 타협하여 적당한 사람과 결혼하지요.
하지만 솔직히 말해서 당연히 멋진 남자가 더 좋지 않겠습니까?
따라서 여성은 생각합니다.
'그럼 어떻게 하지? 유전자만이라면 가질 수 있어!'
그리하여 장기계획형이나 단기승부형과 같은 여러 가지 방법의
외도가 생겨나는 것입니다.
물론 모든 여성이 이를 실행에 옮기지는 않습니다.

하지만 기회가 있다면 어떨까요?
다른 조건과 이미 타협을 봤다면?
남편이 사소한 일은 눈치 못 채는 둔한 남자라면?
뭔가 유전자의 음모가 느껴지지 않습니까?

실패를 모르는 남자 선택법!
「내 남자친구는 왼손잡이」 법칙

어째서 여성은 왼손잡이 남성에게 마음이 끌리는 걸까요?

여기서 기억해야 할 것은 몸의 좌우와 뇌의 좌우는 원칙적으로 반대 관계라는 점입니다.
따라서 왼손잡이 남성은 우뇌가 발달했습니다.
발달했다는 사실이 왼손잡이를 통해 반영된 것입니다.

그리고 두 번째로 생각해야 할 것은 우뇌는 남성 호르몬의 일종인 테스토스테론에 의해 발달한다는 점입니다.
요약하자면 왼손잡이 남성은 우뇌가 발달했는데, 그것은 테스토스테론 수치가 높기 때문입니다.
그것은 다름 아닌 생식 능력이 높다는 것을 의미하지요.

「내 남자 친구는 왼손잡이」에 감춰진 의미는… 내 남자 친구는 생식 능력이 높아… 인 것입니다.

초등학생이 반드시 읽어야 할 좋은 책 49권

각 학년별로 초등학생이 반드시 읽어야할 좋은 책을
선정하여 통합논술의 기본이 되는 '올바른 독서법'을
일깨워 줍니다.

교과서와 함께하는 초등학교 통합논술

초등1학년 | 값 12,000원 / 초등2학년 | 값 9,500원 / 초등3학년 | 값 11,000원 / 초등4학년 | 값 9,500원 / 초등5학년 | 값 9,500원 / 초등6학년 | 값 11,000원

♣ 혼자 할 수 있어요.

엄마가 책 읽는 방법을 가르쳐 주어도 좋아요.
독서지도하는 선생님이 가르쳐 주어도 좋답니다.
"초등 교과서와 함께하는 **통합논술 시리즈**"는
아이 스스로 독서할 수 있도록 꾸며진 책이에요.
엄마와 선생님은 요령만 가르쳐 주시면 된답니다.

♣ 교과서의 중요한 내용이 총정리되어 있어요.

각 학년별로 중요한 교과 내용이 함께 수록되어 있어요.
초등학생은 교과서 내용을 충실하게 공부해야합니다.
아울러 그와 병행한 독서가 대단히 중요하지요.
"초등 교과서와 함께하는 **통합논술 시리즈**"는
두가지 방법 모두 알려준답니다.

♣ 이 책은 훌륭하신 선생님들이 함께 쓰신 책이랍니다.

동화작가 선생님들이 쓰셨어요. 소설가 선생님도 쓰셨답니다.
국어 논술독서지도 선생님들도 함께 쓰셨지요.
"초등 교과서와 함께하는 **통합논술 시리즈**"는
엄마의 마음으로 모든 선생님들이 함께 꾸민 책이랍니다.

입소문을 통해 아는 분은 다 알고 계십니다!
올 한해 공인중개사 최고의 화제작!

1~2권 합본 | 이용훈 지음
3~4권 합본 | 이용훈 지음
5~6권 합본 | 이용훈 지음
용어해설 | 이용훈 지음

수험생 기본 필독서
만화 공인중개사

제목 : 만화공인중개사 쓰신 분에게 감사드립니다.

학원을 두 달 다녔어요. 근데 과연 그 숫자 외우기 그런 게 몇 문제나 나올까 생각을 했어요.
아니라는 생각이 드네요. 학원강의를 뒤로하고 서점을 갔어요. 내 머리에 가장 이해될 수 있는
책이 없나 하구요. 거기서 만화를 발견했어요. 무조건 세 번 봤어요. 3개월 걸렸어요. 문제집을 보라고
했는데 그건 시행을 못했어요. 근데 합격을 했네요.
어떻게 감사의 말을 해야 될지…….
도서관에서 만화책 들고 다니니까 사람들이 비웃더라구요. 만화책으로 공인중개사를 공부한다고
미친 사람처럼 보더라구요. 근데 그거 다 감수하고 했던 내가 자랑스럽습니다.
어떻게 감사의 말을 해야 할지… 정말 감사합니다.
부디 행복하세요. 제 나이 41살에 좋은 스승을 만난 것 같습니다.
엎드려 감사드립니다.

―본사 홈페이지에 독자분이 올린 메일 中 에서 발췌―